김미정 판타지 장편 소설

잃어버린 세계

The Lost World

6

잃어버린 세계 6

김미정 판타지 장편 소설

초판 1쇄 찍은 날 § 2002년 7월 25일
초판 1쇄 펴낸 날 § 2002년 8월 5일

지은이 § 김미정
펴낸이 § 서경석

편집장 § 문혜영
편집책임 § 권민정
편집 § 장상수 · 박영주 · 김희정 · 이종민
마케팅 § 정필 · 강양원 · 김규진 · 안진원

펴낸곳 § 도서출판 청어람
등록번호 § 제1081-1-89호
등록일자 § 1999. 5. 31
어람번호 § 제1-0266호

주소 § 경기도 부천시 원미구 심곡1동 350-1 남성B/D 3F (우) 420-011
전화 § 032-656-4452 팩스 § 032-656-4453
http://www.chungeoram.com
e-mail § eoram99@chollian.net

값 7,500원

ISBN 89-5505-232-4 (SET)
ISBN 89-5505-426-2 04810

김미정 판타지 장편 소설

잃어버린 세계

The Lost World

6

꿈의 끝

도서출판
청어람

목

차

Part 20

땅으로 떨어진 천사

땅으로 떨어진 천사 1

아직은 새벽인 듯 밖은 어둡기만 했다. 진현은 조용히 휘둘리는 머리를 한 손으로 짚으며 침대에서 몸을 일으켰다. 멍하니 시선을 정면으로 고정시킨 채 잠시간 그렇게 부스스한 모습을 하던 그는 한숨을 내뱉고는 고개를 저었다.

"꿈이군."

그렇게 짧게 중얼거린 그는 아직은 잠이 덜 깬 듯이 눈앞이 가물가물한 것을 느꼈다. 하루에 3시간 정도면 그 자신으로서는 많이 잔 것. 새벽까지 늦게 서류를 정리한다고 잠을 설친 그였다. 돈이라는 것은 많으면 좋지만 뒤처리는 힘든 것이었다. 엄청난 양의 재산세 하며 토지세, 여러 가지 서류들을 보면서 절로 고개가 저어질 정도였으니까. 흐릿한 눈가를 손으로 슥슥 문지른 후에 그는 조용히 시트를 걷고 일어섰다. 끄응, 하고 작은 신음을 흘리며 그는 기지개를 켰고 차가운 대리석 바닥을 맨발로 걸었다.

시원한 감각이 기분 좋게 느껴졌다. 아이보리 색의 파자마를 입고 있는 그의 모습은 낮의 모습과는 사뭇 달랐다. 조금 퍼진 듯… 멍한 표정과 잘 어울렸다. 천천히 창가로 걸어간 그는 흰색의 잘 빨라진 커튼을 걷으며 창문을 열어젖혔다. 동쪽을 향한 창이었기에 먼동이 터 오는 것을 보며 그는 희미하게 미소 지었다. 조금은 차가운 새벽바람이었지만 여름이니까 그것 역시 기분을 좋게 만드는 데 일조했다.

오늘도 언제나처럼 일상이 시작되는 것이다.

비록 그의 아침이 일찍 시작된다고는 하나 아침을 챙겨 먹지 않는 것은 아니었다. 외려 아침 식사를 꼬박꼬박 챙겨 먹기 위해 일찍 일어난다고 할 수도 있을 정도였다. 여름이어서 아침의 해가 일찍 떠 사방을 밝히고 있다고는 하지만 지금은 이른 6시. 저택 안은 고요했지만 딱한 군데 식당만은 분주한 듯해 보였다. 진현이 이 저택으로 온 이후부터 하인들과 하녀들의 아침은 평소보다 일찍 시작되었다. 열댓 명은 앉을 수 있을 것 같은 긴 식탁에는 진현 혼자만이 앉아 있었다.

꿀을 발라 바삭하게 구운 토스트와 야채를 섞어 만든 스크램블 에그, 그리고 신선한 채소와 과일이 담긴 투명한 유리 그릇에는 최고급 재료를 엄선해 드레싱한 소스가 먹음직스럽게 담겨 있었다. 누가 봐도 간단하게 차려진 아침 식사였다. 하인들과 하녀들은 그가 이렇게 간편하게 아침을 즐기는 것이 그나마 다행이라고 생각했다. 물론 주방장의 생각은 전혀 달랐지만.

밭에서 갓 뽑아낸 채소와 과일이 아니라면 입에 대지도 않을 뿐더러 입맛이 얼마나 까다로운지 조금만 간을 잘못 맞추면 다음 식사 시간에는 아예 나타나지도 않는다. 말없는 항의인 셈이다. 이것이 주방장의 자존심을 얼마나 건드리는 것인지…… . 더욱이 가격을 따질 수도 없는 최고급 상질의 홍차 잎을 이용해서 차를 마시는데, 진현의 입맛을 맞추는 데만 해도 돈이 장난 아니게 나가는 것이었다. 비록 주방장 자신의 돈은 아니라고는 하지만.

진현은 의자에 뻐딱하게 앉아 신문을 보고 있었다(생각 외로 식사 태도는 그리 좋은 편이 아니었다). 신문의 내용은 여전히 반 정도는 다카에 관한 것들이었기 때문에 진현은 약간 미간을 찌푸렸다. 아무리 위대한 자라고 해도 죽은 자는 죽은 자일 뿐. 그러나 그중 진현의 눈길을 끄는 흥미로운 기사 하나가 있었다.

"세트레세인에 남겨진 다카의 성? 그가 머물던 성안에는 시가를 따질 수 없는 진귀한 보물들이 많이 있을 것이라고 생각된다. 그러나 대마법사의 성이고 무엇보다 그에게는 일가친척이 아무도 없기 때문에 성의 매매는 이루어지지 않으리라 사료된다?"

당연하지. 물려준다고 하지도 않았는데 함부로 손을 댈 수는 없을 것이다. 아마도 그 재산들의 소유권을 인정받을 수 있는 사람이 있다면…… .

"…슈린 군과 에오로 군일까?"

다카가 남긴 보물들과 성이라… 뭔가 호기심을 자극하는 것 같았기 때문에 진현은 살짝 미소를 머금었다. 성에 있을 보물들보다 그의 흥미를 끄는 것은 수없이 많은 마법 서적들이었다. 그것들을 뒤진다면 『잃어버린 세계』에 대해 뭔가 단서를 찾을 수 있지 않을까? 그리고… 다카, 그에 관한 이야기도.

흐음 하고 작게 한숨을 쉰 진현은 길게 내려오는 검은 머리카락을 쏠어 넘겼다. 뭔가 좋은 예감이 들었다. 무언가를 얻을 듯한 느낌. 진현은 피식 웃음을 삼키며 조용히 신문을 반으로 접어 옆구리에 낀 채 자리에서 일어났다.

하녀들이 한숨을 쉬며 자신의 뒷모습을 바라보는 것에 아랑곳하지 않고 그는 긴 복도를 따라 걸었다. 환기를 위해 열어둔 창문들 사이로 시원한 바람이 흘러 들어왔다. 복도의 중간중간 놓여진 화분들의 식물이 바람에 따라 잎사귀를 흔들어댔다. 여름의 습기를 담고 있어서 조금 끈적했지만 새벽의 공기와 어우러져 절로 기분을 좋게 만들었다.

다카에 대한 문제는 에오로 군과 카이트에게 물으면 될 것이다. 아마도 세트레세인이라는 도시로 직접 가야 할 일이 생기겠지만 시간이 걸릴 것 같지는 않았다. 텔레포트라는 주문이 있으니까 말이다. 카이트는 세트레세인이라는 도시에 다녀와 봤고 다른 고명한 마스터들도 많으니 여행을 하는 번거로움은 면할 수 있을 것 같았다.

그것보다… 지금의 자신에게 산재된 수많은 문제들.

현홍의 일과 아스타로테의 일, 그리고 데저티드 드래곤들이 노린다고 하는 생명과 영혼의 서 테펜 체 에—디브 비 세크. 한 가지씩 차근하게 풀어 나가자. 가장 쉬운 문제부터 어려운 문제로 나아가는 거다. 일부러 안달을 낼 필요는 없다. 외려 더 복잡해지는 수가 있으니까. 차분하게 한 걸음씩. 아직 시간은 많아. 다만, 다만 가장 걱정이 되는 것은……

진현은 조용히 걸음을 멈추고 고개를 돌렸다. 그는 어느새 저택의 중앙 홀로 들어가는 문이 있는 곳까지 와 있었다. 2층으로 통하는 계단과 화려한 수정 샹들리에가 있는 곳. 커다랗게 열어젖혀진 문을 통해 아침의 햇살이 환하게 쏟아져 내렸다.

가장 걱정이 되는 것은 자신에게 가장 큰 변수가 될지도 모르는 마신魔神의 일. 전세의 아버지. 자신도 모르게 조심스럽게 이를 악물게 된 진현은 우울한 표정이 되어 있었다. 그가 어떻게 손을 쓸지 알 수가 없어서 앞으로의 계획을 잡기가 힘들 정도다. 저번 물의 도시 루인에서 있었던 일은 아직도 뇌리에 생생히 박혀 있었다. 메피스토펠레스와 베르⋯⋯. 메피스토펠레스는 반은 자신의 일 때문에 움직인다고 해도 베르, 그는 명령이 아니면 지상에 모습을 드러내지 않는 이였다.

마신 직속의 명이라고? 그렇다면 마신은 이미 무언가를 꾸미고 있다는 얘기인데. 대체 그는 무엇을 바라고 있는 것일까? 무엇을 바라기에 자신을 이리도 괴롭하나 하는 생각이 들었다. 살짝 고개를 저은 그는 조용히 한숨을 내쉰 뒤 다시 발길을 돌렸다. 생각해 봤자 알 수 없는 것이 마신의 속마음이었으니까.

셔츠의 앞주머니에 넣어둔 안경을 꺼내어 쓰면서 그는 살짝 자신의 머리카락을 쓸어 내려보았다. 다시 금발로 물들였으면⋯ 하고 생각하는 것은 그밖에 모르는 사실. 그는 검은 머리카락보다 금발을 더 사랑해 주었다. 항상 매만져 주면서 웃어주었다. 그래서 자신도 좋아했던 것인데.

"⋯현홍아⋯⋯."

작게 중얼거리면서 그는 복도의 벽에 등을 기대었다. 차가운 돌의 감각이 등을 타고 흘렀지만 그는 조용히 눈을 감을 뿐이었다. 처음 만났던 그때처럼⋯ 언제나 행복할 수만은 없는 것일까? 함께 영원히.

"역시 무리겠지?"

세상이라는 것은 그렇게 호락호락하지 않으니까. 언제나 행복으로 가려는 사람의 발목을 잡아채서 놓아주지 않는다. 너무나도 쉽게 절망하게 만들고, 너무나도 쉽게 아프게 만드는 것이 운명… 세상의 힘. 서글프지만 '행복'을 얻기 위해서는 그만큼의 희생이 감소되는 것. 그런 것이었다.

고개를 살짝 저은 진현은 다시 걸어갔다. 그것이 진실이라면 어떤 희생을 치러서라도 나는 원하는 것을 얻을 것이다라고 작게 중얼거리면서. 천천히 걸음을 옮긴 그가 도착한 곳은 니드가 머물고 있는 방이었다. 현홍이 아스타로테에게 몸을 빼앗겼을 때까지만 해도 그는 견딜 수 있었다. 되찾을 수 있다는 희망이 남아 있으니까. 하지만 죽은 사람은… 다시 되살릴 수 없다. 니드의 방문 앞에 선 진현은 잠시 동안 멀거니 서 있었다.

"후우."

작게 한숨을 내쉰 진현이 조용히 노크를 했고 딱딱 끊어지는 소리와 함께 잠시 후 자그마한 목소리가 들려왔다.

"…들어오세요."

약하고 힘이 없게 들렸지만 그래도 반응을 한다는 것이 어디인가. 진현은 그렇게 생각하며 조심스럽게 문을 열고 방으로 들어섰다. 아직 이른 아침이었지만 니드는 깨어 있었다. 그러나 아직까지 몸을 움직일 정도의 체력이 회복되지 않았기 때문에 침대에 조용히 앉아 있는 중이었다. 커튼은 걷혀져 있었고 활짝 열려진 창문으로 새벽의 시원한 바람이 방 안을 맴돌았다. 진현은 조심스럽게 니드에게로 다가가며 말했다.

"새벽바람은 건강에 좋지 않을 수 있습니다."

일주일이 넘는 시간 동안 음식이라고는 입에 대지도 않았던 니드였기에 그의 몰골은 거의 폐인이 가까웠다. 창백해진 안색과 마른 얼굴이 절로 환자라는 분위기를 만들 정도였다. 니드는 희미하게 입가에 미소를 떠올리며 고개를 저었다.

"괜찮습니다. 요 얼마간 밖에 나가지 못해서 바람을 쐬고 싶었습니다."

푸석해진 암청색의 머리카락이 바람에 살짝 흔들렸다. 점점 기운을 차리고 있는 것 같아서 안도의 한숨을 내쉰 진현이 조용히 침대 근처로 의자 하나를 끌고 가 앉았다. 잠시 동안 두 사람은 아무런 말 없이 서로를 쳐다보았다. 진현은 콧등의 안경을 바로잡으며 입을 열었다.

"의사에게 진단을 받아보심이……."

"아뇨, 괜찮습니다. 조금 쉬면 나아지겠지요."

체력이 너무 떨어져 있었기 때문에 니드는 방을 나설 수도 없었다. 식사도 제대로 못해서 수프와 건강식으로 연명을 하고 있었던 터라 진현은 내심 걱정이 안 될 수가 없었다. 진현은 안경을 벗어 셔츠의 주머니에 넣으며 다시 말했다.

"어서 건강을 회복하셔야 합니다. 오늘 오후에는 의사를 부르도록 하겠습니다."

니드는 별다른 말 없이 진현을 보았고 진현은 고개를 살짝 저었다. 그때였을까, 작은 노크 소리가 들렸고 진현은 의자에서 일어나 문 쪽을 바라보았다.

"들어오십시오."

삐걱거리는 소리와 함께 문이 살며시 열렸고 까맣고 단정한 메이드복을 입은 두 명의 시녀가 쟁반을 들고 모습을 드러냈다. 그녀들은 진현을 보더니 흠칫, 하고는 고개를 숙여 인사했다. 미간을 살짝 찌푸린 니드는 그녀들을 보며 쇠약해진 목소리로 말했다.

"지금 아침 식사를 하고 싶지는 않습니다. 돌아가 주세요."

시녀들은 당황한 얼굴이 되었고 곧 진현을 보며 도와달라는 듯한 눈길을 주었다. 한숨을 쉰 진현은 니드를 돌아보며 조용히 입을 열었다.

"제시간에 식사를 하셔야 건강이 빨리 회복이 됩니다. 삼시 세끼 제대로 챙겨 드셔야 합니다."

"하지만 식욕이……."

"너무 오래 식사를 하지 않으셔서입니다. 위가 잘 받아들이지 못하는 것이겠지요. 이것도 견뎌내셔야 합니다."

단호한 음성으로 진현이 그리 말하자 니드는 뭐라 말하려다 고개를 저으며 입을 다물었다. 조금은 뾰루퉁한 그의 모습에 시녀들은 속으로 미소를 지으며 조심스럽게 니드가 식사를 할 수 있게 도와주었다. 침대 위에서 먹을 수 있도록 들고 온 작은 식탁을 놓았고 그 위에 신선한 우유와 수프, 막 구워서 부드러운 빵 등을 올려두었다.

숟가락을 든 니드는 자신의 옆에 서 있는 두 명의 시녀들을 보면서 뚱한 목소리로 말했다.

"됐으니까 가보세요."

까만 단발 머리카락이 단정해 보이는 시녀 한 명이 멀찌감치 테이블에 앉아 자신들을 보고 있는 진현을 힐끔 보더니 담담한 목소리로 대답했다.

"니드님께서 식사를 마치시기 전까지 갈 수 없습니다. 전처럼 남기시면 안 되니까요."

"후훗."

진현의 자그마한 웃음소리를 들으며 니드는 입술을 살짝 내민 후에 마지못해 수프를 떠먹어야 했다. 하지만 곧 이어 불만은 다시 터져 나왔다.

"너무 느끼하잖아요. 후추라도 주세요."

테이블에 턱을 괴고 앉은 진현이 나직한 목소리로 말했다.

"소금이나 후추처럼 자극적인 맛을 내는 향료는 위에 부담을 줄 수 있습니다. 그렇게 드시고 싶으면 어서 나으십시오."

니드는 입술을 깨물며 불만을 속으로 삭여야 했다. 우선은 반항을 할 기운도 남아 있지 않았으니까. 진현은 잠시 동안 소리 죽여 웃은 다음 시녀들에게 차를 가져다 달라고 부탁하곤 다시 니드의 곁으로 다가갔다. 아침의 햇빛은 이제 상당히 늘어나 있었고 방 안은 그와 더불어 밝아져 갔다. 불만스러운 표정으로 수프를 떠먹던 니드는 조용히 고개를 들어 진현을 보았다.

느긋한 시선으로 창을 바라보는 진현의 옆얼굴을 보며 니드는 조심스럽게 생각했다. 그도 많이 힘들 것이다라는 생각을. 지금은 저렇게 여유로운 모습이지만 현홍이 그렇게 되었을 당시 그의 모습을 니드는 잊지 않았다. 다카가 죽었을 때의 자신보다 더 심하게 마음을 닫아버렸었다. 하지만 그는 스스로 다시 돌아왔다. 니드는 이 점에서 자신과 진현은 많이 다르다고 생각했다.

여름치고는 선선한 바람과 함께 햇빛 역시 그리 따갑지 않았기에 진현은 기분 좋게 창밖을 바라보는 중이었다. 입가의 희미한 미소, 그리고 밝은 얼굴. 니드는 순간 저것이 정말로 진현의 본심이 투영된 표정일까 궁금해졌다.

"…정말로 웃고 계신가요?"

자신도 모르게 입 밖으로 나온 말에 니드 본인도 흠칫 놀랐지만 이미 말은 주워 담을 수가 없었다. 고개를 살짝 갸웃거리며 자신에게로 시선을 돌리는 진현에게 니드는 다시 한 번 물었다.

"웃고 계시지만, 진정으로 즐거워 보이지는 않아서 하는 말입니다."

가만히 니드를 응시하던 진현이 피식 웃으며 고개를 저었다.

"뭐가 달라 보이십니까? 제 스스로는 잘 모르겠군요."

수프 한 접시를 억지로 다 먹은 니드는 숟가락을 접시 위에 내려놓았다. 손을 들어 눈가를 만져 보니 피부가 거칠하다. 영양의 부족 때문일까. 그렇게 생각하는 니드의 머리카락에 서늘한 무언가가 와 닿았다. 흠칫하여 고개를 들어보니 진현이 조용히 자신의 앞 머리카락을 쓸어주고 있었다. 멍하게 자신을 올려다보는 니드를 향해 진현이 부드럽게 웃어주었다.

"기운 내십시오. 어서 당신이 완쾌되어야 같이 현홍을 찾을 것이 아닙니까."

"…전 아무 도움도 되지 않습니다. 오히려 약해서 짐이 되겠지요."

침울한 음성으로 그리 말하는 그에게 진현은 고개를 저어 보였다.

"당신은 현홍이의 소중한 사람 중 한 분이십니다. 그 녀석이 다시 잠에서 깨어났을 때… 자신의 곁에 당신이 없다면 섭섭해하지 않겠습니까?"

니드는 다정한 얼굴로 말하는 진현을 보았다. 이상하게 마음이 편해지는 미소와 표정. 어쩌면… 아니, 확실히 이곳의 있는 그 누구보다도 현홍을 아끼는 사람은 외려 진현, 그일 텐데.

살짝 니드의 어깨를 토닥여 주며 진현은 살며시 자리에서 일어났다. 시녀들이 준비해 온 차를 테이블 위에 올려놓자 진현은 미안한 듯한 표정이 되어 손을 저었다.

"아아, 죄송합니다. 지금 나갈 일이 생겼으니 차는 두 분이서 드시길."

"예? 하, 하지만……."

갈색 머리카락의 시녀가 당황한 얼굴로 되물었으나 진현은 부드럽게 손을 저을 뿐이었다. 진현이 마시는 최고급 홍차는 시녀 한 명의 한 달 월급보다 비싼 가격에 시중에 판매되고 있는 실정이었다. 그런 것을 자신들에게 마시라고 하니 그녀들이 당황하는 것도 당연한 것.

"괜찮습니다. 주방장께서 문책하시면 제가 나중에 직접 말씀드리겠습니다."

그는 두 명의 당황한 시녀를 내버려 둔 채 등을 돌려 문 쪽으로 걸어나갔다. 그리고 조용히 손잡이를 붙잡으며 고개를 살짝 돌려 니드를 보았다. 흰색의 시트를 무릎까지 덮고 있는 니드를 본 진현은 환하게 미소를 지으며 고개를 숙였다.

"나중에 다시 들르겠습니다, 니드."

무언가 자신이 행하는 일에 대한 자신감이 가득 차 있는 미소 같다고 생각한 것은 착각일까. 니드는 순간 진현의 모습이 그 어느 때보다 가볍고 활기 차 보인다고 생각했다.

그러나 남은 사람이 어떻게 생각하든 간에 진현은 그 말과 미소를 남기고 문 밖으로 모습을 감추었다. 총총걸음으로 복도를 걷던 진현은 쓰게 웃으며 자신의 검은 머리카락을 긁적였다.

"후훗, 생각보다 난 표가 잘 나는 모양이군."

…속마음이 말야. 중얼거리듯이 내뱉은 그는 미소를 지우며 한숨을 쉬었다. 이제 아침의 해가 높게 떠올라서 그런지 저택의 이곳저곳에서 소음이 들려왔다. 그리고 그중 하나의 소음 제공자가 자신에게로 다가오는 것을 보며 진현은 생긋 웃었다. 기지개를 쭉 켜며 부스스한 얼굴로 걸어오고 있는 사람은 바로 에오로였다. 셔츠에 주름이 한가득인

것을 보니 잠을 잘 때 입었던 옷을 그대로 입고 나온 것 같았다. 거기다가 바지 자락도 엉망이고 신발은 어디로 내다 버렸는지 방에서 신는 슬리퍼를 직직 끌고 나온 것이다.

입을 쩍 벌리고 하품을 한 에오로가 진현을 보았는지 눈을 동그랗게 떴다. 그리고는 슬리퍼를 끌면서 진현에게로 후닥닥 달려왔다.

"우와, 역시나 진현! 일찍도 일어났네요."

진현은 빙긋 웃으며 고개를 끄덕였다.

"예, 일찍 일어나는 것이 습관이다 보니. 그건 그렇고, 에오로 군은 원래라면 일어날 시간이 아닌 것으로 아는데?"

"에헤헤, 아침 식사 시간에 늦으면 밥도 안 준다고 잔소리를 해대서."

"누구? 아, 아영이가 그랬나 보군요. 그렇다고 억지로 일어나실 필요가……."

멋쩍은 듯 살짝 미소를 짓는 진현에게 에오로는 손을 휘저으며 말했다.

"아이고, 말도 마세요. 누가 이 집 주인 아니랄까 봐 조금만 잘못해도 잔소리가 말도 아니라고요. 생각보다 짜던걸요."

진현은 간단하게 '집안의 내력입니다' 라고 답했고 에오로의 표정은 조금 이상하게 변했다. 그 표정의 뜻을 알지 못하는 진현으로서는 뭐라고 할 말이 없었지만. 결국 진현은 홀에서 차를 마셔야겠다는 생각을 했고 에오로와 함께 오붓하게 1층으로 내려와야 했다.

아침부터 청소를 하는 하인들과 하녀들로 저택은 꽤나 소란스러웠다. 꾸깃꾸깃한 셔츠의 소매로 눈가를 슥슥 문지르며 에오로는 아직까지 잠에서 덜 깨었는지 비틀거리며 걸었다.

"아함, 그건 그렇고… 세트레세인으로 가신다면서요?"

뜻하지 않은 에오로의 질문에 진현은 눈을 깜빡거리다가 곧 고개를 끄덕이며 답했다.

"아아, 카이트 씨에게 들으셨나 보군요. 아마도 곧 갈 것 같습니다. 수도의 마법 길드에는 세트레세인으로 곧장 통하는 텔레포트 마법진이 있다고 하더군요. 시간도 들지 않을 테고… 왔다 갔다 하는 데 시간이 걸리지 않는다면야 이곳에 오래 있을 필요는 없지요. 얼른 다녀오는 편이 낫지 않겠습니까?"

조금 고개를 끄덕인 에오로가 다시 입을 열었을 때는 하인들과 하녀들이 분주하게 움직이는 홀에 다다른 후였다.

"그럼 저도 데리고 가주실래요?"

"예?"

걸음을 멈춘 진현이 눈을 가늘게 뜨며 자신을 내려다보자 에오로는 어깨를 으쓱거리며 말했다.

"큰 뜻이 있는 것은 아니지만, 가족들도 보고 싶고 할 일도 조금 있어서요. 따로 가는 것보다는 나을 것 같아서. 거기다가 스승님의 성에 들어가시려면 저나 슈란을 함께 대동하지 않으면 불가능하거든요. 이유야 대자면 한도 끝도 없는걸요."

사실 진현 역시 세트레세인으로 갈 때 에오로를 데리고 갈 생각이었다. 하지만 에오로가 직접 말을 해서 조금 당황한 것뿐. 진현은 살짝 고개를 끄덕이며 빙긋 웃었다.

"그리 말씀하시니 알겠습니다. 사실 저 역시 에오로 군을 모시고 갈 생각이었습니다."

"헤헤, 그럼 다행이고요. 아, 그런데 다른 사람들은 어쩌고요?"

하얀 테이블보 위에 색색깔의 꽃이 장식된 식탁을 보면서 진현은 살짝 의자를 끌어다가 앉았다. 그리고 에오로 역시 그의 반대 편 의자에 앉으며 진현의 대답을 기다렸다.

"다른 사람들은 데리고 갈 생각이 없습니다. 어쨌거나 이 문제는 개인적인 것이고 더 이상 이곳도 위험에 처하지 않을 테니까요."

"예? 그게 무슨 말씀인지……."

당황한 에오로의 물음이 끝나기도 전에 식탁이 있는 홀로 우르르 사람들이 몰려들었다. 맨 처음엔 막 샤워를 한 것인지 뽀얀 얼굴을 자랑하는 아영이 수건을 머리에 올린 채 들어왔고 그녀의 뒤로 솔루드가 잔소리를 하면서 뒤따랐다. 만난 이후로 항상 함께 있는 우혁과 루가 다정하게 손을 붙잡고 들어왔고 그들의 뒤로 마치 한가족이라도 된 것처럼 보이는 셀로브와 에이레이, 중간에 키엘이 들어왔다. 마지막의 모습에서 에오로와 진현이 푸훗 하고 낮게 웃었다는 것은 비밀이다, 어디까지나.

모두의 식사가 끝난 후에 진현은 조용히 차를 마시면서 이제부터의 일에 대한 것을 논의하기 시작했다. 물론 논의라는 것은 어디까지나 진지한 사람들의 일일 뿐, 진지함과는 행성 간의 거리만큼이나 먼 몇몇 사람들은 전혀 개의치 않았다.

"아악, 에오로! 그건 내 거라고! 내가 좋아하는 과일 생크림 케이크를 그렇게 몰래 빼가다니! 용서 못해!"

"케이크에 이름 써놨냐! 먼저 먹는 사람이 임자라고, 임자! 악! 그 벌꿀 팬케이크는 내 거야!"

"방금 전에 임자 없다고 한 사람 누군데! 이것도 저것도 다 내 거야!

건들지 마아!"

…물론 그 몇몇은 이 두 사람을 놓고 하는 얘기이다. 결국 우혁이 에오로의 입을 막고 솔루드가 아영에게서 간식들을 몽땅 빼앗는 것으로 소란은 진정 국면으로 향했다.

"고맙다, 우혁아. 감사합니다, 솔루드. 흠, 이제 좀 조용하게 얘기할 수 있겠군요."

살며시 다리를 꼬고 앉은 진현은 깍지 낀 손을 무릎 위에 올리며 말을 이었다. 물론 그의 앞에서는 우혁에 의해 입이 손으로 틀어막힌 에오로가 괴로운 듯 발버둥 치고 있었지만 진현은 깔끔하게 눈을 감아 그 장면을 못 본 체했다.

"저와 에오로 군은 오늘 오후에 세트레세인으로 가기로 했습니다. 아, 참고로 따라오시겠다는 말씀은 아무도 하지 말아주십시오. 이것은 저와 에오로 군의 개인적인 일이니까요."

"……."

당장에 손을 번쩍 들면서 따라갈 거야라고 외칠 태세였던 아영은 입을 다물고 눈을 동그랗게 뜰 수밖에 없었다. 이미 유니콘의 숲에 갈 때 그런 패턴을 답습했던 진현이 이번에는 호락호락 넘어갈 것 같지 않았다. 단호한 얼굴이 되어 진현은 계속해서 말했다.

"그리 오래 걸리지는 않을 겁니다. 무엇보다 아영은 자신의 힘에 그럭저럭 각성을 마쳤고, 우혁도 있으며 마족인 셀로브도 있으니 위험한 일은 없을 것이라고 생각합니다. 하지만 어떠한 일에도 만약이라는 일이 있으니 몸조심은 해주시길. 될 수 있으면 개인 행동은 자제해 주시고 제가 돌아올 때까지는 수도와 저택 말고는 돌아다니지 말아주십시오."

"잠깐! 난 불만이야! 진현이 없다고 우리가 그렇게까지 몸 사릴 필요 있어?! 그 딴 암살자들 와봤자 나한테는……!"

"몸 사릴 필요 있지. 네가 나보다 강하냐?"

"윽……."

"약하니까 충분히 조심해서 안 좋을 것은 없어. 그 녀석들이 어느 정도 강한지는 충분히 경험했을 텐데? 그리고 녀석들의 우두머리는 아직 모습도 안 드러냈으니까 괜히 촐랑대다가 다치지 말고 내 말 들어."

진지한 얼굴로 자신을 쳐다보며 진현이 그리 말하자 아영은 입을 다물고 의자에 비뚤하게 앉으며 입술을 내밀었다. 그녀의 뒤에 서 있던 솔루드가 조심스럽지만 다정하게 그녀의 어깨를 손으로 짚기 전에는 말이다. 솔루드가 아영의 어깨를 토닥이며 나직하게 말했다.

"진현님의 말씀은 알겠습니다. 조심해야 할 사항은 그것뿐입니까?"

"예, 세트레세인에서는 그리 오래 있지 않을 겁니다. 길어봤자 사나흘 정도면 되지 않을까 생각하고 있습니다. 그때까지 부디 조심해 주십시오, 솔루드."

"잘 알겠습니다."

솔직히 막 나가는 아영을 막아낼 수 있는 사람은 지금 여기서 솔루드뿐이니까. 아영을 말릴 수 있는 유일한 사람이었던 우혁이 자신의 동생이 된 루에게 완전히 푹 빠져 있는 지금, 의지할 수 있는 사람은 그뿐이다. 그리고 셀로브는 에이레이를, 에이레이는 키엘을 지키지 않는가. 이 무슨 삼각 구도 같은 사이인가라고 생각하며 진현은 이마를 짚었다.

자신의 앞에 놓인 찻잔을 들어 올리며 진현은 작은 한숨을 내쉬었다.

"조심해서 나쁠 것은 없겠지요. 그럼 부탁드리겠습니다."

잔에 남아 있는 홍차를 한입에 마신 진현이 조심스럽게 자리에서 일어났다. 그와 동시에 마치 도살장에 끌려 나온 소마냥 눈만 껌벅거리며 얼어 있던 사람들이 일제히 자리에서 일어나는 것을 보며 에오로는 실소를 머금었다. 평범한 셔츠를 입고 있어서 이제 어디를 보나 인간같아 보이는 셀로브는 자신의 검은 머리카락을 쓸어 넘기며 입을 열었다.

"조금이라도 늦을 것 같은 경우에는 연락해라. 아무리 텔레포트로 순식간에 갈 수 있다지만 문제가 생기면 곤란하니까."

"후훗, 난 이쪽이 더 걱정된다."

짧게 미소를 지은 진현은 조용히 주먹을 쥐어 올렸고 셀로브는 잠시 동안 가만히 있다 한숨을 쉬면서 진현의 주먹에 자신의 주먹을 맞대었다.

"잘 다녀와라."

"응."

마치 장엄하게 전쟁터로 나가는 친구를 배웅하는 것 같은 장면이었기에 홀에 있던 사람들은 조금 머쓱함마저 느껴야 했다. 무엇보다 에이레이는 예전에는 서로 못 잡아먹어서 안달이었던 두 사람이 갑자기 저런 면모를 보이니 이상할 정도였다.

'미운 정인가?'

그렇게 생각하며 에이레이는 자신의 앞에서 황금색 눈동자를 데구르르 굴리는 키엘의 머리카락을 살짝 쓰다듬어 주었다.

수도의 중앙 분수대가 있던 장소는 이제 거의 복구가 완성되는 시점이었다. 부서진 대로의 포석들도 새로이 깔았고 주변의 건물들은 마법의 여파라 상당 부분 부서져 있었기에 모두 새로 지어 올리는 중이었다. 깔끔하게 단장이 된 포석들을 밟으며 진현은 슬쩍 고개를 들어 하늘을 보았다. 여름의 햇빛이 무섭도록 뜨겁게 내리쬐는, 말 그대로 찜통과 같은 날씨였다. 그래서인지 주위의 사람들 역시 녹아내리는 눈사람처럼 흐느적거리며 거리를 걷고 있었다.

추위든 더위든 잘 타지 않는 진현은 그저 덥군이라고 중얼거릴 정도랄까. 무엇보다 그는 더위보다는 햇빛에 의해 살결이 타는 것을 더 싫어했으니까. 구름 한 점 없는 파란 하늘은 분명 보기에는 아름다웠지만, 차라리 조금 구름이라도 끼어 햇빛을 가려주길 바라는 사람이 거의 대다수일 것이다. 뒤를 돌아보니 그건 에오로 역시 마찬가지였다.

마치 햇빛 아래 나타난 좀비마냥 흐느적거리면서 곧 부서지기 일보 직전처럼 보였다.

"더우십니까?"

자신의 짐을 챙겨서 저택을 나온 그 순간부터 에오로의 이마에는 땀이 송골송골 맺혀 있었다. 대답도 하지 못하고 고개만 끄덕거리는 에오로의 모습을 보며 진현은 낮게 혀를 찼다. 저렇게 체력이 없어서야 원, 어디 검을 다루는 검사라고 할 수 있을까. 물론 에오로는 마법도 쓰는 마법사라는 사실을 조용히 뇌의 구석에서 지운 진현이었다. 보통 에오로는 검을 써서 싸웠기 때문에 초반에 치료 마법과 공격 마법 한두 개 본 것 말고는 지금껏 별달리 특출난 마법을 선보인 적이 없었다. 초보니까.

시민들 역시 더위에 못 견뎌서인지 그 비싸다는—마법사가 만들어야 하므로—얼음을 동동 띄운 양동이에 발을 담그고 있는 사람까지 있었다. 확실히 이곳은 제법 더운 축에 들었다.

진현은 잠시 고개를 갸웃거리면서 생각을 해보았다. 하지만 그다지 더울 이유가 없는데? 바다를 연상케 할 정도로 거대한 강, 피니스 비 라임이 옆에 흐르고 있어 비가 올 확률 역시 높은데.

그는 문득 고개를 들어 올리다가 뜨거운 태양열에 가열되어 아지랑 이가 피워 올려지는 결계를 볼 수 있었다. 아아, 아마도 저것 때문에 바람의 환기가 잘 안 되고 더불어 태양열은 아무런 장애 없이 들어오 기 때문에 평균 온도가 높은 모양이었다.

"저 결계, 365일 저렇게 쳐져 있는 겁니까?"

진현의 물음에 에오로는 셔츠에서 꺼낸 수건으로 얼굴을 닦다 말고 힘없이 대답을 했다.

"아아, 예. 저번 데저티드 드래곤 때도 저 결계가 아니었으면 이 도 시는 이미 무너졌을 테니까 오히려 더 강화하자는 주장이 나오나 봐요. 아이고, 더워라."

"하지만……."

"예?"

"이 도시가 더운 것은 결계에 의해 환기가 잘 되지 않아서인 것 같습 니다만? 말 그대로 둥근 유리구 속에 있는 것이나 다름이 없으니까요."

"……."

모르고 계셨나 보군요라고 작게 중얼거리는 진현의 모습은 더 이상 에오로의 눈 속에 들어오지 않았다. 생각해 보니 그의 말도 맞다. 높은 에너지—마력—를 가진 자나 힘은 들어오지 못하게 되어 있는 유리구 가 아닌가? 햇빛은 쨍쨍 내리쬐고 바람은 높은 성벽에 의해 잘 들어오 지 않는데 결계는 떡하니 자리 잡고 있었다. 아지랑이가 모락모락 피어오르는 대로 속에서 멍하게 서 있는 에오로와 진현은 사람들의 시선을 끌 수밖에 없었다.

잠시간의 시간이 지난 후 겨우겨우 정신을 차린 에오로가 비틀거리며 어딘가로 향했다. 그것은 물론 당초의 목적지였던 수도의 마법사 길드 건물. 진현은 말없이 걸어가는 에오로의 등을 쳐다보면서 어깨를 으쓱거렸다.

그러나 마법사 길드의 건물 안에 들어서자마자 에오로는 2층에 있는 카이트의 집무실로 쿵쾅거리며 올라갔고 건물이 떠나갈 듯이 고래고래 고함을 지르기 시작했다.

"카이트니임~! 어서 결계 좀 없애주세요! 사람 죽겠어요!"

"……."

마법사들의 빙계 마법으로 건물 곳곳에는 드라이아이스가 배치되어 있었고 그로 인해 마법사 길드 건물 안은 대체적으로 서늘할 정도였다. 진현은 천천히 계단을 통해 올라갔고 살며시 열려진 카이트의 집무실 안에서 들려오는 비명 소리를 들을 수 있었다.

"왜, 왜 그러냐고! 우와, 멱살 좀 놔! 에오로, 진정하라고!"

"진정 못해요! 사람이 더워 쪄 죽기 일보 직전인데 진정이 가능할 것 같아요? 어서 결계 좀 없애요! 없애라고요!"

소파 위에 올라가서 카이트의 목을 움켜쥐면서 고함을 지르는 에오로를 보면서 진현은 한숨을 푹 쉬었다. 아무래도 많이 덥기는 더웠나 보다. 거의 제정신이 아닌 것처럼 외치는 에오로의 머리 위에 수건으로 싸인 드라이아이스를 올린 진현은 에오로의 어깨를 움켜쥐어 바닥에 내려놓았다.

머리 위에 차가운 것이 있어서인지 잠시 동안 눈만 멀뚱멀뚱 뜨고 주저앉아 있던 에오로는 잠시 후 고개를 갸웃거리며 입을 열었다.

"아, 뭔 일이 있었나요?"

"…정신 차리셨군요."

더위를 많이 먹은 나머지 잠시 동안 환각이 보인 겁니다라고 친절하게 설명을 마친 진현이 충격받은 얼굴을 하고 있는 카이트에게 다가갔다. 구겨진 옷자락을 손가락 끝으로 툭툭 쳐서 정돈해 주며 진현은 빙긋 웃어 보였다.

"괜찮으십니까? 여름에는 참으로 별일이 다 있는 법이지요."

"예, 예? 아, 예……."

헝클어진 머리카락을 손으로 슥슥 내리면서 카이트는 어리둥절한 표정을 풀었다. 멀뚱히 머리에 수건을 얹은 채 에오로는 소파에 앉았고 곧 자신이 멘 배낭을 풀어 옆에 두었다. 고함 소리 때문인지 집무실로 달려온 몇몇 마스터에게 시원한 음료를 가져다 달라고 부탁한 진현은 에오로의 맞은편 소파에 앉으면서도 빙글거리는 웃음을 멈추지 않았다.

"오늘은 전부터 말씀드린 대로 세트레세인으로 떠날 생각입니다. 부탁드리겠습니다, 카이트 씨."

카이트는 멍한 표정으로 진현의 얼굴을 내려다보다가 곧 붉게 달아오르는 얼굴을 한 손으로 가리며 고개를 끄덕였다. 역시 미모라는 부분은 남자든 여자든 괴물이든—이건 아닌가?—초월하는 극한의 아이템인 것이다.

조금의 시간이 지난 후 다른 마스터들이 가지고 온 잘게 간 얼음과 섞은 딸기 주스를 한꺼번에 비워낸 에오로가 자신의 머리 위에 얹혀진 수건을 내리면서 말했다.

"솔직히 저는 텔레포트를 별로 좋아하지 않아요, 멀미가 나서."

"어느 정도의 신체적인 불이익은 시간과 금전의 이득 앞에서 무의미한 것입니다, 에오로 군."

심플하게 말한 진현은 자신이 마신 유리컵을 탁자 위에 올려두었고 에오로는 입술을 오물거렸다. 말 그대로 돈 앞에서는 몸이 구박을 당해도 별 상관이 없다는 말이로구나라고 생각하면서.

카이트와 다른 마스터들이 마법진을 정비하는 사이, 집무실에는 에오로와 진현이 남게 되었다. 진현은 조용히 몸을 일으켜 시원한 바람이 불어 들어오는 창가로 걸어갔다. 그 모습을 에오로는 가만히 쳐다보았고 두 사람 사이에서는 잠시 동안 정적이 깃들었다.

창틀을 손으로 잡으며 진현은 조용히 고개만을 돌려 에오로를 보았고 에오로는 눈을 깜박이면서 그를 응시했다.

"세트레세인에 가시게 되면 다시 아프게 되실지도 모릅니다."

무슨 말인지 의미를 알 것 같은 에오로는 아아 하고 낮은 탄성을 내뱉으며 고개를 끄덕였다. 분명히 옛 기억들이 떠오를 것이다. 스승인 다카와 함께했던 어린 시절… 그 모습을 떠올릴 수 있겠지. 그리고 다시금 아파질지도 모른다. 하지만 자신의 고향이었고 무엇보다 좋았던 기억들과 추억들이 있는 그곳에 가지 않을 수는 없었다. 조용히 미소를 머금으며 에오로는 고개를 저으며 작은 목소리로 말했다.

"하지만 그곳은 제 고향인걸요, 스승님과 함께 보낸 좋은 추억이 있는……."

"……."

진현은 말없이 에오로를 보았다. 차분하게 가라앉은 모습이 예전 마구잡이로 활발하기만 하던 그때와는 많이 달라진 것 같았다. 스승의 죽음으로 많이 성장한 에오로에게 진현은 살짝 미소 지어주었다. 이제는 한 사람의 몫을 완벽하게 해낼 것같이 당당한 그의 모습에 절로 미소가 지어진 것이다. 잠시 후 집무실로 돌아온 카이트에 의해 두 사람은 마법진이 그려진 지하로 가게 되었다. 화려하고 커다란 마법진의 주위로 몇몇 마스터가 서 있었다.

그다지 어렵지 않은 텔레포트 마법이었지만 그래도 조금의 걱정은 되었던지 상황을 살펴보러 온 이들이었다. 아마도 자주 사용하는지 마법진이 있는 지하실은 어둡지도 않았고 지하실 특유의 퀴퀴한 냄새도 나지 않았다. 정돈된 깔끔함과 있는 것이라고는 바닥에 그려진 마법진뿐. 마법진의 중앙에 선 에오로는 우선 길게 숨을 내쉬었다. 카이트의 손이 천천히 빛에 물들었을 때 그가 조용한 목소리로 말했다.

"이 텔레포트 마법진에 의해 세트레세인에 가게 되신다면 곧장 그곳의 마법사 길드 내부가 될 것입니다. 그곳에 좌표가 설정된 마법진이 또 있으니까요. 세트레세인의 마스터들과도 이미 연락이 된 상태입니다. 무사히 다녀오십시오. 안부 전해줘, 에오로."

"아, 예, 카이트님."

빙긋 웃은 후 카이트는 조용히 눈을 감았다. 진현과 에오로도 눈을 감고 마법이 발동되기를 기다렸다. 차분하게 가라앉은 분위기 속에서 마법진의 화려한 문양들이 빛을 발했다. 시야를 감싸기 시작한 빛들 사이로 진현과 에오로의 몸은 조심스럽게 옅어져 갔다. 그리고 채 몇 초가 지나기도 전에 바람이 스쳐 지나가는 소리와 함께 두 사람의 몸은 빛 속으로 완전히 잠겨들었다.

땅으로 떨어진 천사 2

진현은 본디 자신의 눈으로 직접 보지 않는다면 믿지 않는 종류의 인간이었다. 언제나 자신밖에 신용하지 못하고 남을 잘 믿지 않는다. 아니, 어쩌면 그는 평생토록 타인을 믿지 않고 속이며 살아갈지도 모른다. 그것이 비록 자기를 속이는 것일지라도.

새하얀 빛 속에 몸이 묶여 있었다. 혹시나 움직여 좌표를 이탈할 가능성이 있어서였을까. 잠시 후 눈을 찌르던 그 빛은 사라졌고 몸을 옭아매던 힘도 사라져 갔다. 조용히 손을 쥐었다 폈다 한 진현은 고개를 끄덕이며 주위를 둘러보았다. 자신의 옆에 서서 눈을 꼭 감은 에오로가 곧 머리를 휘저으며 눈을 뜨는 것이 보였다. 에오로는 자신의 말대로 멀미가 나는 것인지 이마를 손으로 짚으며 한숨을 토해냈다.

"아아, 역시 어지러워요. 진현은 괜찮은가요?"

미소를 살짝 머금은 진현이 고개를 끄덕였고 곧 주위에 서 있는 몇 명의 사람들에게로 시선을 돌렸다. 회색과 갈색 등의 평범해 보이는 로브를 입고 선 그들은 반백의 머리카락을 자랑하는 노인들이었다. 그들은 진현을 힐끔 보더니 잠시 자신들끼리 수군거리다가 정색을 하곤 고개를 다시 돌렸다. 고개를 갸웃거리는 진현과 에오로에게 그들 중 한 명이 천천히 걸어나오며 말했다.

"세트레세인에 오신 것을 환영합니다, 진현님. 카이트님에게 연락은 받았습니다. 저는 아르제스라 합니다. 오래간만이구나, 에오로."

가슴까지 닿는 흰 수염과 백발의 머리카락, 커다란 수정구가 박힌 지팡이를 두 손으로 잡고 있는 노인에게 에오로는 고개를 숙여 인사했다.

"예, 그동안 안녕하셨어요, 길드장님?"

진현은 작게 고개를 끄덕이며 그 노인을 바라보았다. 역시 한 도시의 마법사들을 이끄는 길드장 하면 저렇게 생겨야 맛이 난다니까라고 생각하면서. 솔직히 수도의 카이트는 이상하게 젊으니까 말이다. 에오로는 차분하게 다른 사람들에게도 인사를 건넸다. 그러나 그들의 표정은 그리 밝지 않았다. 에오로를 보자 얼마 전 명을 달리한 다카 다이너스티의 생각이 물씬 났기 때문이다. 침울한 표정이 된 노인들의 어깨를 툭툭 치면서 에오로는 생긋 웃었다.

"에헤헤, 오랜만에 왔는데 저 안 보고 싶으셨어요? 그건 그렇고 저희 가족들은 다 잘 있죠?"

한 노인이 쓴 미소를 지으며 고개를 조심스럽게 끄덕였다. 기지개를 활짝 켠 에오로는 배낭을 추스르고는 진현을 돌아보며 외쳤다.

"가요, 진현! 우리 어머니는 음식 솜씨가 좋거든요. 난폭한 누나도 있기는 하지만."

진현은 자신의 검은 셔츠 자락을 추스르고 있다가 에오로의 말을 듣고는 살짝 웃으며 고개를 끄덕였다. 하지만 그전에 진현은 우선 다카의 성으로 먼저 가보고 싶었다. 원체 성미가 급한지라 해결 볼 수 있는 일은 얼른 해결한 후에 다른 일을 또 하는 사람이었다.

"아아, 말씀은 고맙습니다만 저는 우선 다카 씨의 성으로 가보고 싶은데, 안내해 주시겠습니까?"

그의 말에 근처에 서 있던 길드원들로 보이는 노인 중 한 명이 입을 열었다.

"다카님의 성은 이방인에게 함부로 보여줄 수 없소."

그는 인상을 쓰면서 진현을 노려보았다. 하지만 그 정도에서 물러날 진현이 아니었다. 그는 생긋 웃으면서 길드장 아르제스를 보며 말했다.

"에오로 군이 같이 동행한다면 별 무리는 없을 것이라고 봅니다만? 그리고 그곳에 있는 물품들을 손상시키는 일은 없을 테니 걱정 마십시오."

"길드장님! 저자는 외부인입니다. 다카님의, 대마법사님의 성에 함부로 발을 들이게 해서는 안 됩니다!"

"제, 제 생각도 그렇습니다."

주위의 마법사들은 모두 반대의 입장을 표했다. 뭔가 일이 꼬이는 걸이라고 생각한 진현은 쓰게 웃으며 머리를 긁적였다. 그러나 그중에서도 진현의 편을 들어주는 인물이 있지 않은가. 바로 에오로였다. 그는 주위 사람들이 갑자기 이상하게 나오자 고개를 갸웃거리며 조금 목소리를 높였다.

"잠깐, 잠깐만요! 언제부터 우리가 외부인이라고 홀대했어요? 그리고 진현은 스승님께서 수도까지 가시면서 만나고자 하신 분이라고요!"

"뭐?!"

"진현과 그의 동료들, 제 동료도 되지만… 저는 여행 도중에 진현의 도움을 받으면서 겨우겨우 수도에 도착했었습니다. 그런데 이렇게밖에 못해주나요?!"

조금 화가 난 듯이 입술이 샐쭉거리며 외친 에오로는 아르제스 쪽으로 고개를 돌렸고 잠시 동안 말이 없던 아르제스는 묵묵하게 고개를 끄덕이며 말했다.

"다카님의 일로 조금 심란해서 그랬던 것입니다, 진현님. 너무 마음에 두지 마십시오. 에오로와 함께 동행하신다면 괜찮습니다."

진현은 살짝 고개를 숙임으로 감사의 뜻을 표했다. 그러나 그를 보는 다른 이들의 시선은 그리 곱지 않았다. 조금 이상하다고 생각했지만 마음에 두지 않은 진현과 에오로는 계단을 통해 1층으로 올라갔다. 이상하게 등을 찌르는 시선을 받으며 위층으로 들어서자 시원한 바람이 불어 진현은 흩날리는 머리카락을 쓸어 넘겼다. 사실 그곳은 지하실이 아니었나 보다. 진현은 커다란 테라스로 걸어가며 눈을 동그랗게 떴다.

몇 층 정도가 될까? 한없이 높은 탑과 같은 위치였다, 이곳은. 시원하게… 보통의 다른 곳보다 더 강한 바람이 창을 통해 사방에서 들어왔다. 산의 중턱쯤 되는 위치에 있는 건물이었기에 도시가 한눈에 내려다보일 정도였다.

"아름답죠? 세트레세인의 경치를 구경하기에는 이 마법사 길드의 탑 ᅪ 스승님의 성이 최고예요."

자랑스럽다는 듯 말하는 에오로에게 진현은 고개를 끄덕였다. 푸른 산림에 둘러싸인 아름다운 탑, 그리고 그에 못지않게 아름다운 도시가 탑의 아래로 내리비쳤다.

"음, 우선 세트레세인의 명물 음식은 겨자 소스를 바른 오리 고기예요. 아, 저기 판다!"

알고 싶은 것은 도시 명물 음식이 아니지만 환하게 웃으며 팔짝팔짝 뛰어가는 에오로를 향해 뭐라고 말을 하지는 못한 진현이었다. 자신의 고향에 와서 그럴까. 평소보다 더 밝아 보였고 기운차게 움직였다. 시원스럽게 우는 매미들의 소리와 함께 사람들의 모습은 평화로워 보였다.

수도 스란 비 케스트와는 비교가 되지는 않지만 제법 큰 축에 드는 도시 규모였다. 조성 사업도 꽤 잘 되어 있었고 무엇보다 그다지 안 좋은 부분을 찾아보기 힘들 정도로 깔끔한 도시였다.

포장마차로 걸어간 에로로가 이것저것 시켜서 먹고 있을 때 진현은 주위를 구경했다. 평화롭지만 조금 조용해서 이상한 분위기. 웃는 사람은 드물었고 웃는다고 해도 조금 쓴 미소들, 그것들은 보면 진현은 미간을 찌푸렸다.

그래, 이곳은 다카 다이너스티의 도시. 그와 가장 가깝게 살아간 곳이 아닌가. 다카가 죽은 지도 이제 며칠이 지났지만 그것은 그저 시간일 뿐. 이곳의 사람들에게는 잊혀지지 않는 일일 것이다. 나무에 꿰인 오리 고기 꼬치를 양손에 든 채로 에오로가 다시 진현에게로 다가왔다.

"자요, 드세요. 그런데 아까부터 무슨 생각을 그리 하세요?"

고맙습니다라고 짧게 인사하곤 꼬치를 받아 든 진현이 조용하게 미소 지으며 대답했다.

"글쎄요, 아름다운 도시라고 생각해서 말이죠. 조금 감상에 빠져 본 것뿐입니다."

에오로는 고개를 갸웃거렸지만 더 이상 묻지 않았다. 차분한 얼굴로 진현은 다시 한 번 주위를 둘러보았다. 조용한 분위기가 상당히 마음에 들었다. 도시도 넓고 사람들도 많지만 그에 비해 고요하고 조용한……

콰광!

…진현은 자신의 생각을 후회하며 조용히 고개를 저었다. 살다 보면 별일이 다 있는 것. 대로에 있던 사람들이 웅성거리는 것도 잠시 곧 각자의 일상으로 돌아갔다. 한 민가에서 연기가 모락모락 피어오르는 것을 보고도 말이다. 고개를 잠시 갸웃한 진현이 열심히 꼬치 고기를 먹고 있는 에오로에게 물었다.

"연기가 나지 않습니까? 보통은 불이 났다거나 해서 도와주러 갈 텐데?"

"아아, 원체 이 도시에서는 저런 일이 많거든요. 별일 아닐 거예요. 누가 마법 실험 하다가 뭐 날려먹었겠죠."

"……"

겉보기와는 다르게 상당히 난폭한 도시인가 보다. 하지만 어디를 보나 평범해 보이는 민가이다. 일반인들이 살 것 같은 저런 곳에 마법사라니? 궁금함을 이기지 못한 진현이 다시금 물었다.

"저건 민가가 아닙니까? 저런 곳에 마법사가?"

그새 고기를 다 먹었는지 약간의 살점들만이 묻어난 나무 작대기를 혀로 핥으며 에오로는 대수롭지 않은 말투로 답했다.

"이 도시 칭호가 마법 도시잖아요. 아무 도시나 마법 도시라고 불릴 수는 없다고요. 대륙에서 가장 많은 마법사가 사는 곳! 더불어 일반인들도 초보적인 마법 몇 가지는 쓸 수 있는 수준을 가진 도시예요. 하루에도 몇 번씩 저렇게 연기가 피어오르거나 지붕이 날아가는 집이 많으니까 신경 쓸 게 못 되죠."

진현은 황당함을 겨우겨우 감추며 표정을 관리할 수밖에 없었다. 아무것도 모르는 외부인이 이 도시에 들어왔다가 까닥 잘못하면 날아오는 지붕에 깔려 죽을 수도 있겠다고 생각하며. 그럼 이 도시 사람들은 싸울 때도 마법을 난무하면서 싸울까. 그런 의문은 마음속 깊은 곳에 감추며 진현은 쓴웃음을 지었다.

연기가 모락모락 피어오르는 집을 뒤로한 채 에오로와 진현은 다카의 성이 있다는 곳으로 발걸음을 옮겼다.

시원스럽게 쭉 뻗은 대로, 아담하고 예쁘게 꾸며진 스위스 풍의 집들, 그리고 평화로운 사람들(하지만 진현은 겉모습에 속지 않기로 결심했다). 어느 정도의 거리마다 사거리가 있었고 그 사거리의 중앙으로는 그리 큰 크기는 아니지만 작은 분수대와 화원들이 조성되어 있었다.

에오로가 넘겨준 꼬치 구이를 먹으면서 진현은 이리저리 구경을 했다. 뭐, 세계 방방곡곡을 제 집 드나들듯이 돌아다닌 진현에게는 이 정도의 도시쯤이야 셀 수 없이 많이 구경을 했으니까 별로 감흥을 일으키는 정도는 아니었다.

그때 조용하게 거리를 걸어가는 두 사람에게로 한 명의 여성이 다가왔다.

"에오로? 에오로 아니니?"

겉모습으로는 30대 초반 정도가 되었을까? 하지만 단아한 아름다움을 가진 여성이었다. 연한 갈색의 머리카락과 일반적으로 여성들이 입는 평범한 치마와 셔츠를 입은 그 여성은 자신이 본 것을 믿지 못하겠다는 듯이 입을 가리며 놀란 얼굴이 되었다. 그것은 에오로 역시 마찬가지였다. 그는 눈을 동그랗게 뜬 채로 입을 쩍 하니 벌렸다.

"아, 엄마!?"

진현은 미간을 찌푸린 채로 자신들에게로 다가오는 여성을 보았다. 상당히 젊은 얼굴인데……. 꽤 동안이라고 생각하는 진현을 두고 에오로는 환한 얼굴로 여성에게 달려가 그녀를 껴안으며 외쳤다.

"엄마! 엄마, 그동안 잘 지내셨어요?"

"하아~ 그래, 에오로. 연락이나 좀 하고 오질 않고. 얼마나 걱정했는 줄 아니?"

다정한 모자의 모습을 보며 진현은 약간의 소외감과 함께 씁쓸한 생각에 절로 고개를 돌리고 말았다. 어머니라는 존재는… 자신은 느껴보지 못했다. 저택의 깊은 감옥과도 같은 방에 유폐가 되어 있는 어머니의 눈물만을 항상 봐왔을 뿐. 가문은 한 사람을 인간으로서 인정해 주지 않았다. 타인이 볼까 두려워하면서 언제나 깊이깊이 감춰두었었다. 그리고 어머니는 미치기 직전까지 갔었지. 아버지가 돌아가시고 얼마 후 죽을 때까지… 그녀는 그렇게 살았다.

사랑하는 사람과의 결혼이 그녀에게는 인생 최대의 불행이었던 것이다. 그래도 사랑한다고 마지막의 마지막까지 말하며……. 진현은 살며시 미간을 찌푸렸다. 미치지 않는 것이 더 이상했을 것이다. 고작 촛불이 하나 있는 어두운 방에서 다른 사람들과 단절된 삶을 살았으니까. 그녀의 유일한 낙이 있다면 하루에 한 번 자신을 보러 와주는 자식과 사랑하는 남자였을까.

주먹에 절로 힘이 들어가는 것을 느낀 진현은 입술을 깨물면서 고개를 저었다. 이런 생각을 해봤자 변하는 것은 아무것도 없다. 이미 지나간 과거이기에. 한숨을 쉰 진현은 아직까지 얼싸안고 해후를 가지고 있는 두 사람에게로 다가갔다.

"처음 뵙겠습니다."

공손하게 고개를 숙이며 인사하는 남성을 보며 에오로의 어머니는 살짝 고개를 갸웃거리며 에오로에게 눈길을 주었다. 그러자 에오로는 눈가에 고인 눈물을 슥 닦으며 헤헤거렸다.

"아, 제가 여행하는 데 도움을 많이 주신 분이에요."

"그러시군요. 감사합니다, 제 아들을 잘 돌봐주셔서. 저는 아리스 미츠버라고 합니다. 성함이?"

"아, 미즈 아리스. 만나뵙게 되어 영광입니다. 저는 김진현이라고 합니다. 그냥 진현이라고 불러주십시오."

살살 웃으며 아리스의 손을 조용히 들어 올려 손등에 입을 맞추는 진현을 보며 에오로는 등 뒤로 식은땀을 흘렸다. 남의 엄마에게 무슨 짓인가요라는 눈으로 에오로가 자신을 노려보았음에도 진현은 그 미소를 거두지 않으며 살며시 허리를 숙였다.

"에오로 군에게 이렇게 아리따우신 어머니가 계신지 몰랐습니다. 저렇게 잘난 아드님을 두셔서 정말로 가문의 영광이겠군요."

여성은 곧 하늘이다라는 진현의 신조 중 하나는 그것이 유부녀라고 해도 통하는 모양이었다. 하긴 여자라면 열 살 먹은 꼬맹이든 환갑이 되어가는 할머니든 무조건 여성으로 보니까. 하지만 에오로는 뭔가 심상치 않음을 느끼며 조용히 진현의 손에 들린 아리스의 손을 빼내며 중얼거렸다.

“…나중에 현홍이 돌아오면 다 이를 거예요, 진현.”

“아아, 현홍과 제가 무슨 상관입니까?”

“뻔뻔해요.”

어깨를 으쓱거리며 제스처를 취하는 진현을 노려본 에오로가 자신의 어머니인 아리스를 쳐다보며 손을 휘저었다.

“저분은 신경 쓰지 말아요, 엄마. 아, 그리고 저랑 진현은 지금 스승님의 성에 가니까… 에, 엄마?”

말을 하던 에오로는 갑자기 자신의 어머니가 눈물을 흘리며 고개를 숙이는 모습을 보고는 화들짝 놀랐다. 에메랄드 빛 눈동자에서 스며져 나온 그녀의 눈물은 천천히 흘러내렸고 에오로는 갑자기 왜 이러나 싶어 당황함에 어쩔 줄을 몰랐다. 하지만 뭐 때문에 우는지 알 것 같은 진현은 아무 말 없이 주머니를 뒤져 잘 다려진 손수건을 꺼내었다. 조용히 눈가의 눈물을 닦아주면서 진현은 나직하게 말했다.

“미즈 아리스, 당신께서 이렇게 눈물 흘리시면 그분도 하늘에서 슬퍼하실 겁니다.”

하지만 그의 손에서 손수건을 받은 아리스의 눈물은 멈출 줄을 몰랐다. 그제야 아리스가 흘린 눈물의 의미를 알게 된 에오로는 머쓱한 기분을 느끼며 머리를 긁적여야 했다. 사실 이렇게 울면 자신도 더욱 울고 싶어지는데. 이곳에 와서 마법사 길드의 탑에서 내려다본 도시의 정경을 보며 에오로는 자신도 모르게 눈물이 흐르는 것을 느꼈었다. 도시의 거리를 걸으면서도 이곳저곳에 스며져 있는 자신과 슈린, 그리고 스승의 자취를 느낄 수가 있었기에 가슴은 더욱 아파왔다.

진현은 에오로마저 표정이 이상해지자 흠칫해 버렸다. 주위에서 보면 딱 자기가 이 둘을 울린 꼴이 아니겠는가. 머뭇거리며 에오로의 어깨를 두드린 진현이 애써 웃으며 말했다.

"아아, 에오로 군. 진정하십시오. 그리고 미즈 아리스……."

"네 이놈! 감히 아녀자를 울리다니! 천벌을 받을 거다!"

내 이럴 줄 알았어라고 작게 중얼거린 진현은 우렁찬 목소리가 들린 곳으로 고개를 돌렸다. 그곳에는 인상을 쓴 시민들과 더불어 환갑은 되었을 법한 노인이 서 있었다. 흰 수염과 백발을 가지고 있었지만 덩치도 크고 팔의 근육도 제법 당당했기에 젊었을 적 날렸던 노인 같아 보였다. 그는 자신이 든 나무 지팡이를 휘두르면서 다시 소리쳤다.

"이방인 주제에 감히 우리 도시 최고의 미녀를 울리다니! 무슨 짓거리를 하는 중이었냐?!"

"아아, 그것이 아니라……."

당황한 진현은 손을 들며 노인에게 말했지만 다른 장정들까지 나서서 자신을 노려보자 사태가 점점 악화되어 감을 느꼈다. 어찌 된 게 이곳에 오자마자 이렇게 일이 되어버리는 것인지. 속으로 투덜거린 진현을 대신해 그제야 정신을 차린 에오로가 진현의 앞으로 뛰어나오며 사람들에게 말했다.

"아, 아니에요! 이분 잘못이 아니라 어… 시장님?"

"아니, 너는 에오로가 아니냐!"

노인은 눈을 화장등만하게 뜨고 에오로에게 걸어왔다. 주위에 무슨 일인가 싶어서 서 있던 사람들도 전부 놀란 얼굴이 되었다. 다카 다이너스티의 제자가 단 두 명뿐이니 슈린과 에오로는 이 도시에서 모르는 사람이 없을 정도의 유명인이었다. 웅성거리는 사람들의 목소리 속에서 눈물 젖은 듯한 노인의 목소리는 더욱더 크게 들렸다.

"에오로! 여행에서 돌아온 것이더냐? 이런이런, 몰골이 말이 아니구나."

"으윽, 몰골이 왜요? 좀 말랐나?"

뺨을 긁적거리면서 당황한 미소를 흘린 에오로는 피식 웃으며 노인에게 고개를 숙였다.

"어쨌거나 건강하셨죠? 많이 뵙고 싶었어요."

"오냐오냐, 나도 그랬단다."

노인의 주름진 눈가에 촉촉하게 눈물이 스며 나왔다. 이제는 더 이상 신경 안 써라고 중얼거리며 먼 산만을 바라보는 진현의 소매 셔츠를 에오로가 잡아당겼다.

"이분은 이 도시의 시장님이신 다비드님이세요."

"아아, 그러십니까."

공손하게 고개를 숙이는 진현을 보면서 여러 여자 맛 갔다는 것을 아는 사람은 없었다. 더욱이 고개를 들었을 때 비치는 환한 미소, 그것은 같은 남자의 마음까지 흔들 정도로 대단한 것이었기에 다비드 시장은 헛기침을 한 다음에 에오로에게 귓속말로 물었다.

"뭐, 뭐 하는 사람이냐?"

"예? 그냥 여행자라고 할 수 있겠지요. 어쨌거나 제가 스승님의 명령으로 돌아다닐 때 엄청 도와주신 분이에요. 그러니까 괜한 오해는 하지 마세요."

알았다는 듯이 고개를 끄덕인 다비드는 자신의 흰 수염을 쓰다듬으며 입을 열었다.

"험험, 에오로를 도와준 좋은 분이신지도 모르고 이 늙은 것이 지레짐작을 해버렸군. 미안하구려."

"아니오, 괜찮습니다."

살짝 자신의 머리카락을 쓸어 올리며 미소를 지은 진현은 주위의 사람들을 쭉 둘러보았다. 그러자 여자들은 두 손을 모으며 황홀한 얼굴이 되어버렸고 남자들은 헛기침을 내뱉으며 흩어졌다. 그때까지 눈물을 흘린 아리스는 손수건으로 눈가를 닦으며 진현에게 말했다.

"죄, 죄송합니다. 이런 모습을 보여서……."

"괜찮습니다. 여성의 모습은 눈물을 흘릴 때 역시 아름다우니까요."

"……."

다비드와 에오로가 동시에 이상한 표정으로 바뀐 것을 아는지 모르는지 진현은 개의치 않고 바지 주머니에 두 손을 꽂아 넣었다. 그리고 고개를 돌려 주위를 보면서 조용하게 중얼거렸다.

"하지만 슬픔의 눈물은 보는 사람으로 하여금 같은 마음이 들게 만들죠."

"아아……."

손수건으로 눈가를 가린 아리스였지만 쉽사리 눈물이 멈추지는 않았다. 다비드도 에오로도 그녀가 왜 그리 우는지 잘 알고 있었다. 그 예전, 고아였던 그녀를 가장 잘 보살펴 준 것도 대마법사 다카 다이너스티였기 때문이다. 아버지와도 같은 그의 죽음에 아리스는 몇 날 며칠을 시름과 눈물에 빠져 살았다.

다비드 역시 눈가에는 눈물이 고여 있었다. 오랜 세월 동안 보아왔던 다카가 더 이상은 이곳에 없다는 사실이 그에게도 커다란 충격이었다.

진현은 할 수 없이 혼자서 다카의 성에 가기로 했다. 다비드와 에오로, 그리고 아리스, 이 세 사람 사이에 끼었다가는 자신은 눈물 바다에서 헤엄을 칠지도 모른다고 생각했기 때문이다.

"아, 아니, 저도 같이⋯⋯."

"괜찮습니다, 에오로 군. 가족을 만나셨으니 묵은 이야기를 푸시는 것도 좋겠지요."

그의 말에 다비드는 자신의 품속을 뒤지기 시작했다. 그의 손에 들려 나온 것은 작은 문장이 새겨진 동패였다. 그것을 진현에게 건네주면서 다비드는 두 손으로 지팡이를 짚고 섰다.

"그것은 시장의 명령을 그대로 반영하는 것이네. 지금 다카님의 성에는 아무도 들어가지 못하도록 보초를 세워놨으니 정문에서 그것을 보여주면 들어갈 수 있을 게야."

"감사합니다, 시장님. 그럼 에오로 군, 나중에 뵙도록 하겠습니다."

짧은 인사를 건넨 후 진현은 뒤도 한 번 돌아보지 않은 채로 에오로가 일러준 다카의 성으로 걸어갔다. 사실 길을 일러줄 필요는 없었다. 마법사 길드의 정반대 편 산 중턱에 높다랗게 솟아난 건물이 보였으니까. 상당히 큰 규모였기에 멀리서 보아도 탄성이 나오게 만들 정도였다. 그리고 무엇보다 그 성은 대로를 따라 일직선으로 걸어가면 되는 위치였다. 어떻게 보면 성을 지은 후에 도시를 만들어 모든 길이 그 성으로 통하게 했을 것이라고 생각해도 무리가 아닐 정도로. 어딜 돌아서 가나 쉽게 다카의 성으로 갈 수 있는 길이어서 진현은 가볍게 휘파람을 불었다. 확실히 대단한 인물이었군이라고 중얼거리며.

한 10여 분 정도 걸었을까? 멀리서 커다란 쇠로 된 정문이 보였다. 그리고 시장의 말대로 그 앞으로는 여섯 명 정도의 병사들이 철저한 무장을 한 채로 앞을 지키고 서 있었다. 근처로 다른 사람들은 지나가지 않았지만 진현의 눈길을 끄는 것이 있었다. 하얀 대리석을 둥글게 깎아서 마치 무덤처럼 만들고는 그 주위로 수천 송이의 꽃들이 놓여져 있는 모습.

'아마도 타지에서 죽은 다카의 무덤인가 보군. 흐음, 그렇단 말이지?'

속으로 그리 생각하며 진현은 그 사람 크기만한 대리석 무덤을 지나쳐 정문의 가까이로 다가갔다. 병사들은 낯선 남자가 자신들 쪽으로 다가오자 경계를 하면서 들고 있던 창으로 진현을 겨누었다.

"누구냐. 이곳에는 아무도 접근할 수 없다."

"이방인 같은데? 무슨 볼일인가?"

인상을 쓰면서 날카롭게 묻는 그들에게 진현은 시장에게 받았던 동패를 보여주면서 말했다.

"수도에서 온 사람입니다. 그리고 무엇보다 다카의 제자 분과 함께 여행을 했지요. 에오로 군은 지금 자택으로 돌아가 있습니다. 다카님의 저택을 조사하기 위해서 왔습니다."

병사들이 순간적으로 웅성거렸다.

"뭐, 에오로가 돌아왔어?"

"언제 돌아왔지? 그, 그리고 이 동패는 시장님 것이 맞아."

모여들어서 웅성거리던 병사들 중에 한 명이 대표로 앞으로 걸어나왔다. 그는 진현을 머리부터 발끝까지 살펴본 후에 그다지 내키지 않는 듯이 동패를 다시 넘겨주었다.

"화, 확인했습니다. 들어가 보십시오."

시장의 동패가 있으니 이의를 달 수는 없는 노릇. 하지만 뭔가 찜찜하다는 표정이었다. 병사들에게 고개를 숙여 감사하다고 인사한 후에 진현은 그들이 열어준 정문을 통해 안으로 들어섰다. 꽤 오랫동안 손질을 못한 듯이 우거진 잔디와 나뭇잎들, 커다란 분수대가 인상적이었다. 일정한 거리마다 세워둔 드래곤 모양의 석상들이 진현을 노려보았다. 진현은 이상하게 그렇게 생각했다, 살아 있는 무언가가 자신을 노려보는 것 같다고.

살벌하거나 하지는 않지만 감시하는 듯한 시선. 콧등에 걸린 안경을 쓰다듬으며 진현은 입가에 살며시 미소를 머금었다. 오랜만에 투쟁 본능이 일어나서일까.

"후훗, 노골적인 시선이로군. 역시 대마법사의 저택이야. 안 그래?"

흥 하고 코웃음 소리가 잠시 난 후에 공기를 울리는 남성의 목소리가 들려왔다.

『잊은 사람 취급하더니만 이제 와서 왜 부르는 거냐?』

"넌 사람이 아니잖아, 검이지."

『야, 이 자식아! 농담할 기분 아냐!』

삐치기도 단단히 삐쳤는지 운의 씩씩거리는 목소리를 들은 진현은 머쓱하게 어깨를 으쓱거렸다. 하지만 곧 운의 투덜거리는 음성이 다시금 들려왔다.

『다카 다이너스티가 죽었는데도 이 정도의 마력이 느껴지다니. 영구화 마법인가?』

"무슨 얘기지?"

궁금하다는 듯이 자신의 허리춤에 찬 운을 내려다보며 진현이 물었다.

『보통 마법사들이 죽으면 그자가 걸어두었던 마법들은 효력을 잃고 풀리기 마련이야. 그런데 이 집은 마치 마법사 자체인 것처럼 살아 있는 마력이 꿈틀거리고 있어. 그게 신기하다는 거야.』

조금 의외의 말을 들어서일까, 진현의 눈이 조금 가늘게 변했다. 그는 무언가 생각하는 듯 자신의 턱을 손으로 매만지며 고개를 들어 주위를 살폈다. 수십 개의 드래곤 석상, 그리고 주시하는 듯한 눈……. 바람이 불어 시원하게 정원을 스쳐 지나갔지만 진현은 오히려 오싹한 느낌을 받아야 했다. 왼손으로 운의 손잡이를 단단히 붙잡은 채 진현은 다시 걸음을 옮겼다. 정원에서부터 저택의 중앙 문까지 연결된 돌로 된 발판을 걸어가며 진현은 점점 따가워지는 등 뒤의 시선에 입맛을 다셨다.

"그냥 공격하든가. 저렇게 뚫어지게 쳐다보면 더 기분이 나빠져."

그의 말에 동의라도 하듯이 운의 칼집이 웅웅 소리를 내며 흔들렸다. 하지만 진현이 문까지 도착할 때까지 정원에서는 아무런 일도 일어나지 않았다. 그저 감시 마법인가 생각한 진현은 조심스럽게 커다란 쇠고리로 된 문고리를 잡고 문을 밀었다. 삐걱거리는 소리 대신은 쿠르릉, 이라는 정말로 덩치에 맞는 소리를 내며 거대한 문은 진현의 힘에 의해 가까스로 열렸다. 안으로 들선 진현은 조용히 문을 닫으며 중앙 홀을 바라보았다.

크리스털로 된 샹들리에, 그리고 카펫이 깔린 2층으로 올라가는 계단이 두 군데. 초상화로 보이는 그림들이 벽에 걸려 있었고 제법 값어치가 나가 보이는 물건들도 곳곳에 장식되어져 있었다. 진현은 자신도 모르게 문을 따고 들어온 도둑과 같은 미소를 지었지만 곧 자신의 처지를 생각하며 고개를 저었다. 돈이나 보물 등을 보면 자신도 모르게 입가에 미소를 짓는 버릇은 고쳐야 할 텐데라고 생각한 진현은 조심스럽게 발을 내밀었다.

철컥, 피잉—!

진현은 무언가가 자신에게로 날아오는 것을 느끼곤 몸을 구부려 덤블링을 한 후에 무릎을 꿇고 앉았다. 뭐였을까? 그리고 자신이 있었던 자리를 지나쳐서 반대 편 벽에 꽂힌 무언가에게로 고개를 돌렸다. 그리고는 할 말을 잃고 말았다.

『무슨 마법사의 저택이 던전인 줄 아나? 저게 뭐냐?』

운의 황당하다는 말처럼 진현의 머리가 있는 부분을 스쳐 지나간 그것은 상당한 길이의 창이었다. 침입자를 막기 위함인 것 같은데… 보통은 자신의 집에는 저런 것 설치 안 하지 않나? 머리가 어지러운 것을 느끼며 진현은 다시금 마법사들은 하나같이 사이코라고 머리 속에 새겨 넣었다. 그런 생각도 잠시 그가 서 있던 바닥에서 무언가가 솟아올랐고 진현은 손을 짚고는 마치 기계 체조 선수처럼 옆으로 뛰었다. 그리고 틈을 주지 않을 정도로 빠르게 바닥이 열리며 솟아오르는 기괴한 모양의 창과 화살들 때문에 진현은 발 붙일 시간도 없이 몸을 굴려야 했다.

화살에 스쳐서 발갛게 선이 그어진 자신의 뺨을 쓰다듬으며 진현은 입가에 미소를 띠었다. 그러나 그 미소는 지금까지의 여유로운 미소가 아닌 시니컬한 미소 그 자체였다(한마디로 빡 돌았다는 얘기다).

"후, 후훗… 완전히 사람을 잡으려고 작정을 한 것 같군. 좋아, 누가 위인지 아주 여실히 보여주마. 대신 저택이 남아나는 것은 기대하지도 마라."

누구에게 하는 말인지 모르겠지만 진현은 그렇게 말하면서 큭큭 웃었고 운이 되려 오싹해져 버렸다. 안경을 접어 셔츠 주머니 속에 넣은 진현은 한쪽 벽에 기대어선 후에 에오로에게 받은 저택의 지도를 펼쳐 들었다. 하지만 그렇게 펴서 본 것도 몇 초에 지나지 않았고 자신의 눈앞으로 날아오는 대형 도끼날에 흡 하는 숨을 들이마셔야 했다.

『무슨 놈의 집이 이래?!』

비명과도 같은 운의 외침에 진현은 이를 악물며 운을 뽑아 들었고 그것으로 땅을 세게 찍으며 2층으로 향하는 계단 쪽으로 몸을 날렸다. 마치 올림픽의 한 종목처럼 호선을 그리며 날아간 진현의 몸은 가볍게 계단에 내려앉았다. 그것이 끝이었는지 쿠르릉 하는 소리가 들리며 솟아올랐던 창과 사람만한 도끼날 등은 원래 있던 장소로 돌아갔다. 마치 처음부터 아무 일이 없었다는 듯. 그 모습이 왜 그리도 열을 받게 만드는 것인지 진현은 애꿎은 운의 손잡이만 쥐어짤 듯이 굳게 쥐면서 이를 갈았다.

『아파! 아프다고, 이놈아!』

운의 비명에 정신을 차린 진현은 후훗 하고 웃으며 고개를 저었다. 신경성 편두통이 일어나는 것 같았다. 그러나 그 편두통으로 아픔을 호소할 시간도 없었다. 진현이 서 있던 계단이 빠르게 뒤집히기 시작한 것이다.

"이, 이런!"

진현은 그날 죽어라고 뛰어 겨우 2층에 세이프할 수 있었고 속으로 있는 욕 없는 욕을 하면서 다카를 저주했다.

"헉, 헉……."

그답지 않게 거친 숨을 내쉬며 진현은 이마에 맺힌 땀방울을 닦았다. 자신의 무슨 트레져 헌터도 아닌데 이 무슨 짓인가라고 생각하면서. 지금 그가 서 있는 곳은 저택의 가장 꼭대기 탑이 있는 부근이었다. 마법사 길드 탑과 비등한 높이의 그 탑까지 오면서 그가 겪었던 고초는 이루 말할 수가 없을 정도였다. 날아오는 불덩이에 머리카락 끝이 약간 그슬렸고, 집채만한 바윗덩이를 피해서 길다란 복도를 단거리 선수처럼 뛰었다.

복도의 양 옆에서 쉴 새 없이 날아오는 화살을 피해 군대에서 하는 포복 자세로 기어야 했고, 바닥에서 솟아오르는 창들 때문에 자칫 잘못했으면 고슴도치가 될 뻔했다. 문이 닫히고 물바다가 된 복도 하나를 헤엄쳐서―그것도 갑자기 나타난 악어 떼를 피해―건넌 것이다. 살다살다 인생에 이런 치욕은 또 처음! 그는 이가 부러질 정도로 세게 갈면서 주먹을 부르르 떨었다. 물이 뚝뚝 떨어지는 머리카락을 쓸어 넘긴 진현은 입가의 미소를 싹 지우면서 자신이 가야 할 계단을 올려다보았다. 이제는 무슨 함정이 있을 것인가?

그런 생각을 하며 진현은 피곤한 발걸음을 조심스럽게 움직였다.

키아아아악―!

길다란 비명 소리. 진현은 눈을 부릅뜨고 정면을 보았다. 사람 몇 명은 같이 올라가도 별 무리가 없을 정도로 넓은 계단 폭이었는데 무언가가 돌 벽을 긁으면서 내려오는 것이었다. 탑 자체가 쿠궁 하며 울릴 정도로 크기가 대략 짐작이 안 갈 정도.

진현은 운을 잡아 들며 정면을 보았고 잠시 후 그의 앞으로는 거대한 돌 석상이 모습을 드러냈다. 정원에 있던 드래곤 석상과 비슷한 모습… 사람의 네다섯 배는 될 정도로 큰 녀석이었지만 진현은 피식 웃으며 운을 들었다.

"그래그래, 차라리 이런 정면 승부가 낫지. 치졸한 함정 따위는 싫다고."

이곳에서는 날개를 펼 수 없어서인지 한껏 웅크린 자세였지만 그것

자체로 다른 사람들에게는 공포를 줄 수 있을 정도 같았다. 돌의 파편이 마구 긁히고 사방으로 날렸지만 진현은 잠시 동안 그 자리에 가만히 서 있었다. 뭔가가 이상하다는 느낌. 분명히 존재하지만······.

크아아악!

한입에 집어삼킬 것처럼 자신의 앞으로 뛰어와 입을 벌리는 그것을 보며 진현은 피식 웃고 말았다. 마지막은 결국 이건가. 작게 중얼거리는 그의 목소리와 함께 석상의 입은 진현의 머리에 꽂혔다.

그리고 잠시 후 진현은 다시 계단을 올라가고 있었다. 환각술도 대단한 환각술이었지만 허상을 진짜처럼 보이게 하는 술법에 당할 그가 아니었으니까. 벽에 긁힌 자국도 돌 파편도 그대로였지만 괴물 석상의 모습은 더 이상 계단에 존재하지 않았다.

조금 더 올라가니 커다란 나무 문이 진현의 눈길을 끌었다. 석탑 꼭대기의 방이라.

차분하게 문을 열려던 진현의 손이 흠칫거렸다. 잠겨 있는지 꼼짝을 하지 않는 것이었다. 별수없지만··· 보통 이런 곳에는 무언가가 숨겨져 있기 마련. 무엇보다 에오로가 가르쳐 준 설명에서도 탑의 꼭대기는 다가 개인만이 쓰는 방이라고 했었다. 그 많던 함정들을 피해 올라올 수 있는 것은 본인뿐일 테지. 뻐근한 어깨를 주무르며 진현은 몇 발자국 뒤로 물러났다. 그리고 그가 들고 있던 운의 검신에서는 새하얀 빛이 스며져 나왔다.

몇백만 볼트는 될 전성을 띤 운을 진현은 그대로 들어 올려 문을 내리그었다.

콰과광!

굉장한 폭음과 함께 두꺼운 나무 문은 그대로 온데간데없이 사라져 버렸고 사방에 자욱하게 번지는 먼지를 손으로 휘휘 저으며 진현은 방으로 들어섰다. 탑의 꼭대기 방은 온통 책으로 둘러싸여 있었다. 사방이 책장이었고 책이 썩는 냄새가 코끝을 간지럽혔다. 오랜만에 맡는 좋은 냄새에 진현은 흐뭇한 미소를 띠며 주위를 둘러보았다. 정면으로 커다란 테라스가 있었고 그 앞에는 책상이 놓여 있었다. 수백 장은 될 것 같은 종이들이 쌓여 있는 그곳으로 걸어간 진현은 조용히 품속을 뒤졌다.

곧 이어 모습을 드러낸 것은 하얀 면 장갑. 그것을 본 것인지 운이 한심스럽다는 목소리로 말했다.

『완전 전문 털이꾼이로군. 준비성 한번 철저하다.』

"칭찬으로 받아주지."

생긋 웃으며 답한 진현은 운을 칼집에 꽂아 넣고 자신의 일에 착수했다. 조심스럽게, 혹시나 유물이 파손되기라도 할까 봐 걱정하는 고고학자처럼 진현은 세밀하게 다카의 책상 위에 있는 서류들을 살폈다. 한 장 한 장 서류를 넘기는 진현의 손은 부드럽고 세심했다. 그의 눈은 종이들에 적혀진 글자에 고정되어 있었고 운은 그런 시간을 지루하게 기다렸다. 차분하게 책상에 기대앉아 종이들을 읽는 진현의 귀에 따분한 시간을 기다리다 못해 묻는 운의 목소리가 들렸다.

『뭐, 중요한 거라도 적혀 있나?』

"음? 아니, 그냥 마법에 대한 것만 이리저리."

『그럼 왜 그리 넋이 빠지게 읽고 있냐?』

"아, 그러고 보니 그렇군. 글자만 보면 무조건 읽는 버릇이 있다 보니."

끄으응 하는 작은 신음 소리가 운으로부터 들려왔고 진현은 자신의

머리를 주먹으로 툭 친 후에 고개를 저었다. 활자 중독은 이래서 안 된
다니까. 자신의 손에 들린 서류들을 차곡차곡 정리를 한 진현은 책상
의 뒤쪽으로 걸어갔다. 서랍 안에는 뭐가 있을까? 조용히 무릎을 구부
려 앉은 후에 첫 번째 서랍을 열어보았다. 꽤 깔끔하게 정리가 되어 있
었고 펜과 잉크 등 이것저것이 들어 있었다. 하지만 쓸모있는 것은 없
었기에 진현은 다시 다른 서랍들을 뒤지기 시작했다.

두 번째, 세 번째… 그리고 마지막 서랍. 진현은 마지막 서랍에 자물
쇠가 채워져 있는 것을 보고 고개를 갸웃거렸다. 열쇠가 어디 있을까?
왠지 여기에는 뭔가 있을 것 같아서 진현은 다시 마지막 서랍을 뺀 나
머지 서랍들을 뒤졌다. 그래도 열쇠는 보이지 않았고 진현은 짜증스러
운 마음에 고개를 들어 주위를 살펴보았다. 열쇠를 어다다 숨겨놓았을
까? 결국 진현은 처음부터 모두 다 뒤지기로 결심하고는 책장들까지
샅샅이 살폈다.

책을 들어서 좌라락 넘겨보기도 하고 틈새 같은 곳에는 손도 넣어
보았으나 결과는 헛수고였다. 입술을 깨물면서 소파에 털썩 소리나게
앉은 진현이 이마를 손으로 짚으며 중얼거렸다.

"제길, 저기에 뭔가 있을 것 같기는 한데… 열쇠가 있어야 열지. 부
술 수는 없는 노릇이잖아."

『중요한 열쇠라면 자기가 들고 있지 않겠어? 그런데 이미 죽고 없으
니 무리일 것 같다 야.』

역시 그럴까? 턱을 매만지면서 생각을 정리하는 진현의 눈에 뭔가가
들어왔다. 책장의 한편에 놓여진 상자. 보통 저런 보석함 같은 것을 책
장에 놓아두던가? 주먹 정도 크기의 작은 은빛 상자였기에 진현은 고
개를 갸웃거리며 자리에서 일어나 그곳으로 걸어가 보았다. 창가의 바

로 옆에 있는 책장이었고 무엇보다 책들의 틈에 싸여서 잘 보이지 않는 부분이었다. 조금 머뭇거리다가 진현은 상자에게로 손을 뻗었다.

"음?"

상자는 마치 그 자리에 고정된 것처럼 움직이지 않았고 진현은 미간을 찌푸렸다. 접착제로 붙여놓은 것 같은데? 하지만 그 생각은 틀렸다. 그것을 이리저리 만지던 진현은 문득 상자가 왼쪽으로 조금 돌아가 있다는 것을 알아냈고 혹시 하는 마음에서 조금 더 힘을 주어 그것을 반대 편으로 돌려보았다.

그그그극— 쿠릉!

그의 예상대로 책장의 하나가 천천히 움직였고 진현은 작은 탄성을 내지르면서 뒤로 몇 발자국 물러났다. 반쯤 돌아간 책장의 뒤로 검은 공간이 드러났다. 잠시 고개를 갸웃한 진현은 조용히 운을 뽑아 들었고 천천히 걸어갔다. 자세히 보니 뒤로는 길게 계단이 연결되어 있었다. 어디 중요한 곳으로 가는 계단일까? 이리도 꽁꽁 숨겨 비밀로 해둔 것을 보면 충분히 가능성이 있었다. 무엇보다 자신만이 쓰는 공간인데도 불구하고 이렇게 해놓았다는 것은…….

확실히 이 방은 탑의 규모에 비해 작은 편이었다. 계단도 그렇게 넓은데 말이다. 진현은 입술을 살짝 핥으며 계단을 천천히 내려가기 시작했다. 아마도 뭔가 대단한 것이 있을 것이라는 기대를 하면서.

땅으로 떨어진 천사 3

어두운 계단을 진현은 더듬거리며 내려갔다. 자신이 에오로처럼 마법을 쓰는 것도 아니고 마법검 하나 달랑 들고 이 무슨 짓인가 싶은 기분에 절로 짜증이 치밀어 올랐다. 하지만 이것이 모두 자신을 위한 일, 어쩔 수 없는 것이었다.

돌로 된 계단이 조금 미끄러웠다. 이끼가 있는 것인지 미끌거리는 계단에서 몇 번이고 넘어질 뻔했다. 다행히도 그가 선천적으로 반사 신경이 좋고 운동을 많이 한 덕에 운동 신경이 좋아서 다행이지, 보통 사람 같으면 여러 번 굴렀을 것이다.

한 손으로 벽을 짚으며 조용하게 내려가던 진현은 자신의 눈에 희미한 빛이 스며드는 것을 느꼈다. 계단의 끝 부분, 과연 어느 정도까지 내려왔는지는 알 수 없지만 탑을 올라올 때와 비슷하게 내려온 것 같았다. 그는 미간을 찌푸리면서 셔츠 속에 있는 안경을 꺼내어 꼈다. 항상 컴퓨터다 책이다 보았기에 시력은 그다지 좋은 편이 아니었다. 거대한 철문, 그리고 그 틈 사이로 스며져 나오는 한기 어린 안개… 진현은 고개를 갸웃하면서 문을 천천히 살펴보았다.

보통 철문은 아닌 것 같았다. 조용히 손을 뻗어 철문에 댄 순간, 진현은 흠칫하며 뒤로 물러섰다. 엄청나게 차가운 느낌. 영하 몇 도가 될지 가늠도 안 되는 차가움에 소스라치게 놀라 버렸던 것이다. 문에 가져갔던 손가락은 빨갛게 달아올라 있었다. 만약 조금만 더 만지고 있었더라면 살결이 뜯겨졌을 것이다. 마치 드라이아이스를 만졌을 때처럼. 안에는 과연 무엇이 있는 것일까? 냉동실처럼 느껴지는 것은 왜지?

궁금함을 참지 못한 진현은 결국 숨을 내뱉으며 운을 거머쥐었다. 안에서 스며 나오는 한기에 절로 새하얗게 입김이 입가에서 뱉어져 나왔다. 조용히 진현은 두 손으로 운을 거머쥔 채 높게 들어 올렸다.

"자, 너만 믿는다."

『맡겨만 두라고!』

기운찬 운의 대답과 동시에 검 자체에서는 탑 꼭대기의 방을 날렸을 때와는 비교도 되지 않는 새하얀 빛과 전성이 흘렀다. 그 기운이 손잡이까지 흘렀을 때 진현은 운을 세차게 철문의 중앙에 내리꽂았다.

콰과광—!

엄청난 굉음과 함께 철문은 두 쪽이 나고 말았고 진현 역시 그 기운에 의해 뒤로 밀려날 수밖에 없었다. 큭, 하고 입을 가리면서 진현은 한쪽 무릎을 꿇고 앉았다. 다행히도 문을 날려 버릴 수는 있었지만 자신의 마력 역시 소모되었기 때문이다. 운이 비록 마법검이라고는 하지만 대단한 마법을 쓸 때는 주인인 진현의 마력을 뽑아내어 쓰기 때문에 인간의 몸인 진현에게는 조금 버거운 것이었다. 연기를 한 손으로 휘저으면서 진현은 조심스럽게 일어났다.

『이것 봐, 괜찮냐?』

걱정스러운 목소리로 운이 묻자 진현은 쓰게 웃으며 고개를 끄덕였다. 안경에 절로 끼는 서리에 진현은 아연질색했다. 문이 날아가자마자 엄청나게 차가운 공기가 자신을 엄습했기 때문이다. 반소매의 셔츠를 입은 진현은 이를 악물면서 자신의 팔을 감싸 안았다. 마치 냉동고처럼 영하 수십 도는 될 것 같은 온도. 그것을 운 역시 느낄 수 있었는지 놀란 목소리로 외쳤다.

『야야, 이거 영하 20도는 돼! 어서 올라가! 잘못하면 얼어 죽어!』

"괜찮아, 이 정도는 견딜 수 있어. 생각보다는 덜 차가운데."

『멍청아! 안은 완전히 냉동고야, 냉동고!』

꽥꽥 소리를 지르는 운을 쓰다듬으며 진현은 살짝 고개를 저었다.

"아니, 냉동고 안은 이미 몇 번이나 들락날락해 봤으니까 괜찮아. 그것보다 뭐가 있길래 이렇게 차가운 온도를 유지하는 걸까?"

한기 어린 숨을 내쉰 진현은 조용히 숨을 고르면서 안으로 들어갔다. 옷감에 가리워지지 않은 목과 팔 부위가 욱씬거렸다. 하얗게 서린 냉기의 안개 때문에 시야가 흐렸다. 안경도 쓸모가 없다고 판단된 그는 안경을 벗어 셔츠 주머니에 넣었고 머리카락을 쓸어 올리며 주위를 살폈다. 아까 물속을 헤엄친다고 젖어 있던 머리카락이 그새 딱딱하게 얼어 있었다. 황당함을 느끼며 진현은 조용히 발걸음을 옮겼다. 그리고 자신의 눈을 믿을 수 없게 되었다. 그의 눈앞에 펼쳐진 광경은 마치, 마치…….

"연구소……?"

그랬다. 마치 어떤 연구소를 보는 듯 기계들과 수많은 선들, 슈퍼 컴퓨터를 연상케 하는 거대한 기계 화면과 수없이 오르락내리락하는 그 래프. 대체 이게 무엇이란 말인가? 왜 이 세계에 이런 기계들이 있을 수 있는 것일까? 진현은 이상한 기분과 함께 수많은 생각이 교차하는 머리를 애써 진정시키며 다시 걸음을 옮겼다. 그리고 볼 수 있었다. 수 많은 기계들과 파이프 관들 사이에서 마치 둘러싸여 있는 듯한 모습을 하고 있는 그것을.

하얗게 입김이 나오는 것을 보면서 진현은 하염없이 그것을 올려다 보았다. 투명한 유리관처럼 보였다. 물방울들이 올라오고 파이프와 선 들에 연결되어 있는 그것 안에는 무언가가 들어 있었다. 아마도 저것 과 기계들의 상태를 위해서 차갑게 온도를 낮춘 것이리라. 손을 들어 입을 가리면서 진현은 작게 중얼거렸다.

"…살아, 살아 있는가?"

커다란 대형 와이드 비전과 같은 화면의 그래프들이 마치 사람의 심 장이 뛰는 것처럼 바뀌어갔다. 유리관 속에는 알 수 없는 액체가 담겨 있었고 그 안에는 사람이 들어가 있었다. 들어가 있는 것인지, 아니면 억지로 집어넣었는지는 모르겠지만. 하나의 움직임도 보이지 않았고 고요하게 감겨 있는 눈동자는 뜨일 생각을 하지 않았다. 물속에서 고 요하게 흔들리는 은빛의 아름다운 머리카락과 새하얗다 못해 창백한 피부… 혈색조차 없이 죽어 있는 시체와 같은 모습.

저벅.

조심스럽게 그것으로 다가갔다. 기계의 선들을 밟고 커다란 파이프 관을 넘어서 가까이 다가간 진현은 애처로운 눈으로 그것을 보았다. 왜일까, 이상하게 가슴이 저려오는 것은. 하얀 실크 옷을 입은 채로 그 녀는 그렇게 유리관 속에 잠들어 있었다. 처음 보는 사람인데… 분명히 그러한데. 온몸에 이어진 선들, 조금 더 가까이 다가가 유리관 근처를 살펴보았다. 공기 투입기가 있었다. 그리고 액체 속에서 부글거리며 올라오는 물방울들은 아마도 공기일 것이다. 그렇다면… 역시나 살아 있단 말인가?

그런데 왜 이런 것이 이곳에 있는 것일까? 다카는 과연 무슨 짓을 했다는 말인가? 수없이 많이 흘러나오는 생각들에 절로 머리가 아파왔다. 하아 하고 숨을 내뱉자 하얀 입김이 유리에 스며들었다. 마치 식물인간을 보는 것 같았다. 기계로 생명을 이어가는 그런 존재, 죽지도 못하고 살지도 못하는 가엾은⋯⋯.

「누구인가요?」

흠칫 놀란 진현은 황급히 유리관 안에 들어가 있는 여인에게로 시선을 돌렸다. 하지만 눈도 뜨이지 않았고 무엇보다 움직일 수 있을 것 같지 않았다. 그러나 지금 이곳에 있는 존재는 이 안의 여인과 바로 자신뿐. 무엇보다 방금 들린 목소리는 분명히 여성의 목소리.

「누구인데… 이곳까지 들어올 수 있었나요?」

미간을 찌푸린 진현은 조용히 컴퓨터의 화면으로 시선을 돌렸다. 박자 감각에 맞춰서 움직이는 그래프, 그리고 액체 속으로 투여되는 공기들. 그렇다면 정말로? 진현은 조용히 입술을 깨물며 한 손으로 유리관을 짚고 그 안의 여인을 응시했다.

"당신입니까, 방금 말씀을 하신 분이?"

잠시 후 조용한 어조의 목소리가 다시금 들려왔다.

「그래요. 처음 뵙는 분이로군요. 아니, 정확히 말해서 이 저택에 들어오실 때부터 보았지요. 당신은 누구인가요?」

진현은 놀란 눈으로 여인을 보았다. 이 시대에 이런 과학 기술과 의학 기술이 있단 말인가? 진현의 두뇌는 빠르게 회전했다. 아마도 이 여인은 다카의 소중한 사람쯤 될 것이다. 아니면 이렇게 해서까지 목숨을 이어줄 필요가 없으니까. 뇌사나 그 외의 충격으로 목숨을 잇지 못하는 존재를 의학의 힘으로 십 년 동안 살렸던 것을 진현은 잘 알고 있었다. 하지만 어떻게 이 세계에서? 그런 의문을 뒤로하고 진현은 조용히 입을 열었다.

"아, 다카님의 제자인 두 분을 알고 계십니까? 그 두 분의 동료가 되는 사람입니다."

「알고 있습니다. 슈린 군과 에오로 군이죠. 저는 그들이 이 집에 있을 때 늘 보곤 했습니다.」

"그, 그런데 당신은 대체……?"

뒤의 말을 삼키기는 했지만 여인은 그 질문의 요지를 잘 알고 있을 것이라 생각했다. 잠시 동안 목소리를 들려오지 않았다. 진현은 유심하게 여인을 살폈다. 본 적은 없지만 누군가와 닮았다는 느낌이 들게 하는 외모였다. 액체 속에서 부글거리는 공기 방울이 잠시 세어진 느낌이 들었다. 심장이 뛰는 두근거리는 소리도 조금 강해졌다. 조금의 시간이 지난 뒤에 차분한 목소리가 들려왔다.

「저는 다카 다이너스티의 어머니 되는 사람입니다.」

진현은 한동안 자신이 기절했다가 깨어났을 것이라고 확신했다. 왜냐하면 순간적으로 눈앞이 까맣게 변했었기 때문이다. 멍한 기분에 절로 다리에 힘이 풀리는 것 같았다. 이 여성이 다카의… 어머니라고? 하지만 아무리 보아도 20대 초중반으로밖에 안 보이는데? 아니, 이 문제는 어떻게 알 수 있을 것 같았다. 만약 식물인간 같은 것이 된 것이라면 움직임은 없고 일부의 생체 기능밖에 못하니까 늙어가는 속도도 다르겠지. 그리고 거의 냉동이 된 상태가 아닌가?

갑자기 머리가 아파서 이마를 짚고 비틀거린 진현과 만만치 않게 운역시 어버버하는 이상한 소리를 흘리며 웅웅거렸다. 간신히 정신을 차린 진현이 눈을 몇 번 깜빡인 뒤에 유리관에 든 여성을 쳐다보았다. 그래, 누군가를 닮았다는 느낌이 든 이유를 알았다. 그 다카라는 사람과 닮은 것을 이제야 눈치 챌 수 있었던 것이다. 그렇다면 다카는 무슨 이유로 해서 다 죽어가는 어머니를 살리기 위해 이곳에 이런 것을 마련했다는 결론이 나온다. 생각 외로 심플한 결론이로군.

그렇게 중얼거린 진현은 조용히 여인에게 물었다.

"그, 그렇습니까? 다카 다이너스티의 어머니이시라고요? 하, 하하… 생각 외로 젊어서 놀랐습니다. 그것보다 왜 이런 곳에……?"

그답지 않게 어리둥절한 말투로 물었지만 운은 그것도 신경 쓸 겨를이 없었다. 아무래도 충격이 컸던 모양이다. 그러나 그들의 충격은 여기서 멈추지 않았다. 잠시 후에 들려온 여성의 목소리는 큰 슬픔에 잠겨 있었고 그 내용은 진현과 운을 나락으로 떨어뜨리기에 충분한 것이었다.

「저는 수백 년 전의 마법사였습니다. 다카를 낳은 후 저는 그 아이의 아버지 되는 사람과 싸워 목숨을 잃게 되었지요. 그러나 다카는 그것을 쉽게 받아들이지 못했습니다. 그리하여 이곳에 제 시신을 놔둔 채로 지금까지의 시간 동안 살아왔지요. 육체는 이미 죽어 되살릴 수 없었지만… 그 아이는 제 영혼을 이 시신과 함께 동결해 둘 수 있었지요.」

머리에 몇 톤짜리 얼음이 떨어진 것이 아닐까 하는 생각을 하며 진현은 자신의 뒤통수를 매만졌다. 수백 년 전의 마법사라니? 아니, 그것보다… 그렇다는 것은 다카 역시 수백 년 전에 태어난 사람이라는 것? 이 나라 최고의, 아니, 대륙 최고의 마법사 다카 다이너스티가 수백 년 전부터 살아왔던 인물이라는 말인가?

바로 옆에 있는 커다란 파이프 관을 붙잡고 뭐라고 중얼거리는 진현의 뒤로 여인이 다시 말했다. 아니, 정확히 말하자면 영혼의 상태로 말하는 것이었지만 말이다.

「…그 아이는 죽었지요?」

흠칫.

진현은 약간 어깨를 떨었지만 고개를 돌리거나 하지는 않았다. 온몸을 엄습하는 차가운 온도도 더 이상은 그를 괴롭히지 않았다. 아주 무감각하게 만들어 버렸으니까. 하얀 입김을 내뱉은 진현은 살며시 입술을 깨물며 고개를 끄덕였다. 그러나 울음소리 등은 들려오지 않았다. 조금은 자조하는 듯한 느낌의 웃음소리가 들려왔을 뿐.

「후훗, 그럴 줄 알았어요. 그 아이와 나는 언제나 함께였으니까… 그 아이가 죽었을 때 느낄 수 있었죠. 이제… 더 이상은 그 아이가 이 세상에 없다는 것을…….」

조금은 담담하게 말하는 것 같았지만 그녀의 목소리는 분명한 물기가 묻어나고 있었다. 흐윽 하고 작은 울음소리가 들릴 때까지 진현은 아무 말 없이 고개를 숙이고 있을 뿐이었다. 그리고 천천히 고개를 돌려 유리관 속의 여인을 쳐다보았다. 그녀의 감겨진 눈에서 눈물이 흐르는 것 같다는 느낌이 든 것은 왜일까. 진현은 조심스럽게 유리관을 손으로 짚으며 고개를 숙였다.

"죄송합니다, 도움이 되지 못해서. 하지만 한 가지 질문이 있습니다.

대체 그렇다면 다카는 인간이 아니라는 말입니까?"

차분하게 묻는 그의 질문에 여인은 잠시 동안 대답을 하지 않았다. 진현이 대답을 초조하게 기다릴 시간이 되었을 즈음 물기 가득한 목소리가 들렸다.

「그 아이는 저와 선대 마룡왕 사이에서 난 자식입니다.」

"마룡왕이라고요?!"

경악에 찬 듯한 진현의 외침이 커다란 기계들에 잠식된 방을 가득 메웠다. 자신의 입을 가리며 살짝 고개를 돌린 진현은 눈가를 찌푸리며 이를 악물었다. 그렇다면 다카를 죽이러 온 데저티드 드래곤들의 수장이라는 자와 다카의 사이는 대체 무슨 관계일까? 뭔가 복잡해지는 가족사에 진현은 머리가 지끈거렸다. 확실히 인간답지 않게 거대한 마력을 지닌 자라고 생각했더니, 다카가 반은 마룡족이라니……. 이 사실을 다른 사람들이 알게 된다면? 진현은 흠칫하면서 고개를 저었다. 말할 수 없다, 이것은 절대로 비밀이어야 할 일.

「…그 아이는 바로 자신의 동생 손에 죽은 것입니다. 비록 배가 다른 형제이지만.」

"……."

이제는 더 이상 놀랄 겨를도 없었다. 그렇다면 수도에 나타난 데저티드 드래곤의 수장이라는 자는 다카의 배다른 동생이라는 말인가. 멍청한 표정으로 하얀 입김을 내뱉은 진현은 차가운 공기에 폐가 얼어버릴 것 같음에도 불구하고 애써 내색하지 않았다. 정보를 원했지만 너무 많은 정보가 한꺼번에 머리 속을 잠식해 들어갔다. 우선적으로 자신과는 조금 거리가 있지만 연관은 되어 있는 일인 테펜 체 에―디브 비 세크라는 책과 관련된 그들, 데저티드 드래곤.

그들의 수장이 다카의 배다른 동생……. 이미 죽은 사람이니까 다카에 대한 정보는 더 이상 필요가 없다. 사실 이곳에 온 이유도 다카에 대해 알기 위한 것이 아니라 그가 알고 있는 『잃어버린 세계』의 정보를 캐내려고 온 것뿐. 어쩌면 잔인하게 들릴지도 모르지만, 다카가 반은 마룡족이고 어떠한 과정으로 태어났다는 것은 필요한 정보가 아니다. 조금 충격이기는 하지만. 진현은 표정을 관리하며 여인을 쳐다본 상태에서 입을 열었다.

"그렇다면 당신은 어쩌실 겁니까? 이곳까지 들어올 인물은 더 이상 없을 겁니다만."

이대로 내버려 둘까도 생각했다. 그러나 그것이 무슨 소용일까? 항상 자신을 봐주던 아들도 죽어 없어진 이 마당에 살려는 생각을 할까? 어차피 육체는 죽고 영혼만이 이곳에 영원히 떠도는 것뿐인데.

「후훗, 당신의 생각은 잘 알고 있습니다. 그렇지요, 이미 날 아는 사람도 날 소중히 여겨주는 사람도 모두 없는 이곳에 제가 더 이상 있을 이유가 없습니다. 그러나 이 육체가 그 미약한 숨을 쉬는 동안은 저는 이곳을 뜰 수가 없습니다. 그러니…….」

그녀는 차분한 목소리로 말을 하다가 조심스럽게 말을 끊었다. 그리고 두 호흡쯤의 시간을 두고 다시 말을 이었다.

「그러니… 부디 절 죽여주십시오, 용기있는 사람이여.」

진현은 대답없이 여인의 얼굴을 올려다보았다. 창백한 안색, 새파란 입술, 손가락 하나 움직이지 못하는 몸… 살아 있는 자의 것이 아닌 그것을 가지고 얼마나 오랜 세월을 살아왔는가. 하지만 그것도 사랑스러운 자식이 있었음에 가능한 일. 진현은 문득 그녀의 그런 모습에 자신의 어머니가 투영되는 것처럼 보았다.

유리관에 갇혀 있는 이 여성과 어두운 방에서 한 발자국도 나오지 못했던 어머니. 살아 있음에도 죽은 사람 취급을 당했던 어머니… 죽은 것과 무엇이 다를까. 그러나 그녀 역시도 그 미약한 생명을 이어갈 수 있었던 것은 사랑하는 남자와 자식의 얼굴을 볼 수 있었기에……

진현은 아무 말 없이 조용히 유리관에 이어진 파이프 하나를 내려다보았다. 다른 자잘한 선이 아닌 확실히 두꺼운 것. 아마도 이것이 공기를 들어가게 하는 것이겠지.

이것만 연결을 끊는다면 여인의 육체는 확실하게 죽을 것이다. 항상 골방에 갇혀서 미친 여자처럼 한없이 울고 한없이 웃으시는 어머니를 보면서 생각한 것이 있었다.

"차라리 내 손으로 죽여줄게요, 어머니."

채 열 살이 되기 전부터 그런 생각을 해왔었다. 죽는 것이 차라리 나을 것이라는 생각을. 하지만 결국 자신은 그렇게 하지 못했다. 겨우겨우 얼굴만 보고 살 수 있었으니까. 죽이려고, 정말로 죽여 드리려고 칼을 숨겨 들어갔을 때도 차마 그것으로 목을 긋지 못했었다. 울고 계신 그 모습이 너무 안쓰러워서.

진현은 살며시 자신의 발에 걸리는 파이프 관을 발등으로 툭툭 찼다. 아마도 고통은 없을 테지.

콱! 쉬잉―

있는 힘껏 파이프를 걷어차니 유리관 속에서 올라가던 물방울들이 점차 사라져 갔다. 그와 함께 파이프에서는 바람이 스며 나왔다. 진현은 바지 주머니에 손을 꽂은 채 무감각한 얼굴로 유리관 속을 쳐다보았다. 공기 방울에 의해 이리저리 흔들리던 은빛의 머리카락도 조용히 가라앉았고 물의 요정처럼 아름답게 흩날리던 옷자락도 고요하게 멎어 갔다. 오르락내리락하던 그래프들이 혼란스럽게 움직였다.

온갖 기계들에 붉은빛이 들어왔다.

「감사합니다… 이제야, 이제야 사랑하는 사람들을 볼 수 있겠… 고 맙습…….」

삐이익—!

사방을 밝히는 붉은 전조등과 함께 마치 비명과도 같은 기계음이 진현의 귓가에 울려 퍼졌다. 투명한 액체 속에 담겨진 여성의 모습을 진현은 한참 동안 그렇게 서서 바라볼 수밖에 없었다. 이리저리 밝혀지는 붉은빛 속에서 진현의 검은 머리카락이 아름답게 흩날렸다. 그의 새하얀 입김과 함께.

다시 계단을 통해 올라오는 진현의 발걸음이 이상하게 무겁다고 운은 생각하고 있었다. 예전에 유니콘의 숲에서 들었던 그의 어머니에 대한 이야기가 조금 생각이 난 운은 진현이 왜 이러는지를 대충 알 수 있을 것 같았다. 무감각한 얼굴로 계단을 올라오면서 진현은 나직하게 말했다.

"…방금 그 여성을 내 어머니와 같다고 생각한 것은 바보 같은 생각 이었을까?"

운은 대답하지 않았다. 대답이 필요없을 것 같았기 때문이다. 진현은 쓰게 웃으면서 주먹을 굳게 쥐었다.

"어머니, 바보 같을 정도로 사랑 하나만을 바라보면서 살았던 어머니가… 유리관에서 죽은 육체를 가지고 살았던 저 여성과 다를 바가 없다고 생각했지. 목숨을 끊고 싶다는 생각은 수십 번도 더 했을 테지만 결국 그러지 못했던 것은 사랑하는 사람을 볼 수 있었기 때문에. 그리고 그 사람이 죽은 후에는 더 이상 살아갈 의욕을 잃는 거야. 쿡쿡, 우스워. 왜 저렇게도 바보 같을까, 여자들이란……?』

『진현…….』

하지만 진현은 입을 다물고 말았다. 자신이 본 세 번째 여성이었다, 저런 죽음을 맞은 것이. 자신의 어머니와 저 여성, 그리고 또 다른 한 명……. 그런 생각을 마쳤을 때 그는 이미 다카가 쓰던 방으로 돌아와 있었다. 진현은 멍한 얼굴로 주위를 둘러보았다. 하지만 이러고 있을 시간은 없었다. 자신의 뺨을 손바닥으로 찰싹 소리나게 때린 후 진현은 고개를 휘저었다. 넋 놓고 있을 틈이 있다면 조금이라도 정보를 취해라. 그는 스스로에게 그렇게 말한 뒤에 한숨을 내쉬며 다시 방을 뒤지기 시작했다. 그런데 달라진 것이 있었다.

그렇게 따갑게 느껴지던 시선이 없어진 것이다. 아마도 그 시선의 주인공은 유리관 속의 그 여성이었던 듯싶었다. 잘되었다 생각하며 진현은 다시 다카의 책상 쪽으로 걸어갔다.

"어?"

서랍을 굳게 채우고 있던 자물쇠가 부서져 있었던 것이다. 누가 왔다 간 것일까? 하지만 다른 인기척이나 사람의 흔적은 찾아볼 수가 없었다. 이것도 그 여성의 힘이었을까? 이런 의문을 가졌지만 어차피 자물쇠가 부서졌으니 서랍을 열어볼 수 있어 자신도 좋은 일 아닌가. 무릎을 구부려 앉은 진현은 자물쇠가 있었던 마지막 서랍을 열어보았다.

서랍의 안은 깨끗했고 별다른 것은 없었지만 제법 두꺼운 두께의 책이 한 권 놓여져 있었다. 흐음, 하고 고개를 갸웃거리며 진현은 그것을 꺼내 들었다. 제법 질이 좋아 보이는 가죽 표지에 모서리는 금테가 둘러져 있는 것으로 보아 마법 서적이나 중요한 책 정도로 보였다. 고개를 갸웃거리며 책의 표지를 넘기려던 진현은 갑자기 표지에서 무언가가 일렁거리는 모습을 보며 흠칫 놀랐다.

붉은색의 빛과 함께 표지에서는 천천히 무엇이 나타났고 진현은 책 자체를 책상 위에 놓아둔 채 뒤로 살며시 물러나 운의 손잡이를 붙잡았다. 하지만 별다른 일은 일어나지 않았다. 표지에서 나타난 것은 손바닥 크기의 작은 사람이었다. 화염과 같은 붉은 머리카락과 황금색의 눈동자를 지녔고 무엇보다 중요한 것은 등에 날개가 날려 있었다, 나비와 비슷한 모양의.

아마도 페어리가 아닐까라고 생각한 진현은 조용히 그것을 내려다보았다. 마치 자다가 일어난 사람처럼 책에 앉아서 길게 기지개를 켠 그것은 잠이 덜 깬 눈으로 주위를 둘러보다가 진현을 보고는 화들짝 놀라 파다닥 날아올랐다.

"뭐, 뭐야?! 당신 누구……?"

황금색 눈동자를 또르르 굴리면서 외치는데, 작은 몸집에서 나오는 목소리가 뭐가 그리 큰지… 진현은 한쪽 귀를 막으면서 어색한 웃음을 흘렸다.

"아, 저는……."

"어머어머! 그런데 오빠 무지하게 잘생겼다? 다카님보다 더 잘생겼잖아? 이름이 뭐야? 나이는 몇이고? 스타일 괜찮다. 인기 많지? 얼굴도 잘생기고, 스타일도 죽이고, 키까지 크니까 당연할 거야."

"……."

무슨 놈의 요정이 이리도 수다가 심하단 말인가. 진현은 조금 뒤로 물러서면서 자신의 얼굴 앞에서 이리저리 날아다니는 그 요정을 바라보았다. 요정은 붉은빛 가루를 흩날리면서 진현의 머리카락을 만졌다가 '우와, 머릿결 죽인다!' 라고 외쳤고 진현의 뺨을 손으로 슥 만진 후에 '꺄아, 피부 좀 봐! 세안은 어떻게 해?' 등등으로 오만 호들갑을 다 떨었다. 그렇지 않아도 오늘 머리가 울리는 일을 많이 접했는데 이렇게 시끄럽다니… 이마를 손으로 짚으며 비틀거리는 진현의 어깨에 요정은 척 하니 다리를 꼬고 앉아 머릿결에 자신의 얼굴을 비벼댔다.

"오랜만에 눈부신 미남을 봤더니 기분 죽인다. 오빠, 오빠, 나 좀 여기서 데리고 나가주지 않을래?"

아하하 하고 이 빠진 웃음소리만 내뱉던 진현은 눈을 동그랗게 뜨고 슬쩍 고개를 옆으로 틀면서 물었다.

"데리고 나가달라니요? 저, 죄송하지만 본인의 소개 좀 부탁드립니다."

"오호호홋, 본인의 소개라고 할 것까지는 없고… 나는 저 마법서에 봉인되어져 있던 페어리야, 불의 속성을 가진 페어리. 대마법사 다카 다이너스티와의 계약에 따라 저 마법서에 들어가 있었지. 원래는 매일 열어주는데 요즘 들어 통 안 열어줘서 계속 잠만 잤어. 아, 내 이름은 루비야. 오빠 이름은?"

"김진현이라고 합니다. 진현이라고 불러주십시오."

그렇다면 이 페어리는 다카가 죽은 것을 모르고 있는 것일까? 진현은 묵묵한 눈으로 루비라고 자신을 밝힌 불의 페어리를 바라보았다. 조용히 날갯짓하며 허공에 뜬 루비가 주위를 둘러보면서 그 작은 입을 열었다.

"아, 그런데 다카는? 여기는 다카 혼자 쓰는 방이라서 그 사람이랑 같이 안 오면 못 올라오는데?"

역시 모르고 있다. 진현은 잠깐 입술을 깨물면서 쓴 미소를 지었다. 살며시 손을 들어 루비에게 내밀면서 그는 나직한 목소리로 말했다.

"그는 죽었습니다."

잠시 동안의 정적. 파닥거리는 날갯짓 소리도 수다스럽던 목소리도 들리지 않았다. 황금색 눈동자를 동그랗게 뜨며 루비는 조용히 진현을 돌아보았다. 말도 안 된다는 얼굴, 하지만 그 눈은 심하게 떨리고 있었다.

"말도 안 돼……. 거짓말이지?! 그 인간이 죽을 리가 없어! 죽어라고, 죽어라고 말해도 절대로 안 죽는 인간이란 말야!"

"…그는 더 이상 이곳에 올 수 없습니다. 죽었으니까요."

잔인하지만 현실. 멍청한 얼굴이 되어버린 루비의 발 밑에 손바닥을 가져가면서 진현은 담담하게 말했다. 어쩔 수가 없는 것이다. 아무리 부정해도 죽은 사람은 돌아오지 않고 변하는 것은 아무것도 없다. 비틀, 한순간 루비의 몸이 흐느적거렸다가 곧 그녀는 진현의 손바닥 위에 털썩 주저앉고 말았다. 아마도 요정이라면 다카와 오랜 시간을 같이했을 것이다. 그 작은 손으로 얼굴을 가리며 루비는 다시 한 번 진현을 올려다보며 물었다.

"정말… 정말… 이야?"

대답없이 진현은 살짝 고개만을 끄덕였다. 어깨를 축 늘어뜨린 루비는 말없이 허공만을 쳐다보았다. 하지만 눈물을 흘리거나 하지는 않았다. 다만 그녀가 받은 충격이라는 것은 이제껏 보아왔던 친구가 사라진 그런 슬픔인 것이다. 멍한 얼굴로 잠시 동안 그녀는 그렇게 허공만을 쳐다보았고 진현은 슬슬 지루해지기 시작했다. 그리고 그때, 나비와 같이 아름다운 날개를 퍼덕거리며 루비는 공중으로 날아올랐다.

"인간이라는 것은 언젠가 죽기 마련이니까, 항상 그래 왔으니까……."

마치 자신에게 말하는 것처럼 무감각하게 말한 루비는 조금은 측은해 보이는 얼굴로 진현 쪽으로 고개를 돌렸다.

"넌 다카의 죽음을 보았니?"

의외의 질문에 진현은 잠시 동안 루비의 눈동자를 응시하다가 살며시 고개를 끄덕였고, 루비는 빙긋 웃으며 어깨를 으쓱거렸다.

"그럼 그는 고통없이 갔어?"

그것은 알 수가 없다. 진현이 본 것은 빛의 날개로 화해 사라지는 모습뿐이었으니까. 하지만 그가 정한 인생의 마지막 부분이었다. 고통스러웠는지는 모르지만 그 자신이 원했던 결과라고는 충분히 생각할 수가 있었다. 진실은 알 수 없지만 지금 이 상황에서 선의의 거짓말은 충분히 용서가 될 것이다. 진현은 희미하게 웃으면서 조용히 고개를 숙였다.

"예, 아름다운 모습으로… 떠나셨습니다."

그의 대답이 마음에 들었는지 루비는 자신의 가느다란 팔을 슥슥 매만지면서 고개를 숙였다가 들어 올렸다. 그때 그녀의 작은 얼굴에서 물방울이 반짝거린 것을 진현은 놓치지 않고 보았다. 그러나 아무런 말 없이 루비를 쳐다보았고, 금세 기운을 차렸는지 루비는 활짝 팔을 펼치면서 진현의 어깨에 내려앉았다.

"자자, 나 그럼 이제 주인 없는데. 이왕이면 다홍치마라고 잘생긴 오빠 따라가도 되겠지? 나 수백 년 동안 마법서에 봉인되어 있었기 때문에 마법들 잘 쓴다? 어때, 데리고 가줄래?"

안 데리고 가도 따라올 것 같은데……. 진현은 그 말을 입속으로 삼키며 쓴웃음을 지을 수밖에 없었다. 귀찮을 것 같기도 하지만 마법 잘 쓰는 요정을 데리고 다니면 확실히 도움될 일도 많겠지. 그리고 무엇보다… 페어리는 소중한 사람에게 무슨 일이 생겨도 큰 슬픔을 가지지는 않으리라 생각을 했다. 이 점이 가장 크게 작용했다. 인간은 아주 짧은 시간 동안에도 친구가 되고 연인이 될 수 있지만 페어리는 그렇지 않을 것이다. 오랜 시간 동안 자신의 곁에서 충만한 애정을 보내줘야 조금 더 깊은 관계를 유지할 수 있는 종족.

조금 다른 슬픔을 가진다고 해도 그들은 인정할 수가 있는 종족이다, 소중한 존재의 죽음을. 왜냐하면 죽음이라는 것은 자연의 순리이기 때문이다. 다만 그들은 잊지 못하기에 가끔씩 그 존재를 생각하며 길고 오랜 슬픔을 간직하겠지만… 인간처럼 죽을 정도의 아픔은 가지고 있지 않다. 진현은 천천히 손가락으로 루비의 머리카락을 만지면서 중얼거리듯 말했다.

"…슬프지 않습니까?"

그냥 왠지 이렇게 묻고 싶었다. 그러자 루비는 조용히 자신의 머리카락을 만지는 진현의 손가락을 두 손으로 껴안으며 작은 목소리로 답했다.

"글쎄, 슬프다고 말할 수 있을까? 어차피 죽음이라는 것은 모든 생명에게 평등한 단 하나의 존재인데. 자연의 섭리니까 인간들처럼 슬플 수는 없지만 그래도… 확실히…….."

그녀는 조용히 말을 끊으며 눈을 감았다. 피곤한 얼굴로 잠에 빠져든 루비를 조용히 손바닥 위에 눕힌 진현이 빙긋 웃으면서 중얼거렸다.

"확실히 슬프시겠지요."

악당 같은 미소를 띠며 진현이 그리 말하자 잠시 동안 상황을 살펴보던 운이 한심스럽다는 목소리로 말했다.

『흥! 또 전용 노예가 생겼으니 기분 좋을 만도 하겠지.』

"노예라니? 나는 그런 것 없는데."

어깨를 으쓱거리며 모르겠다는 듯 제스처를 취하는 진현을 보며 운은 속으로 '가증스러운 놈'이라고 중얼거렸다. 물론 말하지는 않았다. 그랬다가는 예전처럼 불구덩이 속에 집어넣거나 발로 걷어찬다거나 짓밟을 우려가 있었으니까. 그리고 보니 요즘에는 통 주먹을 안 쓰네라고 속으로 생각하는 운의 마음을 아는지 모르는지 진현은 마법서와 페어리 루비를 챙겨 들고 방을 빠져나왔다. 더 이상의 함정은 없었다. 아마도 그 함정을 발동시키는 것도 유리관 속의 그 여성이었으리라.

그렇다면 가는 길에는 그다지 고생이 없을 것이라고 생각하면서 진현은 생긋 웃었다. 하지만 그의 웃음은 탑을 내려올 때까지만이었고, 저택의 정문으로 나가기 위해서 그는 들어올 때와 마찬가지로 험난한 함정들을 헤치고 갈 수밖에 없었다. 그가 다카에 대해 온갖 종류의 저주와 욕을 했다는 것은 루비와 운만이 알고 있는 사실.

"어라, 진현?"

자신의 집에서 한창 어머니와 그리고 시장님 다비드와 대화를 나누고 있던 에오로는 석양이 질 즈음 자신의 집 문을 노크한 사람을 보면서 황당한 얼굴이 되었다. 붉게 물드는 해를 등지고 너덜거리는 옷차림으로 들어오는 것은 다름 아닌 진현이었다. 항상 단정하고 깔끔하고… 무엇보다 무슨 일이 있어도 잘 동요하지 않는 진현이 물방울이 뚝뚝 떨어지는 검은 머리카락에다가 옷자락은 군데군데 찢겨져 있었고 엄청 지쳐 보였기 때문이다.

버터를 발라 구운 옥수수가 끼워진 나무 작대기를 입에서 빼면서 에오로는 조심스럽게 물었다.

"물가에서 몬스터랑 레슬링하셨어요?"

한차례 비틀거린 뒤에 손으로 벽을 짚으며 고개를 숙인 진현은 숨을 몰아쉬면서 조용히 중얼거렸다.

"워, 원래 저 저택이 저 모양입니까? 화살이 날아오고, 물구덩이가 있고, 악어 떼를 풀어놓고, 쇠창살이 솟아오르고…….."

"아, 그러고 보니 그걸 말씀 안 드렸었네. 죄송해요. 우리 스승님이 원체 괴팍해서 저택의 홀에는 그런 함정을 기본으로 해두셨어요. 슈린과 저를 훈련시키는 목적이라고 말씀하셨지만, 확실히 재미 삼아 그런 것 같은데……. 그런데 악어 떼도 있었나요? 다음에는 주의해야겠네요."

"…아하하하."

손톱이 벽의 돌을 파고드는 것을 느끼면서 진현은 가까스로 진정을 해야 했다. 황급히 수건을 들고 나온 아리스에게 고맙다고 인사를 한 후에 그는 천천히 자신의 머리카락을 닦으면서 식탁 근처에 의자를 끌어당겨 앉았다. 에오로의 집은 그리 크지는 않았지만 꽤 넓고 좋은 집이라는 것을 한눈에 알 수 있었다. 보통 가정 집과는 다르게 하녀를 두 명이나 두었고 마구간도 따로 마련되어 있었으며 집이 전체적으로 아름답게 꾸며져 있었다.

보수를 받고 고용된 하녀가 음료를 가져다 주자 진현은 그것을 마시면서 에오로를 바라보았다.

"후우, 꽤 고생했습니다. 다 둘러보지는 못했습니다만 중요한 곳은 다 보았지요. 다음번에는 에오로 군과 같이 갔으면 합니다."

확실히 그 저택에서 자신을 더 놀라게 할 수 있는 것은 없으리라고 생각했다. 대마법사 다카 다이너스티가 반은 마룡족, 그것도 지금 마룡왕과는 배다른 형제 사이. 원하던 정보는 얻지 못했지만 데저티드 드래곤들의 수장에 대한 정보를 얻었으니 그들의 일을 조사하고 있는 주월에게는 필요할 것 같았다. 그리고 뭔가 다른 것도 알아낼 수가 있겠지. 원래의 세계로 돌아가는 것도 지금 힘이 드는데 데저티드 드래곤이라는 애물단지 종족에 대한 일도 경계해야 하다니.

하지만 그들이 테펜 체 에―디브 비 세크를 손에 넣게 된다면 세계는 어떠한 방향으로 흘러갈지 아무도 모르는 것이다. 슥슥 수건을 놀리던 손을 멈추고 진현은 조용히 컵을 들어 다시 음료를 한 모금 삼켰다. 이번 일은 아무래도 쉽게 끝날 것 같지 않은 느낌이 들었다.

『잃어버린 세계』, 자신이 사는 세계를 위해서 과연 무엇을 해야 할는지 도무지 감이 잡히지가 않았다. 돌아가야 한다, 돌아가야 한다… 그러나 어떻게?

"진현, 무슨 생각 하세요?"

멍하니 진현이 고개를 내리고 컵을 쳐다보고만 있자 에오로가 걱정스러운 어투로 물었다. 그의 목소리 때문에 자신의 생각 속에서 빠져나온 진현은 어색한 미소를 지으며 고개를 저었다.

"아니오, 조금 피곤해서 그렇습니다. 저는 이만 쉬어도 될는지요?"

"아, 그러세요? 그럼 쉬셔야죠. 엄마?"

에오로가 자리에서 일어나 부엌에 있는 자신의 어머니를 불렀고 아리스는 곧 하얀 앞치마에 손을 닦으면서 진현에게로 다가왔다. 다비드가 편히 쉬라는 말을 진현에게 건넨 후에 아리스가 입을 열었다.

"2층에 있는 가장 오른쪽 방을 쓰시면 될 거예요. 짐은 이미 옮겨두 었답니다. 저녁 식사 시간에 맞춰서 깨워드릴게요."

다정한 목소리로 생긋 웃으며 말하는 아리스에게 진현은 살짝 고개 를 숙여 감사의 뜻을 표했다. 그녀가 말한 2층으로 향하는 계단을 올라 가면서 진현은 힐끔 뒤를 돌아보았다. 식탁에 모여 앉아서 다정한 풍 경으로 얘기를 나누는 사람들, 점점 늘어만 나는 인연들을 진현은 잠시 동안 바라보았다. 그리고 고개를 돌려 계단을 올라간 뒤에 그는 어둑 하게 보이는 복도를 쳐다보면서 입을 열었다.

"늘어만 가는 것은… 인연뿐만이 아니야."

차분한 얼굴로 그렇게 말한 진현은 조용히 자신의 방으로 향했다. 복도의 끝에 마련되어진 창문으로 붉은 햇살이 스며 들어왔다. 그 옆 에 마련되어진 탁자에는 꽂아놓은 지 얼마 되지 않아 보이는 꽃들이 바람에 이리저리 흔들렸다. 그것을 보며 진현은 문득 다시금 현홍이 떠올랐다. 어서어서 되찾아야 하는데… 이렇게 시간을 흘리는 자신이 한심스러워서.

안타까운 마음에 눈을 감고 아랫입술을 깨물면서 진현은 조용히 창 틀을 두 손으로 짚고 섰다.

"현홍아… 현홍아……."

네 그 미소가, 네 그 목소리가, 네 그 얼굴이 아른거려서 미쳐 버리 겠어.

"보고… 싶어."

이렇게까지 오랫동안 떨어진 적 없었잖아. 처음 만났던 그때부터 이 렇게 오랫동안 너를 내 곁에서 멀리 둔 적은 없었는데.

희미한 바람이 조용히 진현의 검은 머리카락을 스쳐 지나갔다. 마치 안쓰러워서 머리를 쓰다듬어 주는 것처럼. 그는 조용히 팔을 감싸며 한동안 그렇게 창가에 기대서 있었다. 자신을 감싸주는 바람이 마치 현홍의 손길이라는 되는 양.

땅으로 떨어진 천사 4

"아우우—! 너무 심심하다!"

상의라고는 달랑 민소매의 티 하나뿐, 그것도 어떻게 찢었는지 배꼽 티로 만들어 입은 아영이 자신의 침대 위를 뒹굴거리며 게으름을 피우고 있었다. 뭐, 자신이 게으름을 피우고 싶어서 피우는 것은 아니었다. 어디까지나 할 일이 없기 때문에 이러는 것이지.

읽고 있던 책을 휙 하니 던져 버린 아영은 자신의 긴 갈색 머리카락을 쓸어 올려서 하나로 묶으며 중얼거렸다.

"그냥 진현이 뭐라고 하던 간에 배 째라고 따라갈걸. 이거 할 일도 없고 심심해 미치겠네."

그녀가 귀찮은 것보다 더 싫어하는 일이 있다면 바로 심심한 것! 그렇기에 원래의 세계에서도 심심하면 뒹굴거리다가 아무나 붙잡고 일을 저지르는 것이 그녀의 성격이었다. 그런 성격이 이 세계에 와서 바뀔리는 만무하지 않겠는가. 새하얀 침대 시트 위에 늘어진 레이스 커튼을 손으로 치우면서 아영은 조용히 바닥에 발을 디뎠다. 흰색의 배꼽 티셔츠에다가 찢어진 청바지(그것도 손수 가위로 잘라서 핫팬츠로 만들어 입은), 맨발. 이 상태로 밖을 돌아다닌다면 아무래도 여러 남자 코피 터지게 할 게 분명하지만, 어디까지나 그녀는 둔치였다.

슬그머니 작은 배낭에 짐을 챙긴 후 아영은 자신의 방문을 천천히 열었다. 그리고 목만 빼꼼하게 내민 다음 복도를 살폈다. 잠시 후 그녀는 안도의 한숨을 내쉬며 중얼거렸다.

"후우, 솔루드는 없군. 좋았어!"

지금 그녀는 철저히 솔루드의 감시 아래에 있었다. 누가 주인이고 누가 부하인지 모르겠지만, 하여간에 솔루드의 철저함 속에서 그녀는 재산 관리 및 부하들 관리, 더불어 사교를 위한 여러 가지 예법까지 배우는 중이었다. 왜 자신이 그런 것을 배워야 하는 거냐라고 반문을 하면서 소리쳐도 강건한 솔루드에게 들어먹힐 리가 없다.

공부라면 소름이 다 돈단 말야. 아영은 그렇게 중얼거리며 신발을 양손에 든 채 살금살금 복도를 걸어갔다.

이제 물색해야 할 것은 어디에 재미있는 일이 있느냐라는 사실과 누구를 끌고 들어갈 것인가. 이 두 가지를 두고 아영은 한참 동안 고민해야 했다. 만약 에오로라도 있었다면 자신과 동조해서 잘 놀았을 텐데. 아쉬운 마음에 입맛을 다시며 아영은 천천히 운동화를 신은 후 아래층으로 내려갔다. 물론 소리 소문 없이 말이다.

"어머, 아영님?"

까악 하고 비명을 지르려는 스스로의 입을 막으면서 아영은 자신의 뒤에 서 있는 하녀의 입도 동시에 막았다. 복도를 돌아서 하녀를 벽에 몰아붙이며 아영은 소곤소곤 말했다.

"쉿! 조용히. 솔루드한테 들키면 몇 시간 동안 잔소리 들을 거야. 나 지금부터 놀러 나가니까 솔루드한테 말하지 말아. 알았지?"

누구 명령이라고 어기겠는가. 더욱이 그녀가 정령을 이용해서 집 안을 깽판 치는 것을 직접 본 장본인이라면 말할 것도 없을 것이다. 하녀는 파랗게 질려서 고개를 끄덕였고 안심한 아영은 손을 놓으면서 주위를 두리번거렸다. 아무래도 솔루드는 정원에서 병사들과 훈련을 하고 있을 테니 뒤로 돌아서 담을 타 넘으면 나갈 수 있을 것 같았다. 턱을 매만지면서 혀로 입술을 핥은 아영은 문득 궁금한 것이 생각나 하녀에게 물었다.

"아, 그런데 키엘이랑 다른 사람들은 어디 있는지 알아?"

두근거리는 마음에 가슴을 한 손으로 짚으며 하녀는 더듬거리는 어투로 대답했다.

"아아, 키엘님과 에이레이님, 그리고 셀로브님께서는 수도에 나가셨습니다. 그리고 우혁님과 루님께서는 따로 수도에 나가셨고요. 제가 들은 바로는 서점에 가신다고 했습니다."

"그래? 흐음, 우혁 오빠에게 말해 봤자 택도 없는 소리라고 할 테고… 역시나 다른 파트를 공략하는 수밖에. 키엘 쪽 사람들은 어디 간다는 말 없었어?"

"음, 글쎄요… 어디 특별히 가신다는 말씀은 없으셨지만 그 세 분은 매일같이 수도의 공원에 가신다고……."

아영은 씨익 웃으면서 고개를 끄덕였다. 그리고 하녀가 들고 있는 쟁반에 놓인 포도 한 송이를 집어 들면서 복도를 뛰어갔다.

"고마워! 솔루드에게 말하지 마."

손을 흔들면서 뛰어가는 아영을 보면서 남겨진 하녀는 솔루드에게 말을 해야 하나 말아야 하나 한참 동안 고민해야 했다. 하지만 역시나 먼 법보다는 가까운 주먹이 더 무서운 법. 하녀는 입 다물기로 하고 한숨을 쉬며 자신의 일터로 돌아갔다.

총총히 정문으로 뛰어간 아영은 다른 하인들과 하녀들에게도 낮게 윽박지른 다음에 슬그머니 포복 자세로 낮게 손질해 놓은 나무들 사이를 지나가야 했다. 어쩔 수 없었다, 이것이 다 대의를 위한 것. 아영은 속으로 그렇게 생각하며 한여름에 땀 삐질삐질 흘려가며 기어야 했다.

반바지를 입고 있었기 때문에 무릎이 다 까지는 느낌을 받으면서 아영은 눈물을 삼켰다.

"아아, 이 가녀린 여자의 몸으로 뭐 하는 짓인지. 하아, 이것도 다 큰 뜻을 이루기 위한 행동……."

…시답지도 않은 말을 혼자서 중얼거리며 정원의 중간쯤 기어온 아영은 문득 들리는 고함과 함성 소리에 슬그머니 고개를 들었다. 정원과 새로 지어 올린 낮은 담벼락의 중간쯤에는 병사들의 훈련 장소로 쓰이는 연병장 비슷한 것이 마련되어 있었다. 그리고 그곳에는 아침 식사가 끝난 후 할 일 없는 병사들이 모여서 솔루드의 지도 아래 체력을 단련하는 중이었다. 사병이라는 것은 말 그대로 돈을 받고 싸우는 병사들이니까. 거기다가 무서운(?) 주인 아래서 일하려면 단련은 필수인 것. 사실 그전에 이잔의 밑에서 일을 할 때에도 그들은 꽤 성실한 병사들이었다. 그것이 모두 솔루드라는 좋은 대장의 밑에 있었기 때문이지만.

사열 횡대로 서서 각자의 검을 뽑아 든 채로 이리저리 휘두르는 사내들의 모습이란… 아영은 한숨을 푹 내쉬면서 고개를 저었다. 이 뜨거운 땡볕에서 저게 할 짓이란 말인가. 자신의 현재 입장만 아니었다면 당장 나가서 말리고 싶을 정도였다. 셔츠는 커녕 상의를 입지 않은 자들도 허다했다. 역시 아랫사람으로서 고지식한 사람의 밑에서 일하면 고생이라니까.

"쯧쯧, 솔루드도 적당히 하지. 사람 잡겠다, 잡아."

진짜 일사병으로 쓰러지지 않는 것이 더 신기해 보였다. 아영은 고개를 절레절레 저으며 시선을 다른 곳으로 돌렸다. 그때, 잠시 동안의 휴식 시간을 알리는 솔루드의 목소리가 들렸다. 갑옷은 입지 않고 푸른빛이 도는 셔츠와 검은 바지를 입고 있는 그를 보면서 아영은 눈을 동그랗게 떴다. 태양 빛 아래서 반짝이는 물방울들은 틀림없이 땀일 텐데 왜… 이렇게 멋있게 보일까? 검을 칼집에 꽂아 넣는 동작도, 땀에 젖은 세피아 색 머리카락을 쓸어 넘길 때도 멋지게 보였다.

아영은 자신의 눈에 뭔가 씌었나 해서 눈을 슥슥 비빈 다음 고개를 저었다. 내 타입은 저런 사람이 아냐라고 속으로 중얼거린 아영은 다시 한 번 수건으로 얼굴을 닦고 있는 솔루드를 보면서 입술을 샐쭉거렸다. 고지식하고, 마이 페이스인 사람은 내 타입이 아냐. 나는 예쁘고, 부드러운 성격의 남자가 좋단 말야. 꼭 자기 자신에게 최면을 거는 것처럼 중얼거리면서 아영은 다시 천천히 몸을 움직였다.

하지만 이상하게도 그녀의 뇌리에서는 한동안 솔루드의 모습이 지워지지 않았다.

중간중간에 만난 하인들과 보초들까지 협박해서 입 다물게 한 아영은 조용히 수도를 향해 걸어갔다. 말 한 필이나 빼가지고 올 걸이라고 생각해도… 그랬다가는 알짤없이 걸리기 때문에 별수없었다. 배낭에서 천을—왜 준비했는지는 몰라도—꺼내 든 아영은 그것을 머리에 뒤집어썼다.

한참을 걸어서 수도에 겨우 도착한 아영은 헉헉거리는 숨을 몰아쉬며 한 건물의 벽에 기대어섰다.

"우씨, 왕복 마차를 운행해 달라고 하던가 해야지. 제길, 더럽게 힘드네."

사람들의, 그것도 남자들의 시선이 자신에게 꽂히는 이유가 뭔지 궁금해하며 아영은 에이레이들이 있는 공원으로 발길을 돌렸다. 무더운 여름이라서 그런지 나다니는 사람들은 별로 없었다. 있다고 해도 곱게 차려입은 양산을 든 귀족 집안의 아가씨나 그녀들의 호위원들이나 항상 일하는 사내들뿐. 서늘한 봄이나 가을보다는 사람이 별로 없을 것 같다는 생각일 뿐이다. 수도가 왜 수도겠는가, 사람 많아서 수도지(핀트가 어긋났다).

오랜만의 외출에 콧노래를 부르면서 아영은 발걸음도 가볍게 걸어갔다.

"휘이, 아가씨 몸매 좋은데?"

"킬킬, 저게 옷이냐? 걸레지."

…물론 이럴 때는 빡 돌지만. 아영은 슬쩍 자신을 향해 말을 던진 것이 분명한 사내들 쪽으로 고개를 돌렸다. 네 명의 건장한 체격의 사내. 대낮부터 벌써 술을 퍼마셨는지 얼굴이 붉게 되고 움직임이 범상치가 않았다. 근육이 우락부락한 사내들을 보면서 아영은 고개를 절레절레 흔들었다. 뼈만 있는 것도 싫지만 저렇게 근육질 남자는 더 싫어하는 그녀였다. 적당하게 안는 맛이 있는 근육을 좋아한달까. 이 말을 듣는 이들은 모두들 그녀를 변태라고 말하지만 어쩌겠는가, 천성인 것을.

팔짱을 끼고 건물 벽에 늘어놓은 나무 상자에 앉아 술병을 들고 사내들이 다시 외쳤다.

"어이, 여기 와서 술 좀 따라봐! 큭, 보아 하니… 몸 좀 파는 계집 같은데."

"응? 하지만 이 근처 홍등가에서는 저런 얼굴 본 적 없는걸? 클클, 새로운 계집년인가 보다. 푸하핫!"

"네놈은 하룻밤 끼고 잔 계집도 기억하냐? 난 원체 많아서 기억도 안 난다만?"

아영은 자신의 이마에 열십 자 무늬의 핏줄이 돋지 않았을까 의심해 보았다. 저것들을 죽일까, 아니면 적당하게 분질러 버릴까 고민하는 아영의 곁으로 술에 취해 비틀거리는 사내 한 명이 천천히 다가왔다. 적당히 거리가 떨어져 있는데도 술 냄새가 확 풍기는 것으로 보아 아무래도 엄청 처마셨나 보다. 코를 손가락으로 잡은 아영은 코맹맹이 소리로 말했다.

"어이어이, 꺼져라. 지금으로부터 10초의 시간을 주겠어."

"킬킬킬, 이년이 하는 소리 들었냐? 꺼지란다!"

쩌렁쩌렁 울리는 목소리로 웃어대니 지나가는 사람들의 이목이 모두 아영이 있는 쪽으로 집중이 되었다. 그러나 사내들의 체격을 보고 말리는 사람은 아무도 없었다. 그저 아낙네들이 저걸 어째 하면서 걱정하는 목소리뿐.

그렇지 않아도 더워서 열이 받는데 아주 기름을 붓는구나, 부어!

으드득, 이를 갈면서 아영은 다시 한 번 손을 펴 들고 입을 열었다.

"술을 마셔도 곱게 처마시는 법이 주도酒道라는 거다. 네놈들은 그런 법도 못 배웠나 보군. 이 참에 술 깨게 도와주지."

그녀는 꽤 술을 잘 마시는 축에 드는 여성이었다. 원래의 세계에서

양주 두어 병은 기본이요, 소주 네 병까지는 무리없이 마시니까. 무엇보다 중요한 것은 그렇게 마시고도 제정신이라는 것이다. 그녀는 조용히 검지손가락을 들어 자신의 앞에서 건들거리고 있는 사내를 가리키면서 작게 윽박지르듯이 소리쳤다.

"언딘Undine! 버릇 좀 고쳐 줘."

사내가 어, 뭐야라고 반문할 즈음 그가 가지고 있던 술병에 담긴 술이 찰랑거렸다. 술도 어쨌거나 물의 일부분… 술병의 술의 양은 급속도로 늘어났고, 곧 이어 병에서 튀어나온 술들은 파랗게 질린 남자의 몸을 그대로 집어삼켰다. 순식간에 술에 갇혀 버린 남자는 숨이 막히는지 콜록거리며 손과 발을 마구 휘저었다. 주위에서 일순 비명 소리와 탄성이 질러져 나왔다.

대낮부터 술에 절어 있다가 된통 당하는 것이다. 술에 갇혀 버린 사내의 동료들은 어찌할 바를 모르고 있다가 아영을 향해 술병을 집어던지며 소리쳤다.

"이, 이 마녀! 꺼져라!"

마녀? 예전 이잔의 사건 때 아영보고 마녀라고 했던 병사는 과연 어떻게 되었을까? 사흘 밤과 낮을 끙끙거리다가 저 하늘의 별… 이 된 것이 아니고 다리랑 팔이랑 몽땅 부러져서 치유 마법을 썼는데도 일주일 동안은 제대로 걸어다니지도 못했었다.

그녀의 입가에 우후후훗 하는 이상한 웃음소리가 떠돈 직후 그녀에게 병을 던진 사내는 허공에 둥실거리며 떠 있었다. 굉장한 바람, 그녀를 향해 날아오던 술병 역시 중심을 잃고 다른 방향에 떨어졌고 사내는 비명을 지르며 손을 휘저었다.

이쯤에서 술에 갇힌 사내를 꺼내주지 않으면 그대로 술독에 빠져 죽는 것이겠지만… 대로에서 사람을 죽이면 살인자가 되니 어쩔 수 없었다. 이미 사내는 축 늘어져서 보글보글 공기 방울만 입에서 내뱉는 중이었다. 입맛을 다신 아영이 손가락을 튕겼고 곧 거대한 술은 물방울로 화해서 땅에 떨어졌다. 텅 소리를 내면서 바닥에 쓰러지는 동료의 곁으로 황급히 달려온 나머지 사내들은 그가 살아 있다는 것을 확인하고는 안도의 한숨을 흘렸다.

그러나 그들의 눈앞에는 이제 자신들에게로 다가오는 거대한 존재가 있었으니… 그 이름하야 윤아영이라는 인물이었다. 씨익 웃으면서 허공에 뜬 사내를 손가락으로 가리킨 후 이리저리 움직이는 그녀의 모습에 사내들은 오싹한 한기와 함께 공포를 느껴야 했다. 그러기에 사람이라는 존재는 눈치 하나로 먹고 사는 존재라고 하지 않았던가. 눈치가 없으면… 이런 일도 겪기 마련인 것이다.

얼마의 시간이 지난 후, 사람의 발길이 뜸한 골목길에서 아영은 조용히 다리를 꼬고 앉아 있었다. 커다란 오크 술통 위에 척 하니 올라가서 자신의 손톱을 바라보고 있는 모양새란, 참으로 여왕님다운 모습이 아닐 수 없었다. 그녀의 앞에서는 건장한 네 명의 사내들이 오들오들 떨면서 무릎을 꿇고 있었다. 한 번 아영에게 호되게 당해봤으니 어디 감히 반항을 하겠는가. 그러나 덩치 크고 근육이 울퉁불퉁한 사내들이 덜덜 떨면서 무릎을 꿇고 있는 모습은 그다지 좋은 광경이 아니었다.

아영은 자신의 무릎에 손을 올려 턱을 괴면서 술에 빠져 비명횡사할 뻔한 사내를 가리키며 말했다.

"이봐, 너. 또 술 처마실래? 마셔도 곱게 마셔야지, 대낮부터 평범한 시민에게 시비를 걸 정도로 마시니?"

"죄, 죄송합니다! 앞으로는 절대로 그러지 않겠습니다! 용서해, 용서해 주십시오!'"

머리를 땅에 박으면서 연신 용서해 달라는 말을 외치는 그 남자를 보면서 아영은 혀를 차면서 중얼거리듯 말했다.

"술 마시고 담배 피고 도박하는 남자는 인기없어. 알겠니?'"

물론 예외가 되는 사람도 있지만. 그 왜, 있지 않은가. 잘생긴 사람은 뭐를 해도 용납이 된다는 여성들만의 명언. 하여간에 아영은 약지로 귀를 파며 쭉 일렬로 무릎을 꿇고 앉은 사내들에게 물었다.

"그런데 너희들 이 도시에 대해 빠삭하게 알지? 뭐, 재미있는 곳 없니?'"

한 사내는 우물쭈물거리며 고개를 들어 아영에게 조심스레 말했다.

"재, 재미있는 곳이라 하심?'"

"뭐라고 할까… 보물이 있는 곳이라거나, 하여간에 재미있는 곳 말야. 이 내가 지금 심심해서 미치겠거든."

사내들은 생글거리면서 말하는 아영을 보며 당황한 얼굴이 되었다. 그리고는 서로를 쳐다보면서 뭐라고 얘기를 주고받은 후에 이마에 흉터가 있는 사내가 대표로 입을 열었다.

"자, 잘은 모르겠습니다만… 수도의 북쪽 끝에 도적과 황금의 신인 디프 본의 신전이 있습니다. 그곳의 지하에는 대단한 규모의 지하 던전Dungeon이 있다고 합니다. 저, 저희들은 보잘것없는 자들이라 아직 가보지도 못했습니다만……."

"헤에, 던전? 지하의 미궁 같은 곳이야?'"

그녀가 흥미롭다는 눈으로 고개를 약간 숙이면서 다시 묻자 사내는 살짝 고개를 저으면서 대답했다.

"확실하지는 않지만, 그 미궁의 최하단에는 대단한 보물이 있다는 소문입니다. 그러나 그것을 목표로 들어갔던 수많은 도둑들과 모험가들은⋯⋯."

햍쑥한 얼굴색이 된 사내들을 돌아보면서 아영은 고개를 끄덕였다. 지하에 있는 던전이라? 보물이 있다 이 말이지? 그런데 신전에 웬 던전이람. 확실히 모시는 신이 그 모양이니 그럴 수도 있겠다. 도둑의 신이라⋯⋯ 흥미로울 것 같다는 생각에 아영은 폴짝 뛰어서 바닥에 내려온 다음 손을 흔들면서 사내들에게 말했다.

"정보 고마워. 그리고 술 좀 작작 마셔. 오호호홋―!"

길게 늘어지는 그녀의 웃음소리를 들으면서 사내들은 죽었다 살아난 사람처럼 흐느적거리면서 바닥에 대자로 드러눕고 말았다.

생각 외로 좋은 정보를 손에 넣은 아영은 팔짝팔짝 뛰면서 자신과 함께할 동료들을 찾으러 수도의 공원으로 향했다.

중앙 공원이 박살난 덕분에 서쪽 성벽 바로 옆에 위치한 작은 공원으로 사람들이 많이 찾아간다. 아마도 그들 역시 그곳으로 갔을 것이다. 수도에 있는 시간이 오래되었다 보니, 이제는 웬만한 수도 지리는 빠삭한 아영은 콧노래를 흥얼거리면서 발걸음도 가볍게 걸어갔다.

한 10분쯤 뛰었을까, 있는 것도 체력이자 남는 것도 체력인 아영은 이마에 맺힌 땀방울을 손등으로 훔치며 주위를 살폈다. 나무 그늘이 많이 드리워져 있고 작은 분수대와 연못도 인공으로 조성되어져 있어서 여름의 더위를 피하기 좋게 만들어진 공원이었다. 그래서 생각보다 사람은 많은 편이었다.

어디 있을까. 고개를 갸웃거리면서 아영은 천천히 벤치에 앉아 있는 사람들을 돌아보았고, 나무들 사이를 이리저리 헤집고 다녔다. 연인들끼리, 가족끼리 나온 사람들이 많아서 그 세 명을 찾기가 쉬운 일이 아니었다. 워낙에 튀는 사람인데도 이러면… 거칠게 머리카락을 쓸어 넘기며 아영은 털레털레 공원을 걸어다녔다. 그리고 성벽의 옆, 커다란 벚나무 아래에 돗자리를 펴고 앉은 세 명을 볼 수 있었다.

옅은 회색의 반소매 셔츠, 그리고 타이트하게 붙는 듯한 검은 바지를 입은 에이레이의 무릎 위에는 키엘이 곤히 잠들어 있었다. 마치 아들이라도 되는 것처럼 그런 키엘의 머리카락을 조심스럽게 쓰다듬어 주는 에이레이의 모습은 참 평화롭게 보였다. 그녀의 옆에는 나무에 기대어앉아 책을 읽고 있는 셀로브가 있었다. 하나로 단정하게 묶은 청년과 같은 모습… 누가 저자를 마족이라고 생각할까. 하나의 가족과 같은 모습으로 평화로워 보이는 그들을 보며 아영은 문득 질투 비슷한 것이 가슴속에서 끓어오르는 것을 느꼈다.

물론 그냥 그런 마음뿐. 아영은 생글 웃으며 그들 곁으로 걸어갔다.

"아영?"

책을 읽다 말고 자신들에게 걸어오는 여성을 본 셀로브가 천천히 책을 덮으며 고개를 들었다. 그리고 에이레이 역시 고개를 갸웃거리며 아영을 보았다. 돗자리 위에 털썩 주저앉은 아영이 비스듬히 그들을 쳐다보면서 눈을 가늘게 떴다.

"헤에, 완전히 가족 같은 분위기라는 것 알아, 당신들?"

"무, 무, 무슨 헛소리야?!"

얼굴이 발갛게 변해 더듬더듬 말한 에이레이가 아영의 팔을 꼬집으며 나직하게 말했다.

"이상한 말 하지 말라고 했지? 너 정말 이럴래?"

내가 뭐라고 능청스럽게 말하면서 어깨를 으쓱거린 아영이 슬그머니 셀로브를 바라보았다. 보통의 사람보다 약간 창백한 얼굴, 인간의 육체처럼 보이는 그 몸 아래에 흐르는 것은 분명한 마족의 피. 무엇보다 인간과 비교가 되지 않는 강대한 힘. 하지만 지금의 그는 평범해 보이는 셔츠와 바지를 입은 청년의 모습일 뿐이었다. 아영을 슬금슬금 셀로브의 곁으로 다가가 그의 어깨를 한 손으로 지그시 잡으면서 낮게 말했다.

"후훗, 점점 마음에 드는걸. 에이레이와 이렇게 가까워지다니. 후후 후훗, 역시 마족이든 인간이든 남자란 동물은……."

"이상한 소리 하지 마."

톡 하고 작은 책으로 아영의 머리를 때려준 셀로브는 자신이 들고 온 가방에 책을 집어넣었다. 그리고 그때, 에이레이의 무릎에 머리를 대고 잠을 자던 키엘이 눈을 비비면서 자리에서 일어났다.

"아이고, 귀여운 것. 잘 잤어?"

일어나자마자 누군가에게 폭 안겨서 흔들리자 정신이 없는 듯 머리를 흔든 키엘이 멍한 눈으로 아영을 올려다보았다. 키엘을 안고 이리저리 쓰다듬는 아영에게 셀로브가 조용한 어조로 물었다.

"그건 그렇고… 너, 이 시간이면 예절 공부다 뭐다 하고 있을 시간 아니냐? 솔루드가 잘도 보내줬나 보군."

"훗, 훗! 모르는 소리."

검지손가락을 좌우로 까닥거리며 아영은 자신의 앞 머리카락을 쓸어 넘기며 제스처를 취했다.

"솔루드가 보내줄 리 만무하지. 도망 나왔어."

"……."

에이레이와 셀로브, 그리고 키엘은 저번 아영이 저택을 탈주해 나와

반나절간 행방불명이 되었던 날을 동시에 머리 속에 떠올렸다.

저택을 샅샅이 뒤진 솔루드는 아영이 집을 나갔다는 사실을 알고는 '당장 병사들을 수도로 파견해라! 아영님이 사고 치시기 전에 찾아야 한다!' 등의 말을 외치면서 난리를 부렸지. 아마 지금쯤이면 벌써 아영이 나갔다는 것을 알아챘을 테니 또 그 난리가 나는 중일 것이다.

이마를 손으로 짚은 셀로브는 골치 아프다는 음성으로 중얼거렸다.

"저번처럼 솔루드한테 붙잡혀서 사흘 동안 외출 금지당하려고 아주 발악을 하는구나."

"아우, 아우. 하지만 공부라는 거 생각만 해도 머리에 쥐가 나는 것 같아. 내가 왜 여기까지 와서 그 짓을 해야 돼? 공부만 생각하면 원래 세계로 돌아가고픈 마음도 싹 사라지는데. 아, 그건 그렇고 말야……."

아영이 뒤의 말을 늘어뜨리면서 눈을 반짝거리고 자신들을 돌아보자 에이레이와 셀로브는 오싹하게 소름이 돋는 것을 느꼈다. 이번에는 대체 또 무슨 짓을 하려고? 두 손을 모으고 마치 내일 시집가는 새색시처럼 청순한 얼굴을 하며 아영은 말을 꺼냈다.

"북쪽에 있는 신전의 지하에 던전이 있대. 대단한 보물이 있다는데 가보지 않을래? 재미있을 것 같아."

"아, 도둑의 신인 디프 본의 신전 말야?"

"알고 있어, 에이레이?"

살짝 고개를 끄덕인 에이레이는 무릎을 모으고 자신의 팔로 감싸 안으면서 조용히 고개를 갸웃거렸다.

"신전도 유명하고, 그 밑의 던전은 제법 유명하거든. 도전한 사람들도 많고. 그 대단한 보물이라는 것이 아마도 드래곤에 관련된 무엇이라는 것은 들었어."

"뭐시라?! 드래곤에 관련된 것? 우와아—! 대단하잖아!"

주먹을 굳게 쥐면서 벌떡 일어서서 우오오 하는 괴상한 외침을 지르는 아영 때문에 주위에 있는 사람들의 시선이 몽땅 집중되고 말았다. 쪽팔린다는 듯 에이레이는 두 손으로 얼굴을 감쌌고 셀로브는 조용히 나무를 쳐다보면서 뭐라고 중얼거렸다. 더 이상 시간을 지체할 필요가 없다는 듯이 아영은 옆구리에 키엘을 번쩍 들어 끼고는 나머지 한 팔을 휘둘렀다.

"자자, 보물을 향해 렛츠 무빙—!"

그리고 후닥닥 달려가 버린다. 에이레이와 셀로브가 말릴 틈도 없이 말이다. 키엘에 납치(?)되었으니 어쩔 수 없이 에이레이와 셀로브도 움직여야 할 터, 그들은 속으로 온갖 욕을 다 하면서 주섬주섬 검을 챙기고 아영의 뒤를 따를 수밖에 없었다.

그리하여 그들이 찾아간 곳은 수도의 북쪽 끝, 성벽에 맞닿아 있는 그곳은 바로 도둑과 황금의 신인 디프 본의 신전이었다.

비록 도둑의 신이기는 해도 황금, 즉 재물을 보호하는 신이기도 해서 많은 사람들로부터 신봉을 받고 있는 곳이었다. 그 신전의 밑 지하던전은 수도 사람이라면 누구나 알 정도로 유명하지만 현재에는 아무도 도전하지 않는 곳이기도 했다. 수를 셀 수 없을 정도로 많은 수의 사람들이 던전에 있는 보물을 위해 도전했지만 살아 돌아온 사람은 아무도 없었기 때문이다.

제법 이름값이 높은 도둑들과 모험가들도 도전했지만 그들 역시 살아 돌아오지 못했다. 그런 악명이 있기 때문에 요즘에는 도전하는 사람조차 찾기 힘들 정도. 그러나 지금 여기서 무모함만을 믿고 도전하려는 이들이 있었다. 물론 주동자는 단 한 명뿐.

"…돌아가자, 난 이 나이에 죽고 싶지 않아."

"말도 안 되는 소리 하지 마! 여자가 칼을 뽑았으면 무 조각이라도 자르고 봐야 하는 거라고! 여기서 돌아갈 수는 없어!"

세월에 의해 많이 희석된 높다란 돌기둥을 보면서 아영은 의지를 불태웠다. 예전에 가보았던 아비게일의 신전보다 규모 면에서는 작았지만 세월이 섞여 들어간 분위기는 절대 못하지 않았다. 많은 수의 사람들이 신전 안을 들락날락거렸고, 신전의 사제 같은 사람들도 많이 보였다. 그런데 여기까지 오기는 왔는데 던전의 입구는 어딜까? 아영은 지나가던 시민 한 사람을 붙잡았다. 중년의 사내에게 아영은 조심스레 물어보았다.

"저, 죄송하지만 이 신전의 던전으로 들어가려면 어떻게 해야 하지요?"

사내는 말없이 아영을 바라보다가 뒤에 서 있는 일행들을 보았고, 한참을 그렇게 살피다가 무뚝뚝하게 입을 열었다.

"도둑이유?"

"…요즘 도둑은 그런 질문에 '예, 저 도둑이에요' 라고 대답하나 보죠? 아니에요, 그냥 호기심에……."

"그럼, 디프 본을 믿는 신도유?"

"그것도 아닌데요."

사내는 피식 웃더니 자신의 이마를 한 손으로 짚고는 다른 손을 절레절레 흔들었다.

"이 신전의 소문도 못 들었나 보군. 내 진심에서 충고하는데, 어서 돌아가슈. 아가씨, 젊은 나이에 죽고 싶나 보구먼?"

"묻는 말에 대답이나 좀 해주시죠? 던전 입구가 어디냐고요."

입술을 샐쭉 내밀며 뾰로통한 음성으로 아영이 다시 묻자 사내는 한숨을 내쉬면서 신전 안쪽을 가리키며 말했다.

"아무 사제나 붙잡고 물어보슈. 하지만 각오해야 할 거요."

그렇게 말하면서 사내는 뭔가 이상한 성호를 긋고 자신의 갈 길을 걸어갔다. 에이레이는 점점 기분이 안 좋아졌고 그것은 셀로브와 키엘도 마찬가지였다. 역시 동료를 잘못 만나면 엄한 자신들이 딱 죽기 좋다는 사실을 체험하기는 싫었으니까. 아영은 흥 하고 콧방귀를 뀐 다음에 사내가 가르쳐 준 대로 신전을 향해 들어갔고 다른 사람들도 못내 속으로 눈물을 흘리며 따라 들어갔다.

신전 안은 생각보다 깨끗했다. 마치 박물관이나 미술관 같은 분위기랄까. 조용하고, 엄숙한 느낌이었는데… 이상하게 사람들은 일부러 조심조심 행동하는 모습이 영역했다. 이상하다고 느끼면서 고개를 갸웃거린 아영이 푸른색의 로브를 입고 한 권의 책을 든 여성 쪽으로 걸어갔다. 몇몇 사람이 푸른색의 로브를 입고 있는 것을 보니 이들이 사제들일 것이라 생각하면서. 단정하게 금발을 묶어서 어깨 위로 늘어뜨린 미인이었다. 조금 차가워 보이는 인상이었지만.

조용히 그녀에게 다가간 아영은 조용히 손을 흔들면서 물었다.

"죄송하지만 여기 던전으로 가려면 어떻게 해야 하죠?"

당당하게 그렇게 묻는 그녀를 보면서 프리스티스는 대답없이 조용히 아영을 훑어보았다. 그녀의 시선이 셀로브와 에이레이, 키엘 쪽으로 향했고 곧 그 프리스티스는 가슴 쪽에 요상한 성호를 긋더니 입을 열었다.

"…신의 종으로서 도움을 필요로 하는 사람을 돕는 것은 당연한 일. 묻겠습니다."

"엥?"

"당신이 믿는 것은 누구인가요?"

프리스티스의 검지손가락이 아영을 향했고 아영은 좌우를 두리번거리다가 머리를 긁적이며 대답했다.

"당연히 '나' 죠."

"……."

이상하게 신전의 홀에 있는 사람들 중에서 아영의 말을 들은 사람들의 안색이 파랗게 바뀌는 것을 보면서 아영은 왜 저러나 싶었다. 그러나 그녀의 의문은 곧 이어 프리스티스의 치맛자락 속에서 모습을 드러낸 한 자루의 검으로 인해 풀렸다. 대체 어디에 묶여 있었는지는 모르겠지만 어쨌거나 모습을 드러낸 검은 한 줄기 섬광이 되어 바람을 갈랐다.

쉬익—!

"엄마야!"

자신의 머리를 향해 날아오는 검을 가까스로 피해 머리를 숙인 아영이 눈물 고인 눈으로 금발의 여성을 보았고 그녀는 자신의 머리카락을 쓸어 넘긴 후에 검의 끝으로 아영을 가리키면서 낮게 말했다.

"신성한 이곳에 이교도가 감히 발을 딛다니, 있을 수 없는 일."

무슨 놈의 성직자가 이 모양이야! 라고 속으로 외친 아영은 슬금슬금 웃으면서 에이레이와 셀로브 쪽으로 피했다. 멍한 표정으로 프리스티스를 바라보던 일행들 사이로 한 명의 사내가 후닥닥 달려왔다. 그 역시 여성과 마찬가지로 푸른색 로브를 입고 있는 프리스트였다.

"우와앗, 세실리아! 검을 함부로 휘두르면 안 된다고 했잖아!"

"흥, 이교도들은 질색이야. 쫓아버리고 소금 뿌려."

그렇게 말한 여성은 다시 자신의 치맛자락 안에 검을 꽂고는 총총히 그 자리를 벗어났다. 그와 동시에 주위 사람들의 안색도 서서히 펴졌고 안도의 한숨 소리까지 번져 나왔다. 사내는 성호를 긋고는 이마에 맺힌 땀을 닦으면서 일행 쪽으로 고개를 돌렸다.

"죄, 죄송합니다. 다치신 곳은 없습니까?"

목이 안 날아간 것이 다행이다, 임마라는 시선으로 사내를 노려본 아영이 저 멀리 복도 쪽으로 사라지는 그 험악한 프리스티스를 가리키면서 물었다.

"무, 무슨 프리스티스가 저 모양이에요? 여기 사람들 다 저래요?"

"아니, 그것은 아닙니다만… 처음 신전에 오신 분들이신가 보군요. 여기서는 프리스티스들이 더 권위가 높습니다. 거기다가 하도 많은 수의 도둑들이 이곳에 들락날락거리다 보니 웬만한 검술과 체술 역시 다 습득하고 있지요. 조금 과격한 것은 이해해 주십시오."

조금? 조금이라는 단어가 언제부터 사전에서의 의미를 달리했지? 죄송하다고 말하며 고개를 숙이는 남자를 보면서 아영은 식은땀이 흐르는 이마를 닦아야 했다. 신전에서 칼부림이라니, 절에서 고기 뷔페 차리는 것만큼 우스운 일이 아닌가.

셀로브도 많이 놀랐는지 입을 벌린 채 아직까지 정신을 차리지 못하고 있었다. 키엘은 에이레이의 옆에 붙어서 덜덜 떨고 있었고, 에이레이는 조용히 이마를 짚으며 어렵사리 입을 뗐다.

"그, 그러기에… 내가 그냥 가자고 했잖아."

"…에이레이는 알고 있었던 거야?"

"소문만 들었어. 여기서 비명횡사한 사람 많다는 것 정도. 말했잖아, 유명하다고. 수도의 디프 본 신전 하면 다들 치를 떨지. 그래도 칼이

네. 총이라는 물건을 들고 있는 사람도 있다던데."

진작 말하지 그랬어라고 소리친 아영은 파닥파닥 팔을 휘저었다. 하지만 여기서 물러설 수는 없는 것이다. 어쨌거나 자신의 목적은 이놈의 신전 같지 않은 곳이 아닌 지하의 던전에 있으니까. 후우 하고 한숨을 쉰 다음 아영은 조용히 자신의 머리를 덮고 있는 천을 끌어 내리며 프리스트에게 물었다.

"우리는 던전에 가고 싶어서 왔어요. 어디로 가면 되죠?"

"예? 던전이라고요?!"

두 손으로 얼굴을 감싸면서 뒤로 몇 발자국 물러난 남자는 경악에 가득 찬 외침을 내뱉었고 그 목소리를 쩌렁쩌렁하게 홀을 울렸다. 그러자 사람들의 안색이 다시 파랗게 질렸고 그들은 이제 성호를 그어대면서 신의 이름을 중얼거리고 있었다.

'이놈의 신전 사람들은 다 사이코밖에 없나. 아이고… 머리 아파.'

프리스트는 두 손을 모아 쥐면서 아영의 앞으로 걸어와서 다시 외쳤다.

"다시 한 번 생각해 주십시오! 자살을 하시려면 곱게 하셔야지요! 그곳에 들어가면 시체도 찾지 못하기 때문에 장례도 치러드릴 수 없단 말입니다! 제발, 제발 다시 생각을……!"

결국 참다 못한 아영이 프리스트의 정강이를 걸어차고 난리법석을 떤 뒤에서야 소란은 진정 국면으로 들어가게 되었다.

"프리스트를 때렸으니 천벌받을 거야."

"흥! 무슨 놈의 프리스트가 저 모양이야! 어쨌거나 던전을 향해 렛츠고ー!"

팔을 휘저으며 걸어가는 아영을 선두로 셀로브는 어쩔 수 없이 따라 간다는 표정이었고 에이레이는 내심 걱정이 되는 눈치였다.

울면서 무릎을 꿇고 매달리는 프리스트를 다시 걷어차서 던전의 입구를 알게 된 일행들은 천천히 그곳으로 향했다. 생각 외로 입구는 숨겨져 있거나 하지는 않았다. 도둑의 신을 모시는 신전답게 어떤 도둑도 쉽게 드나들 수 있는 곳이고, 더욱이 원래 던전이 생긴 이유가 도둑들의 수련 장소로 쓰기 위함이라고.

그런데 어떤 바보 같은 마법사가 강한 몬스터와 마법으로 된 미로 등을 설치해 놓아서 손을 쓸 도리 없이 복잡하고 위험한 던전으로 바뀌었다는 것이다.

하지만 너무 쉬우면 재미없지, 그런 생각을 하며 아영은 입술을 살짝 핥았다. 프리스트가 건네준 던전의 지도—들어가는 사람에게는 모두 나눠 준다고 한다—를 펴서 벽에 붙이면서 아영은 조용히 말했다.

"입구를 들어가면 우선적으로 나올 수가 없대. 말 그대로 클리어하기 전에는 죽을 때까지 떠돌아다녀야 한다는 건데, 미로 자체가 마법으로 만들어져서 이차원의 공간에 만들어져 있다나? 그리고 마법은 쓰면 안 되어서 고위 마법사들은 들어가지도 못한대. 마법을 쓰면 차원 간의 틈 사이가 벌어져서 그 사이로 빨려 들어갈 수도 있다고 하던데. 하여간에 우리는 최종 목표인 던전의 가장 아래층을 목표로 들어간다!"

"…어차피 그 아래까지 들어가지 않으면 나오지도 못하는데 무슨 놈의 목표야."

울고 싶다는 얼굴로 에이레이는 손으로 얼굴을 덮었고 그것은 셀로브 역시 마찬가지였다. 그는 창백한 얼굴을 조금 더 창백하게 만들고 천천히 입을 열었다.

"넌 목숨에 대한 애틋함도 없냐? 잘못해서 못 나오면 어쩔 건데? 응?"

"어머어머, 뭘 그리 걱정이야. 어쨌신인 에이레이가 있겠다, 마족인 셀로브도 있겠다, 나나 키엘도 한운동 신경 하는데. 오호호홋, 우리는 최강의 파티니까 걱정할 것 없어."

아무래도 즐기고 있는 거야, 저거. 거의 좌절해 버린 에이레이는 별 수없다는 듯 자신의 바지 뒷주머니에 넣어두었던 장갑을 꺼내어 끼고 는 체념한 목소리로 말했다.

"후훗, 이왕 이렇게 된 거… 그 보물 구경이나 해보자. 셀로브, 키엘 을 부탁해."

"…알았어."

하여간에 동료를 잘 만들어야 한다는 명언을 다시 한 번 생각하면서 에이레이와 셀로브는 조심스럽게 던전으로 들어갈 준비를 했다. 자신 의 레이피어 검을 소환시킨 셀로브는 그것으로 혁대에 찼고 에이레이 는 장갑과 함께 자신의 대거들을 허벅지에 묶여진 가죽에 끼워 넣었다. 사실 오랜만에 움직이는 것이라 에이레이는 조금 걱정도 되었다. 요 근래에 전투를 해본 적이 거의 없었기 때문에 그녀의 전투 감각은 둔 해져 있었기 때문이다.

그것은 셀로브 역시 마찬가지였다. 평화로운 생활을 자신이 너무 만 끽하고 있는 것이 아닌가 생각이 들 정도로 그는 인간들과의 관계가 마음에 들었다. 마족으로서의 느낌도, 전투에 대한 끓어오르는 피의 느낌도 이미 상당 부분 사라져 있었다. 하지만 종종 이렇게 일깨워 주 는 것도 좋을 것이라는 생각도 들었다. 물론, 자의가 아니라는 점에서 는 문제가 있었지만.

아영 역시 운동화 대신 튼튼한 가죽 부츠로 갈아 신었고—대체 언제 준비했던 것인지는 아무도 모른다—장갑과 가죽 아대까지 꺼내어 팔목에 맸다. 그것을 보며 셸로브와 에이레이는 아영이 예전부터 집 나올 각오를 단단히 했다는 것으로 결론을 내리며 고개를 저을 수밖에 없었다. 작은 가죽 가방을 어깨에 메며 아영은 활짝 웃었다. 오랜만의 스트레스 해소랄까.

"자자, 보물을 찾으면 뭐부터 할까 고민하자고! 팔면 돈깨나 되겠지?"

"…네가 가지고 있는 돈부터 다 쓰고 그 말을 해."

현재 아영이 가진 재산은 수도의 상인들 중에서 랭킹 1위에 올라갈 정도로 대단한 것인데 또 보물을 찾아서 팔 생각을 하다니, 역시나 피는 못 속이는 것이다.

두 명의 사람과 하나의 마족, 하나의 묘족으로 구성된 던전 침입자가 발길을 돌린 곳은 신전의 지하에 있는 입구였다. 지하실로 내려가는 허름한 계단으로 일행들은 조심조심 발걸음을 옮기며 아래로 내려갔다. 꽤나 가파르기도 했고, 청소도 제대로 하지 않아서인지 미끌거렸기 때문에 아영은 난간을 붙잡고 다리를 떨면서 내려가야 했다.

"뭐, 뭐가 이리 험해? 벌써부터 던전이냐?"

말도 안 되는 말을 하면서 그녀가 헉헉거리는 숨을 몰아쉬면서 계단의 끝자락에 닿았을 때 일행들은 모두 입을 벌리고 자신들을 가로막는 거대한 문의 위용에 억눌려야 했다. 몇 미터가 되는지 알 수 없는 높이에다가 위압감 가득하게 새겨진 검을 든 천사들의 조각들, 어째 분위기가 험악해 보였다. 침을 꿀꺽 삼킨 아영은 머리를 긁적거리면서 자신의 뒤에 서서 인상을 팍팍 쓰고 있는 세 명을 돌아보며 피식 웃었다.

"…재미있을 것 같지?"

도리도리.

고개를 좌우로 힘차게 흔들면서 거부 반응을 일으키는 일행들에게 아랑곳하지 않고 아영은 용기있게 문 쪽으로 다가갔다. 문의 좌우로 천사의 상이 있었는데 천사 상의 손에는 레버가 달려 있었다. 아영은 고개를 갸웃거리다가 셀로브에게 반대 편 천사 상의 레버를 잡게 했다.

"자, 동시에 아래로 당기는 거다. 하나, 둘, 셋!"

딸칵, 철커덕!

셀로브는 구호에 맞춰서 레버를 당겼고 아영 역시 있는 힘껏 아래로 잡아당겼다. 그와 동시에 퀴퀴한 냄새를 동반한 희미한 안개가 문틈 사이로 흘러나왔다. 말 그대로 천천히 문이 열리기 시작한 것이다. 덩치에 비해서 열리는 소리는 별로 들리지 않았다. 문이 열리고 그 안으로 길게 불들이 하나씩 들어오는 모습을 보면서 아영은 피식 웃었다.

"정말 던전 한번 멋들어지게 꾸며놨는데? 자자, 이제 이 윤아영님께서 들어가 주마. 오늘로 던전의 역사는 끝이다. 오호호홋!"

손등으로 입을 가리고 긴 웃음소리를 남기며 아영은 천천히 문 안으로 발걸음을 옮겼고 셀로브와 에이레이는 고개를 절레절레 흔들면서 따라 들어갈 수밖에 없었다. 다만 키엘만이 귀를 움찔거리며 안절부절 못했다. 어쩔 수 없이 따라 들어가기는 했지만 마지막까지 키엘의 표정은 밝아질 생각을 하지 않았다. 무언가 걱정하는 듯한 표정으로.

땅으로 떨어진 천사 5

"미로는 보통 어떻게 찾더라?"

아영은 망연히 자신의 앞에 펼쳐진 거대한 규모의 돌 벽들을 보면서 다른 사람들에게 물었다. 물론 트레져 헌터도 아닌 그들이 알 리가 만무한 것. 그러나 첫 번째 관문이 이런 미로라는 것은 웃음이 나올 정도로 허탈한 것이었다. 우후후훗, 하고 머리카락을 쓸어 넘기면서 미소를 흘린 아영이 조용히 손가락을 뻗었다.

"내 앞길을 막는 것은 다 부숴주마! 나와라, 땅의 정령 노임!"

정령들 중에서 가장 물리력이 센 땅의 정령이 서서히 땅에서 일어나기 시작했다. 사방은 돌과 흙으로 된 곳, 거기다가 땅의 기운이 더 활발히 움직일 수 있는 지하가 아닌가. 보통 사람의 서너 배가 될 정도로 거대한 노임이 두 팔을 들어 올리며 함성을 내질렀다. 아영은 고개를 끄덕이며 뿌듯한 얼굴로 팔짱을 끼고 노임에게 명령을 내렸다.

"자, 다 뚫어버려라! 일직선으로 쭉 나가면 출구를 찾는 것 정도야 식은 죽 먹기 아니겠어? 오호호홋!"

"……."

무식도 저런 상무식이 없다. 그렇게 생각한 에이레이였지만 실상 빠른 시간 내에 클리어하려면 그 방법이 제일 좋았기 때문에 말릴 수도 없는 노릇이었다. 주인의 명을 받들어 흙과 돌로 이루어진 거대한 땅의 정령은 팔을 휘둘러 자신의 앞에 놓여진 높다란 벽을 주먹으로 때렸다.

콰광—! 우스스.

커다란 소리가 나면서 벽은 순식간에 무너졌고 아영의 긴 웃음소리가 사방에 울려 퍼졌다. 그리고 그녀와 정령의 뒤로 아무 할 일 없는 에이레이와 셀로브, 키엘이 따라나섰다. 쾅쾅 부숴대니 미로가 남아날 리가 없다. 단 몇 분도 되지 않아서 그들은 미로의 끝에 다다랐다. 다음 층으로 내려가는 계단을 보면서 아영은 거만한 얼굴로 중얼거렸다.

"두드려라, 그러면 열릴 것이리라."

"…그게 두드린 거냐, 깨부순 거지."

팔짱을 끼고 한심스럽다는 듯 말하는 셀로브에게 메고 있던 가죽 가방을 휘두른 다음 아영은 홋 하고 웃으며 이마를 짚었다.

"모로 가도 서울이면 되는 거야. 자자, 어쨌든 1관문은 통과다!"

"끄으응……."

머리통만한 작은 가방에 뭐가 그리 많이 들었는지 셀로브의 면상을 때린 소리는 '툭'도 아니고 '퍼어억'이었다. 손으로 얼굴을 가리고 비틀거리는 셀로브의 등을 키엘이 말없이 토닥여 주었고 에이레이는 저 가방을 뒤지고 싶다는 생각에 시달렸다.

처음의 계단과는 다른 단단한 돌계단을 내려가면서 아영은 고개를 갸웃거리며 아래쪽을 살펴보았다. 어두컴컴했기 때문에 제대로 보이지도 않았지만. 그런데 무슨 놈의 보물이 있기에 이런 던전을 만들었을까? 심심해서 하는 짓이라고는 하지만 그 보물이 뭔지도 궁금해서 꼭 던전의 최하층까지 내려가고 싶었다.

사실 그놈의 호기심 때문에 골로 간 인간들을 많이 봐도… 자신은 할 수 있다고 생각하면서 도전하는 것이 인간이 아닌가. 스스로 생각하면서 고개를 끄덕이는 아영의 어깨를 툭 친 에이레이가 조용히 물었다.

"무슨 생각을 그리 하는 거야?"

"웅? 아, 아니… 아무것도 아… 으아악! 뒤! 뒤!"

갑자기 아영이 비명을 지르면서 계단을 구를 듯이 달려 내려가자 에이레이는 눈을 동그랗게 뜨며 아영의 말대로 뒤를 힐끔 쳐다보았다. 그리고 팔에 소름이 돋는 것을 느끼면서 에이레이 역시 아영과 비슷한 비명을 지르면서 계단을 뛰어 내려갔다. 그녀의 등 뒤로 파랗게 질린 키엘과 셀로브도 뛰었다. 계단이 천천히 무너져 내리기 시작한 것이다. 후둑, 후둑 무너져 내리던 것이 하나씩… 두 개씩 무너져 내리면서 속도를 더해갔다.

바로 뒤까지 계단이 부서져 내리자 셀로브는 앞을 뛰어가는 아영을 향해 소리쳤다.

"빨리, 빨리 뛰란 말야! 야야! 차라리 굴러!"

"야이, 나쁜 놈아! 누군 걷고 있냐! 꺄악! 사람 살려!"

만약 여기서 떨어지면 저 밑도 보이지 않는 나락으로 떨어지는 것이다. 말 그대로 죽을힘을 다해서 달리는 아영이었고 에이레이는 차마 비명도 나오지 않는 것처럼 입을 꼭 다물고 하얀 얼굴로 뛰기만 했다. 자칫 발이 엉켜 버린다면 정말로 굴러 버릴 것 같은 상황. 그렇다고 쉬면서 내려간다는 것은 말도 안 된다. 바로 뒤의 계단이 부서지는 것을 느끼며 셀로브는 이를 악물고 뛰어야 했다. 그래도 키엘은 빨랐다. 묘족이고 발도 빨라서 가장 맨 앞에 달려가고 있는 중이었다. 아영은 단거리 선수여서 체력이 점점 딸리는 것을 느꼈지만 멈출 수는 없었다. 추락사는 싫어라고 속으로 소리치면서 아영은 눈을 꼭 감고 젖 먹던 힘을 다해 발을 놀렸다.

눈물이 고인 눈으로 아래만을 보면서 뛰던 그들의 눈에 하얀 불빛이 보였다. 속으로 쾌재를 부리기에는 아직 이르다. 셀로브는 문득 자신의 발 밑이 허전하다는 것을 느끼며 이를 악물었다. 그것은 에이레이와 아영 역시 마찬가지였다. 저 멀리서 달려가던 키엘이 멈춰 서서 입을 쩍 하니 벌렸다.

"키엘! 계속 뛰엇!"

셀로브는 에이레이의 팔을 붙들었고 그녀는 그대로 셀로브의 팔을 껴안으면서 눈을 질끈 감고 말았다. 이 높이에서 떨어진다면 아마 시체도 남아나지 않을 것이다. 바이킹이 올라갔다가 다시 내려갈 때 심장이 뚝 떨어지는 것 같은 그런 비슷한 것을 느끼면서 아영은 손을 파닥파닥 휘저었다.

"제, 제기랄! 실피드!"

악을 쓰면서 새된 소리로 외친 아영의 근처에 작은 바람이 불었다.

후웅—!

거대한 바람이 소용돌이치면서 세 명의 몸을 감싸 안았다. 순간적으로 허공에 둥실 뜬 셀로브와 에이레이는 눈을 동그랗게 뜨고 주위를 살펴보았다. 천천히… 마치 무게가 거의 없는 깃털이 바람에 이리저리 날리며 바닥으로 내려앉는 것처럼 검은 아래를 향해 내려가고 있는 중이었다. 계단은 이제 완전히 무너져 있었지만 키엘은 다행히도 계단이 무너지기 전에 땅에 도착한 상태였다.

눈물을 글썽거리면서 자신들을 올려보는 키엘을 보면서 셀로브는 놀란 심장을 진정시켜야 했다. 자기가 아무리 마족이지만 어린 나이에 어머니로부터 떨어져 나와 하늘을 나는 고급 마법은 배우지 못했기 때문이다. 헉헉거리며 숨을 몰아쉰 에이레이가 자신의 어깨를 끌어안자 셀로브는 자신도 모르게 그녀의 등을 쓸어 내려주었다.

천천히 내려가기는 했지만 그것조차 진을 다 빼놓기 충분했기에 바닥에 안전하게 내려간 세 명은 그대로 바닥에 주저앉고 말았다.

머리에 쓰고 있던 천이 어디론가 날려가 버린 것도 모른 채 아영은 고개를 푹 숙이면서 숨을 몰아쉬었다.

"죽, 죽을 뻔했다아……."

눈물이 나오는 것은 손가락으로 닦아내면서 아영은 고개를 절레절레 흔들었다. 그리고 힐끔 자신의 옆에서 주저앉아 있는 두 명을 보았다. 눈을 감은 채로 길게 숨을 내쉬는 셀로브의 품에 안긴 에이레이를 보고 있자니 절로 입가에 미소가 배어 나온다고 할까. 정말로, 어느 틈에 저런 사이가 되어버린 것인지. 부럽기도 하고, 질투나기도 하고. 슬 그머니 못 본 척하고 자리에서 일어나려 했으나 다리에 힘이 풀려서 제대로 서지도 못할 정도였다. 정말이지 고층 빌딩에서 자살하는 사람은 간도 큰 거야라고 중얼거리는 그녀의 머리에 날려 버렸던 천이 살 그머니 내려왔다.

"아? 아, 고마워, 실피드."

바람의 정령왕이자 정령왕들 중 가장 차갑기로 유명한 그였다. 차갑다기보다는 말수가 적고 무뚝뚝한 편이었지만 그래도 자신과 계약한 이와의 명령에 충실히 따르고 알게 모르게 잘 도와주는 정령왕이어서 아영 역시 좋아했다. 공중에 살짝 떠서 푸른색의 어깨까지 오는 머리카락을 살짝 흩날리던 실피드는 말없이 아영을 내려다보았다. 까만 정장 자켓을 입고 드러난 목에 목걸이를 건 모습이 인상적이라고 할까. 그는 조용히 주위를 둘러보더니 아영에게 고개를 숙여 인사한 후 조용히 사라져 버렸다.

"에이, 그냥 가버리네. 하긴, 저게 실피드의 매력이지."

실없는 소리를 하면서 배시시 웃는 아영의 뒤에 스물거리며 일어난 검은 기운 두 개가 있었다. 흠칫하여 뒤를 돌아보니 에이레이와 셀로브는 주먹을 쥐고 부들부들 떨면서 자신을 노려보고 있는 중이었다.

"에? 에에, 왜들 그래? 무사했잖아."

"무사? 하마터면 이런 사람도 없는 곳에서 비명횡사할 뻔했는데 지금 무사라는 말이 나와? 응?!"

"다시 그 정령왕 불러! 그리고 저 위로 올라가서 돌아가는 거야! 어서 불러!"

당장이라도 잡아먹힐 것 같아 보였기 때문에 아영은 슬그머니 뒷걸음질쳤다. 그리고 힐끔 뒤를 돌아 다른 관문으로 가는 출구 앞에서 멀뚱히 서 있는 키엘을 보며 냅다 달렸다. 에이레이와 셀로브가 미처 잡기도 전에 키엘에게까지 달려간 아영은 놀란 얼굴이 된 키엘을 옆구리에 끼고 출구 쪽으로 달려가 버렸다.

"야, 너 나가면 가만 안 둔다!"

"⋯내 신세야. 어쩌다 저런 녀석을 동료라고⋯⋯."

이를 갈면서 외치는 셀로브와 자신의 신세를 한탄하는 에이레이의 목소리가 컴컴한 허공을 가득 메웠다.

환한 빛이 새어 나오는 다음 관문이자 아래층으로 들어간 에이레이와 셀로브는 눈을 동그랗게 뜨곤 주위를 살폈다. 그들이 모두 들어오자 자신들이 들어왔던 문은 온데간데없이 사라져 버렸다.

아영은 키엘을 옆구리에 그대로 낀 채 황당하다는 눈으로 주위를 둘러보았다. 태양이 내리쬐는 파란 하늘, 시원하게 부는 바람과 흩날리는 나뭇잎들, 그리고… 수평선이 보이는 바다가 있었다.

"어, 어라? 이게 어찌 된 거람?"

새하얀 모래사장을 보면서 아영은 고개를 갸웃거렸다. 턱을 괴고 생각에 빠졌던 에이레이가 조용히 입을 열었다.

"이차원에 만들어진 결계니까… 차원 자체가 다른 곳으로 설정되어 있는 것일지도 모르겠어. 확실한 것은 환영 마법은 아니라는 거야. 환영 마법은 최소한 만질 수는 없거든. 이것들은 다 진짜야."

모래사장에 걸어가 무릎을 꿇고 손으로 모래를 잡으면서 그녀가 그렇게 말했고, 아영은 이해했다는 듯이 고개를 끄덕였다. 그런데 여기서 다음 층으로 가는 출구는 어디 있을까? 내리쬐는 햇빛은 여름 그대로였고 분위기 자체도 해수욕장 같아서 아영은 천을 머리에 둘러썼다. 셀로브는 주위를 경계하는 기색이 영역했지만 키엘은 처음 보는 바다가 신기한지 슬그머니 밀려 들어오는 파도를 보면서 탄성을 질러댔다.

살그머니 무릎을 구부리고 앉아서 모래사장을 적시는 바닷물을 조금 손으로 만져 본 키엘은 고개를 갸웃거리며 그것을 입에 가져갔고 곧 혀를 내밀면서 방방 뛰기 시작했다.

"푸하핫, 키엘! 그거 소금물이야, 소금물!"

배를 잡고 깔깔 웃는 아영이었다. 미리 말해 줄 것이지라는 눈으로 아영을 째려봐 준 키엘은 정말로 짜기는 했는지 입맛을 다시면서 침을 연신 뱉어냈다. 그런 그에게 셀로브는 고개를 저으며 자신이 메고 있던 가방에서 수통을 꺼내어 다가갔다.

쿠구구구―!

그리고 바로 그때 바닷물이 출렁거리기 시작하더니 곧 이어 무언가가 그 속에서 튀어나오는 것이었다. 기겁을 한 키엘의 팔을 끌어당긴 셀로브는 레이피어를 뽑아 들었다. 에이레이 역시 대거 한 쌍을 꺼내어 들었고 아영은 뒤로 후닥닥 물러났다. 몇십 미터 높이로 크게 솟아오른 물기둥 속에서 천천히 모습을 드러낸 그것을 보며 아영은 입을 쩍 하니 벌렸다.

"어버버, 말도 안 돼!"

물기둥 속에서 나타난 것은 마치 뱀을 커다랗게 뻥튀기 해놓은 것과 같은 괴수였다. 대신 조금 다른 것이 있다면 뱀과 물고기를 합쳐 놓은 것처럼 등에 길게 난 등지느러미 정도일까. 붉고 긴 혀를 날름거리는 그것을 보면서 아영은 소름이 돋은 팔을 문지르면서 외쳤다.

"무슨 놈의 몬스터가 저래?! 평범한 것으로 해놓을 수는 없었어?! 꺅! 엄마야, 사람 살려!"

자신에게 하는 욕을 알아차린 것인지 몬스터는 곧장 아영에게 달려들었다. 정령을 부를 틈도 없어서 꺅꺅 비명을 지르면서 백사장을 달려가는 아영을 쫓아가는 뱀 비슷한 몬스터를 보면서 소외당한 나머지 사람들은 조용히 출구를 찾고 있었다. 그것엔 알게 모르게 이 던전으로 끌고 들어온 아영에 대한 복수도 담겨 있었다고나 할까.

나무 틈과 바위들도 뒤졌지만 출구로 보이는 문은 보이지 않았다.

슬슬 아영의 체력이 바닥나서 속도가 느려지자 바로 뒤에 있는 몬스터가 입을 벌렸고 아영은 또다시 있는 힘껏 폴짝 뛰어서 몬스터는 그녀가 아닌 애꿎은 바위만 입에 물어야 했다.

쿠엑!

입에 물린 바위를 뱉지 못해 이리저리 몸을 뒤틀면서 백사장의 모래 위를 뒹구는 몬스터를 보면서 아영은 숨을 몰아쉬었다. 발이 빠지는 모래사장을 달리느라 힘이 더 들었다. 턱까지 차 오르는 숨을 쉬면서 이마에 맺힌 땀을 닦은 아영은 모래사장을 뒹구는 몬스터를 향해 가운 뎃손가락을 들어 올리면서 소리쳤다.

"엿이나 먹어, 자식아! 뱀 대가리같이 생긴 게 감히 인간을 먹으려고 해?! 꼴 좋다!"

정말 저게 여자가 할 말이고 태도인지 의심스러울 뿐이다. 숨이 막히는지 컥컥거리는 몬스터를 보고 있노라니 조금 불쌍하기는 했지만. 출구를 찾고 있는 다른 사람들에게 달려간 아영이 황급하게 물었다.

"출구는? 출구는 아직 못 찾았어?!"

"없어! 어디에 있는 거야, 대체!"

지금이라도 당장 저 몬스터가 바위를 뱉어내고 자신들에게 달려들까 봐 발을 동동 구르면서 에이레이와 아영은 안절부절못했다. 몬스터가 요동을 치니 땅이 전체가 흔들릴 정도였다. 꼬리를 휘젓자 바위와 나무들이 뽑혀져 나갔고, 바닷물이 사방으로 튀겼다. 아마도 저대로 둔다면 제풀에 탈진해서 죽으리라. 저 상태로는 바다로 다시 들어갈 수도 없을 테니 말이다. 그 모습을 멀뚱히 바라보던 키엘이 조용히 셀로브의 바지 자락을 잡아당기면서 뭐라고 말을 하는 눈치였다.

조금은 걱정하는 듯한 눈으로, 그리고 손가락으로 몬스터를 가리키면서 이리저리 손 모양을 취하는 것이 범상치가 않아 보였다. 아영과 에이레이가 망연히 키엘을 바라보는 가운데 셀로브의 미간이 살짝 좁아졌다.

"저 바위를 빼달라고?"

"뭐시라?! 말도 안 돼! 내가 목숨 걸고 저렇게 해냈단 말야!"

제자리에서 펄쩍 뛴 아영이 그렇게 외쳤다.

"네가 그렇게 해냈냐, 어쩌다 보니 저렇게 된 거지."

옆에서 에이레이가 말하는 것도 안 들리는지 아영은 키엘을 번쩍 들어 올리며 외쳤다.

"왜? 왜 그렇게 생각하는 건데, 응?!"

불편한지 팔을 휘젓는 키엘을 셀로브가 받아서 다시 땅에 내려주면서 아영과 에이레이에게 말했다.

"저 녀석도 본능으로 쫓은 것뿐인데 불쌍하다는 말이다. 살고자 먹이를 찾는 것뿐, 이라는 것이지."

"…내가 그 먹이 입장이 되었었기 때문에 용서가 안 돼."

어깨를 축 늘어뜨리고 음험한 얼굴로 그리 말하는 아영을 싹 무시한 채로 셀로브는 별수없다는 듯이 레이피어를 다시 검집에 넣었다. 에이레이가 걱정스러운 얼굴로 셀로브를 보면서 물었다.

"정말로, 할 거야?"

저렇게 발광하는 몬스터의 옆으로 다가간다는 것은 자살 행위나 다름없다. 하긴, 지금 그 몬스터는 바위를 입에 물고 거의 발광을 하다가 지쳐서—아니면 숨이 막혀서—백사장에 축 늘어져 있었다. 꿈틀거리는 것이 어서 바위를 빼내주지 않으면 그대로 질식사해 버릴 것처럼 보였다. 셀로브는 어깨를 으쓱거리며 천천히 몬스터 쪽으로 다가갔다. 멀리 떨어져서 나무 뒤에 숨은 채로 추후를 살피는 아영과는 달리 키엘과 에이레이는 조금씩 거리를 좁히는 중이었다.

이빨 틈 사이로 스며져 나오는 침이 모래를 적시고 있었다. 반은 눈을 뒤집고 있는 것이 죽기 일보 직전 정도. 셀로브는 몬스터의 바로 앞까지 다가가 그 상태를 살폈다. 그러나 셀로브가 손을 내밀어 바위에 대기 직전 몬스터가 용트림을 하면서 다시 몸을 일으켰고 아영은 '그것 봐! 내 저럴 줄 알았어!' 라는 비명을 지르면서 눈을 가렸다. 자신을 향해 눈을 부릅뜨는 몬스터를 힐끔 쳐다본 셀로브는 천천히 주먹을 쥐면서 낮게 외쳤다.

"자라!"

콰앙―!

아영은 이상한 소리에 화들짝 놀라 고개를 돌렸고, 에이레이와 키엘은 자신의 눈으로 본 것을 믿지 못하겠다는 얼굴이 되었다. 셀로브가 두 손을 깍지 껴 그대로 몬스터의 미간을 내려치자 바위가 부서지는 소리가 들리면서 몬스터는 그대로 모래사장에 머리를 처박곤 기절하고 말았다. 이런 황당한 일이… 라고 생각하는 것도 잠시였다. 셀로브는 마족, 그런 그에게 몬스터가 상대가 될 리 없는 것이다.

어차피 인간들에게는 셀로브라는 존재 자체도 몬스터로 규정 짓고 있지만 피가 다르다. 그의 어머니는 마족 중에서도 상급에 속하는 운골리언트. 그런 피를 이어받은 것이 바로 셀로브라는 존재였다. 아직 어린 축에 들어가는 마족이고 어렸을 때 어머니와 떨어져 나와 고급 마법은 못 익혔지만… 사실 그의 힘은 인간으로서는 상상할 수도 없는 그것이었다. 바위에 금이 쩍 갈 정도로 세게 내려친 것이어서 두개골이 부서지지나 않았을까 외려 몬스터를 걱정해야 할 정도였다.

손바닥을 탁탁 털어낸 셀로브는 조용히 키엘을 불렀다.

셀로브를 보는 눈이 달라진 키엘이 후다닥 달려오자 셀로브가 입을 열었다.

"이 녀석 입 좀 들고 있어라. 바위를 이대로 부수면 입속으로 다칠 수도 있으니까."

묘족이기 때문에 보통 사람의 서너 배는 되는 힘을 가지고 있는 키엘에게 그 정도의 부탁은 우스운 것이었다. 고개를 끄덕인 키엘은 끙 끙거리며 몬스터의 입을 들었고 그 틈에 셀로브는 녀석의 입에 끼워진 바위를 빼낼 수 있었다. 아영은 '또 덤빌 텐데 그러고 싶어?' 하면서 인상을 쓰기 시작했다.

이상하게 이번 공간에서는 출구가 아무리 찾아도 없었다. 찾다 지쳐서 바위에 기대어 쉬고 있는 일행들의 시선으로 부스스 자리에서 일어나는 몬스터가 보였고 다시 긴장이 몰려왔다.

머리가 아픈지 휘휘 저으면서 사방을 살피던 몬스터는 자신의 입에 바위가 없다는 사실을 알고 놀라는 눈치였다(그냥 그렇게 보였다는 말이다). 그리고는 천천히 일행들 쪽으로 다가왔고 일행들은 조금 어깨를 긴장시키면서 자리에서 일어났다. 한 몇 미터 전방까지 다가온 다음 몬스터는 천천히 입을 벌렸고 아영은 그것이 또 잡아먹으려는 것인 줄 알고 기겁을 하면서 정령을 부르려고 했다. 그러나 그전에 자신의 앞에서 들어 올려진 셀로브의 손에 가로막혔다.

"왜, 왜 그래?"

"…저걸 봐."

있는 대로 벌려진 몬스터의 입을 가리킨 셀로브의 손을 따라 시선을 이동시킨 아영은 잠시 후 허무한 마음에 주저앉고 말았다. 그토록 찾고 찾았던 문이… 바로 자신을 잡아먹기 위해서 따라오던 몬스터의 입속에 있었으니까. 저런 말도 안 되는 일이 있을 수 있단 말인가? 에이레이조차도 당황해서 셀로브에게 물었다.

"저, 저 문이 진짜일까?"

"저쪽에서 차원의 파동이 조금 달라져 있어. 아마 진짜일 거야."

"아하하……."

허무한 듯이 앉아서 웃던 아영은 자신의 머리를 쥐어뜯으며 큰 목소리로 소리쳤다.

"아악, 하여간에 사이코 마법사들이 많단 말야! 몬스터 입에다가 저런 문을 달아놔?! 에라이, 묘를 파헤쳐서 목을 잘라 버릴까 보다!"

키엘은 정말로 저 입으로 들어가야 하냐는 얼굴이었지만 셀로브는 당당히 몬스터의 이빨을 넘어서 입 안으로 걸어 들어갔다. 저대로 입만 닫으면 끝인데… 하고 이상한 생각을 한 아영을 책망하듯이 셀로브는 문을 열었고 곧 안으로 머리를 넣어서 살펴보더니 손을 까닥였다.

"들어와. 다음 층인 것 같은데."

"우엥, 정말로 싫다아."

당장이라도 침이 떨어질 것 같은 벌건 입속으로 걸어 들어가는 것이 좋은 사람이 어디 있겠는가. 아영은 잠시라도 있기 싫어서 후닥닥 문을 열고 들어가 버렸고 키엘과 에이레이도 조금 머뭇거리면서 문을 열고 들어갔다.

벌써 몇 층째 돌파한 것인지 모를 정도였다. 정말로 클리어하면 나갈 수나 있는 것인지 궁금할 정도로 꽤 깊이까지 들어왔다. 아영은 후들거리는 다리를 천천히 움직여야 했다. 그것은 다른 이들 역시 마찬가지였다. 체력 강하기로 둘째가라면 서러울 셀로브와 키엘 또한 거의 피로에 지쳐 쓰러지기 일보 직전이니까.

정말이지 발판을 밟고 있으면 문이 열려 있지만 발을 떼면 닫히는 함정은 고역이었다. 요령은 발판을 밟은 다음 그대로 50미터 정도를 있는 힘껏 뛰어—그것도 몇 초 내에—통과하는 것. 하지만 그것이 얼마나 힘든 것인지. 만약 정해진 시간 안에 통과하지 못하면 문 바로 앞에 설치되어진 솟아오르는 창살들에 꿰일 수도 있는 것이었다. 몇 번 하다가 창살들에 얼굴 바로 앞을 스친 적도 많았고… 어려운 함정답게 근처에는 수많은 해골들이 즐비한 곳이었다. 한 사람이 들어갔다고 해서 문이 그대로 열려져 있는 것이 아니라 모두 제각각 통과해야 하는 것이었다. 비록 빠르기는 하지만 일반인보다 조금 더 빠른 정도인 아영 때문에 시간을 가장 많이 잡아먹었다.

가늠이 되지 않는 무게의 바위를 밀어서 지정된 위치에 가져다 놓아야 문이 열리는 함정도 있었다. 그것도 수백 미터를……. 아무리 힘이 남아도는 네 명이라고 해도 정도가 심한 편이었다.

또한 머리 아팠던 함정은 수백 개의 스위치가 있고 그중에 정해진 몇 개만을 눌러야 열리는 문, 다른 스위치를 누를 확률이 높다는 것은 당연한 것 아니겠는가. 한데 잘못 누르기만 하면 허공에서 화살과 창, 불덩어리가 날아오고, 머리통만한 돌덩이들이 떨어지니… 누르고 도망가고 또 누르고 도망가고 하기를 수십 번 행해야 한 것이다.

"이놈의 마법사, 삼대가 빌어먹기를 빌어주마!"

…이것은 날아오는 사람 몸통 크기의 불덩어리를 죽어라고 피하면서 외친 아영의 비명 중 일부였다. 그렇게 해서 겨우겨우 죽기 직전의 몸을 이끌고 지하 최하층의 입구로 진입한 그들이었다. 너덜너덜해진

것 같은 팔을 휘저으면서 아영은 문 바로 앞에 주저앉았다.

"이, 이 정도면 마지막이겠지? 더 이상 있을 것도 없을 것 같은데."

"…여기서 더 있으면 정말로 죽음이야."

무릎을 모아 앉아가지고 검은 오라를 내뿜고 있는 에이레이가 그렇게 중얼거리듯 말했다. 땀에 젖은 셔츠를 거칠게 정돈하면서 셀로브는 바닥에 널브러진 키엘을 추슬러 올리면서 피곤한 음색으로 입을 열었다.

"자, 어서 가자. 마지막이든 아니든… 어차피 나가려면 돌파해야 하니까."

체력이 바닥나서인지 잠이 절로 오는 것을 느낀 아영은 입을 쩍 벌려 하품을 하며 고개를 끄덕였다. 어쨌든지, 여기까지 온 것을 수포로 만들 수는 없으니까. 하지만 밝게 빛이 스며져 나오는 문을 바라보면서 문득 그녀는 이상한 느낌이 들었다. 이 정도의 함정은 정말로 일반 사람이었다면 통과하지 못할 정도로 위험하고 어려운 함정들이었다. 출구를 찾기 위해 몬스터의 입을 들추는 사람도 없을 것이고, 마법을 못 쓰니 계단이 붕괴되어 떨어지면 그대로 끝인 것이었다.

대체 어느 정도의 보물이기에 이렇게 복잡하고 위험한 함정을 써가면서 감추었을까? 이상하게 아영은 자신은 이곳에 들어가서는 안 된다는 느낌이 들었다. 여자의 육감이 아니라, 정령들의 움직임이 심상치 않았기 때문이다. 그녀는 가만히 인상을 쓴 채로 문을 바라보았다. 그러자 문으로 들어가기 직전의 셀로브가 고개를 갸웃거리며 물었다.

"뭐야, 거기 서서 뭐 하는 거냐?"

그의 물음에도 아영은 대답하지 않은 채로 정령들의 목소리에 귀를 기울였다. 현재 이곳에서는 모든 정령들의 소리가 잘 들렸다. 땅의 정령들의 우악스러운 듯한 목소리도, 지하 깊은 곳을 흐르는 물의 정령들의 부드러운 음색도, 공기가 있는 중이라면 어디서든 타오를 수 있는 불의 정령들의 무뚝뚝한 목소리도, 틈 사이사이로 흘러 들어올 수 있는 바람의 정령들의 수다들도… 모두 다. 그녀답지 않다고 할 수 있을 정도로 진지한 얼굴이 된 아영의 어깨를 에이레이가 툭 하고 쳐주었다.

"왜 그래? 무슨 생각 하는 거야?"

몸 이곳저곳에 생채기가 나 있는 에이레이를 힐끔 쳐다보면서 아영은 묵묵히 고개를 가로저었다. 이건 어차피 선택할 수도 없는 문제였다. 비록 앞에 무엇이 있든 간에 나아갈 수밖에 없는 것. 비록 나아가느냐, 나아가지 않느냐라고 선택의 기로는 두 가지이지만 어차피 나아가야만 하는 그런… 아이러니. 하지만 이상하게 발이 쉽게 떨어지지 않았다. 마치 자신의 신발에 접착제를 붙여놓은 것처럼. 아영은 이를 악물고 걸어갔다.

셀로브에 의해 열려진 문으로 환한 빛들이 쏟아졌다. 살짝 눈을 가늘게 뜨면서 아영은 조용히 문의 안쪽으로 걸어 들어갔다. 잠시 동안은 너무 강렬한 빛에 의해서 앞이 제대로 보이지 않을 정도였다. 손을 눈 근처에 가져간 그녀는 조용히 눈을 깜박였다.

그곳은 온통 무색 투명한 밝은 공간이었다. 마치 성당과 같이 색색의 유리로 된 천장으로 햇빛이 쏟아져 내리는 것이었다. 처음 느낌은 바로 웅장한 성당 안에 들어와 있다는 느낌이었다. 높이를 가늠할 수 없는 돔의 천장, 화려하게 조각되어진 무늬와 색유리로 만들어진 창문, 수백 개, 아니, 수천 개는 되어 보일 것 같은 촛불들. 구두 소리가 선명히 들릴 정도로 깨끗하게 만들어진 대리석 바닥은 발을 대기가 송구스러울 정도였다. 아치 식으로 지워 올려진 돌기둥들은 높이를 가늠하기 힘들 정도였다.

화려함의 극치였고 어떠한 건축도 따라오지 못할 것 같은 아름다움을 간직한 곳이었다. 마치 신이 머무는 곳이 이 정도의 아름다움이 되지 않을까 하는 생각이 들 정도였다. 일렁이는 촛불들의 움직임에 따라 그림자들도 이리저리 흔들렸다.

망연하게 천장을 올려다보고 있던 에이레이가 작게 휘파람을 불면서 나직하게 말했다.

"이거… 보물 자체가 이 장소 아냐? 그렇다고 말해도 믿을 것 같아."

코를 벌름거리며 이곳저곳 냄새를 맡고 있는 키엘도 놀라기는 마찬가지였다. 셀로브는 들고 있던 검을 검집에 집어넣으면서 주위를 살폈다. 그러나 아영만은 아무런 표정도 말도 하지 않았다. 묵묵하게 정면만을 바라볼 뿐. 그녀의 진지한 모습은 정말로 가뭄에 콩 나듯 볼 수 있는 것이었기 때문에 다른 사람들 모두가 그 표정을 보며 긴장할 정도였다. 그녀의 시선이 꽂혀진 것은 그 커다란 홀의 정면, 가장 앞에 설치되어진 제단 같아 보이는 커다란 대리석이 놓여진 곳이었다. 붉은색의 벨벳 천이 대리석을 감싼 채 바닥에 늘어져 있었다.

그리고 그 위에 하나의 상자가 놓여 있었다. 그것이 무엇인지 알 길이 없는 일행들은 경계를 하면서 조용히 앞으로 나아갔다. 그러나 그런 그들을 아랑곳하지 않고 아영은 성큼성큼 발을 옮겼다.

"아영아!"

에이레이가 작게 소리치면서 그녀의 팔을 잡으려고 했지만 그것보다 아영이 뛰어간 것이 더 빨랐다. 이상하게 가슴이 두근거렸다. 공포영화를 보기 전에 심장이 두근거리는 것처럼, 좋은 느낌이 아닌… 그렇다고 나쁜 느낌도 아니지만 불길하다는 것은 뇌리에서 지워지지 않았다. 누가 잡을세라 뛰어간 아영은 함정일 수도 있다는 셀로브의 외침도 무시하고 상자 쪽으로 천천히 손을 내밀었다. 전체적으로 화려하다기보다는 소박하게 디자인된 황금 상자였다. 보석도 달리지 않았고 그저 문양만이 조금 장식되어진 정도. 이상하게 아영은 이것이 어디선가 본 것 같다는 생각을 떨칠 수가 없었다. 가느다랗게 떨리는 손을 진정시키면서 상자의 고리를 붙잡았다. 그리고 그 순간.

"…건드리지 않는 게 좋을 거야."

순간적으로 화들짝 놀라 손을 뗀 아영이었다. 들어본 적이 있는 목소리. 에이레이는 재빨리 단검 한 쌍을 부여잡았고 셀로브는 차가운 얼굴로 키엘을 자신의 뒤로 끌어당긴 후에 레이피어를 뽑았다. 청년의 목소리가 들린 곳은 그들이 들어왔던 출구 쪽이었다. 이런 곳에 누가 또 들어온단 말인가. 잔뜩 긴장한 목소리로 셀로브가 말했다.

"누구냐!"

살기가 배어져 나오는 그의 목소리를 들으며 사내는 피식 웃으면서 어깨를 으쓱거렸다.

"이거 영광인걸. 이런 곳에서 마족의 대귀족인 운골리언트의 자제분을 만나뵙게 되다니."

잠시 움찔하기는 했지만 셀로브는 레이피어의 손잡이를 더욱 힘주어 잡으면서 이를 악물었다. 자신의 정체까지 알고 있다니… 그의 정체가 뭐란 말인가. 은회색의 머리카락과 회색의 코트가 멋들어지게 패치를 이루는 사내… 눈가에 끼고 있는 짙은 갈색의 고글 때문에 눈매를 살펴보기에는 무리가 있었다.

아영은 하얗게 질린 얼굴로 사내를 바라보는 중이었다. 그 예전 아비게일 여신의 신전에서 만났던… 이상한 말만 하고 사라진 남자.

한 손으로 입을 가리면서 아영은 탄성을 내질렀다.

"다, 당신은 칼 레드?!"

미남의 이름은 까먹지 않는다는 아영의 논리에 의해서 그의 이름은 그녀의 기억 공간 속에 고스란히 남겨진 상태였다. 그녀의 목소리를 들은 칼 레드는 부드럽게 미소 지으며 고개를 숙였다.

"이름까지 기억해 주다니, 정말로 고맙군."

에이레이는 칼 레드라는 이름의 사내와 아영을 번갈아 쳐다본 후에 아영에게 질문했다.

"뭐야? 아는 사이야?"

"아, 아니… 아는 사이라기보다는 한 번 만났을 뿐인데…… 그런데 당신이 왜 이곳에?"

왜 이곳에 저 사람이? 아영은 놀란 마음을 진정시키지 못하고 가슴을 한 손으로 내리누르면서 입술을 깨물었다. 혼자서 자신들의 뒤를 따라왔다는 말인가? 그 함정들을 돌파하고? 알 수 없는 느낌에 아영은 조용히 한 발자국 앞으로 걸어갔다.

콧등에 걸린 고글을 살짝 매만지면서 칼 레드는 아영의 모습을 살펴볼 뿐 다른 행동은 하지 않았다.

변한 것은 아무것도 없었다, 그 밝았던 성격도… 모습 또한 예전의 그녀와 같은 모습. 다른 것이 있다면… 자신을 기억하지 못한다는 사실만이 다를 뿐.

묵묵하게 쓴 미소를 짓는 칼 레드와 아영은 이제 몇 미터 정도의 거리만을 두고 있었다.

그들 사이에서는 알 수 없는 침묵이 흘렀고 셀로브와 에이레이, 그리고 키엘은 도대체 저 둘이 무슨 사이일까 고민해야 했다. 물론 고민은 셀로브와 에이레이만 했지만. 이상하게도 키엘은 천천히 얼굴을 일그러뜨리면서 날카로운 송곳니를 드러내는 것이었다.

으르릉거리는 그의 목 울림을 들었는지 고글 사이로 보이는 날카로운 칼 레드의 눈매가 살짝 꿈틀거렸다. 그는 흥미로운 듯 작게 탄성을 지르며 입을 열었다.

"호오, 묘족인가. 이건 또 오랜만에 보는데."

"크르르릉……!"

이를 드러내면서 손을 쫙 펼치자 손톱이 10㎝ 정도 길게 길어졌다. 단 한 번도 저 정도로 경계를 하는 모습은 본 적이 없던 일행들이 놀란 눈으로 키엘을 보았지만 키엘은 당장이라도 달려들 투견처럼 잔뜩 어깨를 움츠렸다. 그러나 그전에 아영이 키엘의 앞을 가로막으며 칼 레드에게 외쳤다.

"당신! 용건이 뭔데 이곳에 나타난 거죠?! 그리고 저 상자의 보물은 내가 먼저 왔으니까 내 차지예요!"

이 순간에서도 보물 얘기는 빠뜨리지 않다니… 참으로 대단히 굵은 쇠심줄의 아영이었다. 칼 레드는 자신의 은회색 머리카락을 부드럽게 쓸어 넘기며 생긋 웃었다.

"아무리 당신이라고 해도 그 부탁만은 들어줄 수가 없어. 설마 당신이 이곳에 오리라고는 생각도 못했는데. 저 물건은 내가 꼭 필요하거든."

"흥! 그럼 내가 '좋아요, 가져가세요'라고 할 줄 알았어?! 당신 정체가 뭐야!"

화가 난 것인지 순식간에 말을 낮춘 아영은 손가락으로 칼 레드를 가리켰다. 정령들의 불안한 움직임은 혹시 이 사람 때문이었을까? 그런 생각을 지울 수 없는 것이 자신의 주위로 정령들이 다시 웅성거렸기 때문이다. 불안한 움직임. 땅은 천천히 요동 쳤고 바람은 사방으로 휘몰아쳤다. 촛불들의 일렁임이 순식간에 모닥불만큼 드높아졌고, 지하의 암반을 뚫고 물이 솟아나올 기색이었다.

자신들이 받드는 사람을 위험으로부터 구하려는 움직임이라는 것을 아영은 잘 알고 있었다. 입술을 깨물면서 아영은 조용히 몇 발자국 앞으로 걸어갔다. 적이다. 분명히 그럴 것이다. 아니면 이렇듯 정령들이 난리를 칠 필요가 없으니까. 하지만 그전에 신전에서 만났을 때는 그렇지 않았는데? 또다시 의문에 싸인 아영이었지만 단순한 그녀답게 지금의 상황을 더 중시하기로 생각했다. 사실 단순하고 무대포인 아영이지만 중요한 것은 머리는 굴러가고 있다는 것이다.

그때 셀로브가 조용히 입을 열었다. 그의 목소리에는 긴장한 기색이 영역했다.

"…인간이 아니군."

그의 말에 에이레이는 짧게 신음 소리를 내었고 아영은 눈을 동그랗게 뜨고 셀로브를 돌아보았다. 레이피어를 옆으로 늘어뜨리고 서 있는 셀로브의 뺨으로 길게 땀이 흘러내리는 것을 보면서.

"무, 무슨? 인간이 아니라고?!"

말도 안 된다는 얼굴이 된 아영은 다시 고개를 돌려 칼 레드를 바라보았다. 그러나 칼 레드는 아무 말 없이 입가에 희미한 미소만을 띤 채로 팔짱을 끼고 서 있을 뿐이었다. 아영의 주위에 몰아치는 바람 때문에 그의 코트 깃이 펄럭거렸지만 그 스스로는 개의치 않았다. 오히려 그 바람을 만끽하는 사람처럼 기분 좋은 얼굴을 하고 살짝 팔짱 낀 팔을 풀었다. 조용히 손을 앞으로 내민 칼 레드는 셀로브 쪽을 흘깃 바라보면서 작게 중얼거렸다.

"확실히 마족은 귀찮군."

"큭!"

셀로브는 서둘러 레이피어를 두 손으로 거머쥐었다. 대체 지금 상황이 무슨 일인가. 머리 회전이 잘 안 되는 에이레이와 아영은 두 사람을 번갈아 바라보며 당황한 얼굴이 될 뿐이었다.

검지손가락을 쭉 뻗어 셀로브를 가리킨 칼 레드는 입가에 미소를 지우며 입을 열었다.

"…꺼져라."

"큭!"

순식간의 일이었다. 셀로브가 어떠한 힘에 밀려, 마치 방망이에 맞은 공처럼 멀리 날아가 버린 것은 말이다. 에이레이가 파랗게 된 얼굴로 고개를 돌리기도 전에, 아영이 정령들을 이용해 어찌해 보기도 전에 그대로 날아가 버린 셀로브의 몸은 돌로 된 기둥에 부딪쳤다. 돌으로 된 홀 가득히 굉음이 울려 퍼졌다. 입에서 선혈이 뿜어져 나왔고, 손에 쥐어져 있던 레이피어는 두 동강이 나버렸다.

"아악, 셀로브!"

에이레이가 비명을 지르면서 기둥에 엄청난 규모의 금이 가게 만든 후에 땅으로 주르륵 떨어진 셀로브 쪽으로 뛰어갔다. 기둥은 곧장 쓰러져 버리지 않는 것이 이상할 정도로 셀로브가 부딪친 곳을 기점으로 둥글게 금이 가버렸고 수많은 돌 파편이 사방에 날렸다. 바닥에 널브러진 셀로브를 껴안으면서 에이레이는 눈가에 고인 눈물을 주체하지도 못했다. 부들거리는 손으로 셀로브를 조용히 부축하니 내장을 다친 것인지 셀로브의 입에서 다시 피가 배어져 나왔다.

거친 숨을 내쉬면서 완전히 정신을 잃어버려 미동도 하지 않는 셀로 브를 내려다보면서 에이레이는 자신도 모르게 입술을 깨물고 눈물을 흘렸다. 고개를 숙여 셀로브의 어깨에 얼굴을 묻고 떨고 있는 에이레이의 모습을 보며 칼 레드는 다시 흥미롭다는 어투로 말했다.

"훗, 마족이면서도 인간을 사랑하는 것인가 보군. 꽤 잘 어울리는 커플인걸."

"너어!"

쩌렁쩌렁한 목소리. 셀로브가 날아가는 모습과 에이레이가 우는 모습을 보면서 아영의 눈은 불똥이 튄 것이 아닐까 생각이 날 정도로 퍼렇게 변했다. 얼굴은 화로 주체가 되지 않는 모습, 하얗게 질려 버린 얼굴로 아영은 입술을 피가 날 정도로 깨물면서 칼 레드를 돌아보았다. 부들부들 떨리는 주먹이 그녀가 얼마나 화가 났는지 여실히 보여주었다. 그렇지 않아도 다혈질인 그녀가 이런 일을 그냥 넘어갈 리 없다. 알고 있는 것이라고는 이름뿐인 남자가 다짜고짜 자신의 친구를 날려 버리는 모습을 보고 말이다.

그녀의 분노에 따라 사대정령들이 모두 더한 요동을 쳤고 칼 레드는 그 모습을 보면서 조용히 고개를 숙였다.

'사대정령왕들이 모두 개방이 될까. 만약 그렇지 않으면 내게도 어느 정도의 승산이 있는데……'

이를 으드득 간 아영은 조용히 손을 뻗쳤다. 그에 맞춰서 발 밑의 땅이 지진을 일으키는 것처럼 심하게 움직였고 키엘은 후닥닥 에이레이가 있는 곳으로 달려갔다. 어차피 자신이 있어봤자 도움이 되지 않는다는 것을 직감적으로 느낀 것이었다.

아영 앞의 땅에서 마치 봉우리가 솟아오르는 것처럼 암석이 솟아올랐고 쩍쩍 소리를 내면서 벌어지고 떨어져 나간 돌의 파편에서는 하나의 검이 모습을 드러냈다. 대지의 힘으로 이루어진 정령의 무기였다. 최강의 물리력을 자랑하는 정령이 땅이듯 대지의 정령이 만든 검은 최강의 강도와 무게를 자랑하는 것이었다.

물론 무게는 주인에게는 전혀 무겁지 않고 남이 들면 설령 드래곤이라고 해도 못 들어 올리는 그런 것. 자신의 키에 약간 못 미치는 정도의 길이를 가진 검을 손쉽게 집어 들어 허공을 벤 아영은 이를 악물며 다시 소리쳤다.

"네가 누군지! 네 정체 따위는 신경 안 써! 하지만! 하지만 내 친구들을 다치게 하는 것은 절대로 용서 못해! 알겠어?!"

칼 레드는 아무런 말도 하지 않은 채 조용히 자신의 검을 소환했다. 시커먼 몸체를 드러낸 검은 자신의 주인 손에 들렸고 마치 불꽃의 티가 날리는 것처럼 사방으로 빛이 휘날렸다. 아영은 자신의 검을 땅에 꽂으며 조용히 두 손을 모았다. 그녀의 손에서는 불꽃과 바람이 동시에 일어났다. 칼 레드는 그 모습을 보면서 약간 긴장했다.

"모든 것을 집어삼키는 거대한 불꽃의 주인이여, 모든 것을 날려 버리는 거대한 태풍의 주인이여! 여기 그대들의 강림을 바라는 자가 있으니 내 앞에 모습을 드러내다오!"

그것은 불의 정령왕 샐리온과 바람의 정령왕 실피드. 불은 바람이 있으면 더욱 멀리, 사방으로 퍼져 나갈 수가 있다. 그래서 정령을 쓰기 위해서는 음양오행 역시 잘 알아야 하는 것이다. 불과 물의 정령을 동시에 불러 싸우는 것이 자신에게 오히려 손해가 되듯이.

정령왕들 중 가장 전투력과 파괴력이 뛰어나기로 유명한 두 정령왕들이 지상에 모습을 드러내는 것을 보면서 칼 레드는 희미하게 미소를 지었다.

정말로 그때와 다를 바가 없다. 아름다운 정령들에게 둘러싸여 있는 모습도… 친구를 중요시 여기는 그 성격도 바뀐 것이 없는데, 자신은 모른다는 사실이… 칼 레드는 마음에 걸렸다. 하지만 이제 상관없다. 조금만 있으면 자신의 손에 들어올 테니까. 그것을 위해서라면 누가 죽든 세상이 멸망하든 무엇이라도 희생할 수 있다.

거대한 불꽃이 바람을 받아 높다란 기둥처럼 타올랐다. 불꽃의 기둥, 그 앞으로 아영이 대지의 검을 들고 매서운 표정을 한 채 서 있었다.

땅으로 떨어진 천사 6

콰과과과―!

아영이 휘두른 대지의 검에 의해 장정 몇 사람이서 안아도 끌어안지 못할 것 같은 기둥 하나가 쉽게 잘려져 나갔다. 사실 아주 박살이 난 것이지만. 메피스토펠레스와의 싸움 이후 꽤 대단한 성장을 한 아영에게 어려운 상대는 실상 현재로써는 그리 많지 않았다. 바람에 의해 높여진 불의 기운, 그리고 그 불의 기운에 의해 한층 강해진 대지의 검을 가진 아영은 현재 드래곤 몇 마리도 때려잡을 수 있을 정도로 강해져 있었다. 사실 정령왕에게 드래곤 정도는 우스운 상대이지만.

사방에 돌의 파편이 날려졌지만 아영에게는 그 파편 하나 날아오지 않았다. 바람이 그것들을 막아내 주었으니까.

몸을 날려 검격을 간단하게 피해낸 칼 레드는 조용히 깨어지는 자신의 고글을 손으로 붙잡았다. 스쳐 가기만 했는데 부서질 정도라니. 속으로 감탄을 하면서 그는 깨어진 고글을 벗어 던지며 입을 열었다.

"후훗, 대단하군. 예전에 받은 데이터에선 이 정도는 아니었는데."

"무슨 헛소리지?"

좌우로 정령왕들의 수호를 받으며 아영은 대지의 검을 자신의 어깨에 걸쳐 놓았다. 현재는 화가 난 것도 아니고, 완벽하게 차가운 듯한 얼굴. 무뚝뚝한 어조로 말을 내뱉는 그녀를 보면서 두 정령왕이 긴장할 정도였다. 지금까지 그녀가 이 정도로 화를 낸 적은 없었기 때문이다. 나오자마자 화를 내려던 샐리온도 아영의 분노와 그녀의 표정을 보고 굳어버릴 정도였으니까. 하지만 주인이 분노한다고 해서 정령왕들에게 손해는 없다. 오히려 적절한 분노에 의해 주인에게서 뿜어져 나오는 힘이 배가되면 정령왕들 역시 힘이 늘어나기 때문이었다.

어쨌거나 자신들의 주인이 상처 하나 입을까 두 정령왕은 동분서주해야 했다. 만약 자신들이 없었다면 아영은 금방 칼 레드라는 자에게 당했을 것이라는 생각과 함께. 그 정도로 저 칼 레드라는 남자는 대단한 능력을 소유하고 있다고 생각했다. 무엇보다… 가늠이 되지 않는 마력이 느껴졌기 때문에 지상에 소환된 두 정령왕은 방심을 할 수 없었다. 그때 눈물에 젖은 얼굴로 아영이 싸우는 모습을 보고 있던 에이레이의 팔을 누군가가 살며시 붙잡았다.

마족 자체의 치유 능력으로 어느 정도 상처가 회복된 셀로브였다.

"큭… 살아 있는 게 더 신기하군."

한숨을 길게 쉬면서 입을 떼는 셀로브의 가슴에 에이레이는 조용히 얼굴을 파묻었다. 혹시나 상처가 커서 죽을까 봐… 잘못되지나 않을까 하는 생각에 가슴이 타 들어가는 것 같았기에. 지금까지 암살자의 길을 걸으면서 누구에게도 사랑을 받지 못했던 에이레이에게 처음으로 사랑이라는 감정을 준 이였기에… 셀로브를 잃는다면 자신은 미쳐 버릴지도 모른다고 생각할 정도였다.

셀로브는 아무런 말 없이 몸을 일으켜서 에이레이의 등을 쓸어 내려 주었다. 옆에서 걱정스러운 눈으로 자신을 바라보는 키엘의 머리도 쓰다듬어 준 셀로브는 걱정스러운 표정이 되어 아영과 칼 레드를 보았다.

'저 칼 레드라는 자가 쓴 힘은 분명히 용언龍言이었다. 드래곤의 사라진 최강의 술법이자 말 한마디로써 적과 싸울 수 있는 그것을… 저 자는 어떻게 쓸 수 있는 거지? 드래곤이다, 그렇지만… 뭔가 파동이 달라. 혹시?!'

묵묵한 표정으로 그런 생각을 하던 셀로브의 표정에 이채가 스쳐 지나갔다.

'혹시… 같은 드래곤들로부터 버림받은 종족인 데저티드 드래곤!? 그래, 그들이라면…… 금지된 술법을 쓸 가능성도 많아지지. 하지만 왜? 왜 여기에……?'

셀로브는 이상하게 마음이 불안해지는 것을 느꼈다. 무언가 일어날 것 같은 느낌… 그렇지만 자신이 끼일 틈은 없었기에 셀로브는 조심스러운 마음으로 아영의 전투를 지켜볼 수밖에 없었다.

아영은 조용히 칼 레드를 바라보았다. 자기를 안다고 하는 사람… 하지만 자신은 기억이 없었다. 물론 지금에 와서 기억난다고 해도 참을 생각은 없었다. 셀로브를 다치게 하고 에이레이를 울렸으니까. 대지의 검으로 자신의 어깨를 툭툭 두드린 아영이 조용히 고개를 숙이며 작게 중얼거렸다.

"이제 더 이상 내가 약해서… 내 친구가 피해를 보는 것은 싫어."

이렇게 말한 아영은 거대한 검을 그대로 옆으로 뿌렸다. 그와 함께 도약, 실피드의 도움으로 보통 사람보다 훨씬 높이 도약을 하게 된 아영은 불이 일렁이는 대지의 검을 내려쳤다. 마치 다연발 미사일을 쏘아 보내는 것처럼… 하늘에서 유성우가 떨어져 내리는 것처럼 살벌한 검풍과 불꽃의 기운에 의해 사방은 온통 쑥대밭이 되고 말았다.

쾅과과광!

굉음과 함께 치솟는 불꽃과 지진이 일어난 대지처럼 틀어져 버린 지반들이 허공으로 솟구쳐 올랐다. 아비규환의 현장은 바로 이런 곳을 두고 하는 말이리라. 자신에게로 날아오는 불덩어리를 검으로 막은 칼 레드는 이를 악물어야 했다. 돌 바닥인데도 불구하고 자신의 발이 돌을 부서뜨리며 아래로 무너져 내렸기 때문이다. 마치 수톤의 바윗덩어리가 자신에게로 떨어져 내릴 것 같았다. 하지만 여기서 물러난다면 마룡왕이라는 이름이 울 터.

정령왕이라는 존재는 어디까지나 정령계에서 소환되어져 나온 불사이자 불멸의 존재이다. 타격을 준다는 것 자체가 있을 수 없는 일. 타격을 준다고 해도 그것은 어디까지나 순간적인 일일 뿐이다. 잠시의 시간만 있으면 다시 소환을 하기 때문에 마법사보다 더 골치 아픈 존재가 바로 정령사. 접근전은 꿈도 못 꿀 판이고 방어만 하는 것이 최대였다. 사실 싸울 생각도 전혀 없지만. 단지… 이렇게 해서라도 조금 더 얼굴을 보고 싶어서. 그는 그렇게 생각하며 빙긋 웃었다.

사람 키 정도 대지에서 솟아 올라온 돌 위에 가볍게 착지한 아영은 조용히 칼 레드를 바라보았다. 처음부터 지금까지 정체도 모르고… 아는 것은 이름뿐. 그녀는 조용히 입을 열었다.

"…당신, 대체 정체가 뭐야?"

조용하게 묻는 그녀를 보면서 칼 레드는 조용히 검을 거두었다. 회색의 셔츠는 이미 불길에 그슬려 있었고 너무 방어에만 급급한 나머지 자신의 검 역시 한계에 다다라 있었던 것이다. 검을 공간의 틈 속으로 돌려보낸 후 칼 레드는 한숨을 쉬면서 머리카락을 쓸어 넘겼다.

"후, 후훗. 정말로 강해졌군. 날 이 정도로 몰아붙이다니. 하긴, 나도 제 실력을 드러낸 것은 아니지만."

"웃기지 마! 헛소리 작작하고 묻는 말에만 대답해!"

도발적인 그의 어투에 발끈한 아영이 다시 검을 불끈 거머쥐면서 사납게 외쳤다. 그런 그녀를 마치 사랑스러운 연인을 바라보는 시선으로 훑어보면서 칼 레드는 희미하게 미소 지었다. 푸른 빛이 얼음을 통과할 때의 색, 아이스 블루의 눈동자에는 처연함만이 묻어져 나왔다. 어떻게, 어떻게 설명을 하면 네가 나에게로 돌아올까. 그런 생각을 하면서 칼 레드는 조용히 손을 들어 자신의 가슴께의 코트 자락을 부여잡았다.

"…너와 나는 아주 오래전부터 알고 지낸 사이였다. 내가 사랑해 마지않는 사람이었지… 그것은 지금도 마찬가지야. 너도 날 사랑했었어."

"……."

샐리온의 어깨가 움찔하는 것을 보면서 반쯤은 투명한 모습으로 허공에 떠 있던 실피드가 지그시 그의 어깨를 잡아 눌렀다. 그리고 조용히 싸움을 보던 에이레이와 셀로브 역시 놀라기는 마찬가지였다. 대체 무슨 말이란 말인가? 무엇보다 경악에 질린 것은 아영, 본인이었다. 한동안 멍한 얼굴이 되었던 아영은 입을 뻐끔거리면서 자신의 이마를 손으로 짚었다.

"우, 웃기지 마. 내가 그런 말을 믿을까 봐?!"

"믿지 않아도 사실이지… 과거는 바꿀 수 없어."

"난 그 따위 기억 없어!"

숨을 몰아쉬면서 주먹을 쥐고 다시 공격하려는 아영을 칼 레드는 조용히 손을 들어 만류했다. 어떻게 너는 기억하지 못하는 거니. 나는 이렇듯 생생하게 기억하고 있는데……. 아주 오래전의 기억이 떠올라 머리 속을 어지럽혔다. 조용히 걸음을 옮기며 아영에게 다가간 칼 레드는 다시 입을 열었다.

"기억이 없는 것은 당연하지, 그 빌어먹을 신이 조작을 했을 테니까. 아니, 그렇지 않아도… 환생을 하면 잊어버리는 것은 당연해."

환생? 갑자기 알 수 없는 말을 지껄이는 칼 레드를 보면서 아영은 혼란스러운 마음을 진정시킬 수가 없었다. 그러니까… 내가 칼 레드와 전생에 사랑하는 사이였단 말야?! 한 손으로 입을 가리고 한 발자국 뒤로 물러나는 아영을 보면서 샐리온이 천천히 고개를 돌려 실피드를 보았다. 그러나 실피드는 묵묵한 얼굴로 살짝 고개를 저을 뿐이었다.

「이대로 저 마룡족을 놔둘 거냐, 실피드.」

마음속으로 실피드에게 말을 건 샐리온이 인상을 썼다. 그러자 항상 그렇듯이 조용한 실피드는 평소와 별로 다르지 않은 듯이 표정도 바꾸지 않고 마음속으로 말했다.

「보통 마룡족은 아니지 않나. 마룡족의 수장이다… 이것은 어디까지나 아영님의 개인적인 일일 뿐. 우리는 명령을 받는다면 모르지만 이럴 때라도 나설 권리는 없다.」

두 정령왕이 이런 대화를 주고받고 있을 때 칼 레드는 제법 가깝게 아영에게 다가와 있었다. 그러자 샐리온은 홧김에 아영의 주변에 불의 장벽을 피워 올렸다. 어차피 정령왕이 피워 올린 것이라 아영에게는 전혀 피해를 주지 않는다. 물론 적에게는 사정이 다르겠지만. 움찔하면서 칼 레드는 인상을 썼지만 발걸음을 멈추지 않았다. 회색의 코트가 그슬리는 것을 내려다보면서 그래도 칼 레드는 계속 불길 속을 헤쳐 들어왔다. 공격하려는 샐리온을 막은 것은 실피드였다.

망연한 얼굴로 자신을 바라보는 아영의 곁에 다가온 칼 레드는 조용히 손을 뻗으면서 중얼거렸다.

"돌아와라. 널 다시 내 곁에 두기 위해서… 나는 형도 죽였다."

"…뭐?!"

그제야 정신이 돌아온 아영이 눈을 크게 뜨면서 칼 레드를 바라보았다. 붉은 불꽃 속에서 칼 레드의 은회색 머리카락과 회색 코트가 아름답게 일렁거렸다. 마룡족이기에 이 정도의 불은 어느 정도까지 방어가 가능했다. 하지만 오래 서 있을수록 본체가 아닌 폴리모프 상태로는 견디기 힘들 것이 분명했다. 하지만 그래도… 여기서 다시 물러나고 싶은 생각은 없었다. 슬픔에 가득 젖은 아이스 블루의 눈동자를 응시하면서 아영은 가까스로 입을 열었다.

"무, 무슨 말이야? 형도 죽였다니?"

"…나는, 나는 데저티드 드래곤들의 수장… 마룡족의 왕 칼 레드."

"마, 말도 안 돼!"

경악에 가득 찬 얼굴로 아영은 뒤로 후닥닥 물러났다. 데저티드 드래곤들의 수장… 얼마 전 수도에 나타났던 드래곤들이 데저티드 드래곤이라는 것은 이미 우혁과 카이트에게 들어서 알고 있는 사실이었다. 그리고 다카를 죽인 것이… 바로 그들의 수장이라는 것도! 휘청거리는 다리를 추스르며 아영은 손을 들어 입을 가렸다.

"그, 그럼… 네가 다카를?!"

고개를 숙이고 킥킥거리며 웃은 칼 레드는 다시 고개를 들어 올렸다. 그러나 그의 표정은 점점 일그러져 갔다. 사랑하는 사람을 다시 자신의 곁에 데려오기 위해서 그는 형도 죽였다. 다카 다이너스티가 자신의 반쪽 힘을 가지고 있었기에… 그를 죽이면 자신이 가지지 못했던 완벽한 힘을 가질 수 있었기에. 그렇지 않으면 아영을 데려오기 위해 치러질 크나큰 전투에서 이길 수가 없으니까. 다른 사람이 본다면 너무나도 작은 것을 위해 형을 죽였다고 할 테지만… 그런 것 따위는 상관없었다. 자신에게는 세계의 모든 것을 바꿔서라도 지키고 사랑해야 하는 존재가 바로 눈앞에 있었으니까.

마치 미친 사람처럼 킥킥거린 칼 레드는 손으로 자신의 얼굴을 짚으면서 나직하게 말했다.

"어차피 그와의 계약으로 죽였어야 했지. 이제 알겠지? 난 너를 위해서 그런 짓도 마다하지 않았어. 누가 뭐라고 하든 간에… 너를 다시 내 곁에 두기 위해서."

"미, 미쳤어! 미쳤다고! 겨우 그 따위 때문에 형을 죽였단 말야?!"

악에 받쳐서 외치는 그녀의 음성에 칼 레드의 안색이 돌변했다.

"그… 그 따위라고?"

"뭐, 뭐야?"

아영은 갑자기 칼 레드의 몸에서 무서울 정도로 오싹한 살기로 온몸이 저려오는 것을 느꼈다. 이것이 데저티드 드래곤들의 수장? 마치 밧줄로 온몸을 동여매는 것과 같은 느낌. 이를 악물면서 아영이 물러나려고 했고, 두 정령왕은 재빨리 칼 레드를 공격하려고 했다. 그러나 칼 레드의 몸에서 뿜어져 나온 살기는 마치 하나의 폭풍처럼 사방으로 뻗쳐 나갔다. 순간적으로 폭탄이 터지는 것처럼 그의 주위로 터져 버린 것이다.

"꺅!"

세차게 부는 태풍의 바람을 맞은 것처럼 비틀거린 아영은 바닥에 주저앉았고, 돔은 마치 무너질 것처럼 흔들렸다. 떨어져 내리는 돌무더기들이 모래먼지를 일으켰다. 에이레이와 키엘은 셀로브를 부축해 조금이라도 안전한 곳으로 자리를 옮겼다. 그 살기의 폭풍이 꽤 대단했기 때문에 두 정령왕도 한참을 밀려갈 정도였다. 실체가 없는 자신들을 이 정도로 밀어 보낼 수 있는 칼 레드에 대해 실피드는 새삼 감탄했다.

붉고 검은색의 기운이 칼 레드의 몸 주위로 일렁거렸다. 그는 자신의 앞에 주저앉아 있는 아영을 내려다보더니 차가운 얼굴로 외쳤다.

"네가! 그 따위라고?! 널 위해서 내가 얼마나 많은 세월을 기다렸는데! 그 빌어먹을 신 때문에 죽어버린 널 기다리면서 내가 어떤 마음이었을 것 같아?! 하루하루 죽지 못해서 살아갔어. 혹시나 나까지 널 따라서 죽어버린다면… 난 널 못 만날 것 같아서… 그래서, 그래서 이렇게 오랜 세월을 기다렸는데. 너는, 너는 아무것도 기억하지 못하고… 후, 후후훗! 하하하!"

정말로 미쳐 버린 것이 아닐까 의심이 들 정도였다. 두 손으로 얼굴을 감싸고 소리 높여 웃는 칼 레드를 올려다보면서 아영은 마른침을 삼켰다. 지금 그녀에게 있어서 전생이라는 것은 무가치한 것이었다. 어차피 기억을 지운 채 새로이 환생한 것을… 수많은 인연을 새로 만들고 살아가고 있는데 전생이 무슨 상관이 있단 말인가. 아무리 사랑한다고 말해도, 아무리 예전 기억을 말해 봐도… 그것은 어디까지나 전생의 기억일 뿐 현재와는 아무런 상관도 없는 그런 것.

아영은 주먹을 쥐면서 입술을 깨물었다. 무엇보다 나는… 나는 지금……!

"아영님!"

모든 기운이 빠져나간 아영은 그대로 의식을 잃어버릴 뻔했다. 너무 듣고 싶었던 목소리여서, 너무 보고 싶었던 사람이어서. 셀로브와 에이레이 역시 생각하지도 못한 사람이 나타나서 놀란 얼굴로 출구 쪽으로 고개를 돌렸다. 출구 쪽에서 모습을 나타낸 것은 세피아 색 머리카락을 어깨 위에 흘트린 채 방어구도 없이 간단한 셔츠만을 입고 있는 솔루드였다. 혼자서 그 많은 함정을 돌파한 것인지 조금은 지쳐 보였고 옷도 이곳저곳이 찢어져 있었다.

셔츠 단추를 몇 개 풀어헤친 채로 손에는 검을 들고 나타난 솔루드를 보면서 아영은 믿을 수 없는 얼굴이 되었다. 어떻게… 어떻게 혼자서? 여럿이서 도움을 주면서 돌파해도 힘들었던 그 함정들을 혼자서 뚫고 여기까지 온 것이란 말야? 헉헉거리는 숨을 몰아쉬며 솔루드는 손등으로 턱을 따라 흘러내리는 땀을 닦아냈다. 언제나 단정하고 대쪽 같은 느낌이었던 그가… 지금은 조금 안절부절못하는 듯한 느낌을 주고 있었다.

그는 조용히 상처가 난 팔을 다른 손으로 잡으면서 희미하게 입가에 미소를 걸쳤다.

"무사하셔서… 다행입니다."

"아……!"

솔루드의 낮은 목소리가 너무 다정하게 들려서, 그렇지 않아도 여러 가지에서 충격을 받고 있던 아영은 그만 왈칵 눈물을 쏟아버리고 말았다. 항상 웃는 얼굴에 우스꽝스러운 일밖에 터뜨리지 않는 아영이었지만 그녀 역시 여자였고… 아직 어린 나이였다. 이제 갓 20세의 문턱을 넘어선 그녀였기에 이곳에 와 겪은 수많은 일들은 말 못할 아픔이었다.

양손으로 입을 가리고 고개를 무릎 사이에 파묻는 아영을 보면서 칼 레드의 얼굴은 하얗게 질려 버렸다. 부들부들 떨리는 몸을 감당하지 못할 것 같았다. 겨우… 겨우 이따위 결말을 보려고 그 오랜 시간을 홀로 지내왔단 말인가. 사랑하는 사람이… 자신을 잊고 다른 사람과, 다른 사람과 사랑에 빠진 이런 모습을 보려고?

"하, 하… 하하……."

너무 허탈해서 견딜 수 없는 허무함에 칼 레드는 고개를 떨구었다. 그러나 잠시 후 허무함 뒤에 온 감정은 분노였다. 그는 조용히 고개를 들어 올려 출구의 근처 벽에 기대 있는 솔루드에게로 고개를 돌렸다. 솔루드는 말없이 자신의 검을 붙잡았지만… 그 스스로가 생각해도 이길 수 없는 상대라는 것은 몸으로 느낄 수 있었다. 그는 잔뜩 긴장하며 상처 입은 팔도 들어 올려 양손으로 검을 붙잡았고 그런 그를 칼 레드는 싸늘한 눈매로 바라보았다.

"…죽어!"

"아, 안 돼! 안 돼에!"

나직하게 내뱉는 칼 레드의 목소리를 듣고 아영은 기겁을 하면서 고개를 들어 팔을 뻗었다. 그러나 그녀의 외침에도 아랑곳하지 않고 칼 레드는 손을 쫙 펴고 솔루드를 가리켰다.

"커헉!"

마치 공중에서 밧줄에 묶인 사람처럼 솔루드는 검을 떨어뜨리고 몸을 떨었다. 칼 레드가 펼쳤던 손바닥은 이미 굳게 쥐어져 있었다. 말 그대로 솔루드는 현재 칼 레드의 보이지 않는 손에 몸이 묶여져 있는 것이었다. 그렇지만 인간의 힘으로… 본체는 마룡족, 그것도 마룡족 수장인 칼 레드의 힘을 견디기에는 무리가 있었다. 살이 터지고 뼈가 어긋나는 소리가 들리면서 솔루드는 입에서 피를 토해냈다.

"크, 크윽!"

그런 모습을 본 셀로브가 비틀거리면서 자리에서 일어났지만, 그 역시 완벽하게 상처가 낫지 않은 상황이었다. 자리에서 벌떡 일어선 아영은 두 손으로 얼굴을 감싸며 비명처럼 외쳤다.

"실피드! 샐리온!"

주인의 명령에 정지된 프로그램처럼 가만히 허공을 맴돌던 두 정령왕이 눈을 떴다. 정령들에게 있어서 계약자―내지는 주인―의 명령은 절대적인 것이다. 지금까지 아영에게 칼 레드가 주었던 정신적 충격을 대번에 보상하겠다는 듯 샐리온은 성난 황소처럼 칼 레드에게 돌진했다. 그의 몸 주위에서 타오르던 불꽃들도 시퍼런 불꽃으로 변해 한층 그 열기를 더했다. 지금이라도 자신의 불길에 닿는 모든 것들을 재도 남기지 않고 태워 버리겠다는 듯. 그리고 실피드 역시 정령왕들 중 가장 빠른 스피드를 자랑하는 자였기에 바람이 눈에 보이지 않듯이 무서운 속도로 칼 레드에게 다가갔다.

어쩔 수 없이 칼 레드는 자신의 손에 잡혀 있던 솔루드를 벽으로 던져 버리고 그 자리를 빠르게 벗어났다. 샐리온의 거대한 불의 파도가 한발 늦게 칼 레드가 있던 자리를 덮쳤다. 칼 레드에 의해 팔과 갈비뼈가 완전히 박살나 버린 솔루드는 힘없이 벽으로 날아갔지만 부딪치기 전에 다행히도 실피드가 그의 몸을 허공에 떠울 수 있었다.

"솔루드!"

울음 섞인 비명을 지르며 솔루드에게 다가가려던 아영은 그만 자신에게 다가오는 칼 레드를 보지 못했다. 그는 그녀의 뒤로 돌아가 아영의 한쪽 팔을 꺾어 눌렀다.

"아악!"

짧게 비명을 지르면서 상체를 앞으로 숙이는 아영에게 칼 레드는 차가운 어투로 말했다.

"돌아와라… 지금이라도 늦지 않았어. 나에게 돌아온다면 그 예전에 사랑했던 기억도 찾아줄 수가 있을 거다. 그러니… 돌아……."

아영이 붙잡힌 것을 본 샐리온이 불길로 휩싸인 자신의 팔을 휘둘렀고 그의 팔에서는 불꽃의 창날이 생겨져 칼 레드에게로 날아갔다. 어차피 주인이 맞는다면 허상에 불구한 것이다. 방해를 받은 칼 레드는 불쾌한 얼굴로 아영의 팔을 놓고 뒤로 몸을 날렸다.

자리에 털썩 주저앉은 아영은 거친 숨을 몰아쉬면서 멀찌감치 떨어진 칼 레드를 보았다. 저릿한 팔을 다른 손으로 주무르면서 아영은 입술을 깨물었다. 그리고 살며시 눈동자를 굴려 솔루드 쪽을 바라보았다. 형체를 굳히고 이제는 완전히 사람처럼 보이는 실피드가 솔루드를 보살피고 있었다. 자신을 바라보는 시선을 느꼈는지 실피드는 아영 쪽으로 얼굴을 돌리더니 살짝 고개를 끄덕였다. 생명에는 지장이 없다는 신호였기에 아영은 그래도 다행이라는 생각에 안도의 한숨을 흘렸다. 하지만 사대정령 중에서 스스로 치유 능력을 가진 것은 물의 정령뿐. 아영은 할 수 없이 조용히 자리에서 일어나며 한 손을 들어 올렸다.

"여기 그대의 손길을 절실히 필요로 하는 자가 있으니… 고요한 달빛처럼 고고한 자여, 여기에 나타나라."

평소보다 많이 힘이 빠진 목소리에도 불구하고 그녀의 앞에는 처음 나타났을 때처럼 실크 옷으로 몸을 감고 아이스 블루의 긴 생머리를

휘날리며 물의 정령왕 엘라임이 모습을 드러냈다. 그녀는 나타나자
마자 아영의 상태를 걱정하는 말을 내뱉었다.

「몸은 괜찮으시오, 아영?」

비록 이곳에 물은 없지만, 땅 밑으로 흐르는 지하수가 있듯이… 사
대정령들이 모르는 일은 아무것도 없었다. 모른 척하는 일은 있어도.
입으로 손을 가리며 미간을 찌푸리는 엘라임을 보면서 아영은 쓴 미소
를 지으며 살며시 고개를 끄덕였다. 그리고 손을 뻗어 실피드가 돌보
고 있는 솔루드를 가리키면서 작은 목소리로 말했다.

"소, 솔루드가 크게 다쳤어. 어서 회복 좀……."

「어머나, 이 일을 어째?! 그 사내가 다쳤단 말이오? 실피드, 비켜보
오!」

"……."

말이 채 끝나기도 전에 옷자락을 휘날리며 황급히 그쪽으로 날아가
는 엘라임을 보면서 아영은 손으로 이마를 짚었다. 이 상황에도 실소
를 내뱉게 만들다니. 하지만 이제 저쪽은 신경을 안 쓸 수 있게 되었
다. 물론 어떻게 신경이 안 쓰이겠는가. 그냥… 그냥 조금 더 안심이
된다는 것뿐. 셀로브와 에이레이, 키엘이 솔루드 쪽으로 다가가는 것
을 보면서 아영은 이를 악물었다. 엘라임에게 치료를 맡긴 실피드와
샐리온이 아영에게로 다시 돌아왔다.

칼 레드는 멀찍이 떨어져서 그 광경들을 모두 바라보고 있었다. 조
금은 뭔가 이상해 보이는 표정으로……. 뭐랄까, 나사가 하나쯤 빠졌
다거나 넋이 나간 듯한 표정으로 말이다. 그런데 이상하게 아영은 그
표정을 보면서 가슴 한 켠이 아파오는 것을 느꼈다.

'말도 안 돼…….'

그녀는 그렇게 생각했다. 셀로브를 상처 입혔고, 그로 인해 에이레이를 눈물 흘리게 했다. 그것으로도 모자라… 솔루드까지. 그런데 저 모습을 보면서 가슴 아프다고? 자신의 마음이 대체 왜 이러는 것인지 알지 못한 채 아영은 한참 동안 칼 레드를 바라보았다. 그대로 눈물이 흐를 것 같은 눈동자, 불길에 그슬려져 까맣게 타 들어간 회색의 코트… 자신을 멍한 눈동자로 바라보던 칼 레드는 조용히 눈을 감았다. 그리고 그의 하얀 볼을 따라 흐르는 하나의 물줄기.

움찔한 아영이 뭐라고 말하기도 전에 칼 레드는 조용히 손을 들어 자신의 얼굴을 반쯤 가리며 작게 중얼거렸다.

"사랑해, 사랑해. 사랑하고 있는데… 넌 왜 모르는 거니?"

"……."

아영은 아무런 말도 할 수 없었다. 현홍도… 현홍의 몸을 빼앗아간 아스타로테도, 전생에 진현과……. 마음은, 마음은 이해할 수 있을 것 같았다. 분명히 그랬지만… 자신으로서는 받아들일 수가 없었다. 사랑한다는 말 한마디 한마디가 가슴을 아프게 후벼 팠다. 정말로 자신은 전생에 저 칼 레드와 사랑하는 사이였다고 납득할 수 있을 만큼 자신도 모르게 마음이 아프고 있었다. 그러나 전생과 현생은 분명히 다른 것이다. 전생에 사랑했던 사람이 다음 생에는 부모나 형제가 될 수도 있는 것처럼… 전생의 인연을 현생까지 끌고 와 다른 인연들에 피해를 주면 안 된다고 생각했다.

아영은 조용히 입술을 깨물면서 나직하게 말했다.

"네… 네 마음 이해할 수는 있어. 하지만, 하지만… 전생은 전생일 뿐이야. 기억은 나지 않지만 내가 죽을 때 난 이렇게 말했을 거야. 나였다면 말야… '행복하길 바래'라고."

작은 신음을 흘리면서 칼 레드는 눈을 크게 떴다. 아영의 저 말이 전생의 그녀의 말과 겹쳐 보였기 때문이다. 그때의 기억이 머리 속에 떠오르는지 칼 레드는 두 손으로 머리를 감싸면서 고통스러운 신음을 뱉어냈다.

"그, 그만……!"

"…내가 죽었어도 너는 행복하길 바란다고… 분명히 그랬을 거야. 새로이 사랑을 찾아서, 좋은 사람을 만나서… 그렇게 행복하게……."

자신도 모르게 아영은 눈가에서 눈물이 흐르는 것을 알 수 있었다. 몸이, 마음이 그때의 상황을 기억하는 것일까. 옷자락을 거머쥐면서 아영은 조용히 고개를 숙였다.

"미안해, 미안해… 난 지금 널 다시 사랑할 수가 없어."

샐리온은 아무 말 없이 조금은 꺼림칙한 표정으로 아영을 돌아보았다. 항상 잘 웃기만 하고 성격 장난 아닌 그런 녀석인 줄 알았는데… 그래도 이렇게 울고 있는 모습을 보니 마음이 편치 않았다. 주인의 마음과 가장 잘 동조할 수 있는 것이 정령이니… 아영이 화가 나면 그 역시 분노했고 아영이 슬퍼하면 그 역시 마음이 어딘지 모르게 서글펐다. 언제나 무뚝뚝한 표정의 실피드 역시 약간 미간을 좁힌 채로 칼 레드를 노려보았다. 어쨌거나 현재 아영이 슬퍼하는 이유를 제공한 자가 바로 칼 레드였으니 말이다.

아영의 눈물을 보면서 칼 레드는 그 예전, 자신을 사랑한다고 말했으며… 자신의 품에 안겨 행복하다고 말했던 그녀를 떠올렸다. 바보같이 세계를 위해 목숨을 버렸던 그녀를…….

"아니… 아니야."

"칼 레드……?"

손등으로 눈물을 훔치며 아영은 고개를 들어 멀리 떨어져 있는 칼레드를 보았다. 그는 조용히 자신의 손바닥을 내려다보면서 중얼거리듯이 말했다.

"…그럴 리 없어. 지금의 그 눈물도 나를 생각해서 흘리는 눈물이잖아. 날 기억하고 있는 거야… 네 마음이, 네 몸이… 나를 기억하고 울고 있는 거다. 조금만, 조금만 기억을 일깨워 준다면 너는 다시 날 사랑할 수 있어. 그래, 맞아… 충분히 그럴 수 있어."

마치 자폐증 환자처럼 보이는 그를 보면서 아영은 더 이상 할 말이 없었다. 샐리온은 천천히 고개를 돌려 실피드를 보았고 실피드는 말없이 고개를 끄덕였다. 그와 함께 샐리온의 손에는 길다란 불꽃의 창이 모습을 드러냈다. 그리고 실피드는 조용히 손을 들었고 그의 부름에 답하여 허공에서는 바람이 모여들었다. 초록빛의 반짝이는 활을 손에 쥔 실피드는 바람을 매개체로 하여 화살을 만들어냈다.

「고통없이 한 번에 죽여주마.」

마치 자비롭게 안식을 베푸는 죽음의 신처럼 실피드의 묵묵한 목소리는 바람을 타고 허공을 맴돌았다. 활시위를 당기는 실피드를 보면서 아영은 아무런 행동도 말도 하지 않았다. 체념하지 못하고 저렇게… 저렇게 될 것이라면 차라리 죽음으로써 잊어버리는 것도 좋을 것이라는 생각에. 그러나 부들부들 떨리는 손으로 옷자락을 거머쥐면서 아영은 눈을 감을 수밖에 없었다. 그런 그녀의 모습을 솔루드는 씁쓸한 얼굴로 바라보고 있었다.

엘라임의 치유 능력은 완전히 죽은 자가 아니라면 팔이 떨어져 나가도, 하반신이 잘려 나가도 고칠 수 있을 정도로 대단한 것이었다. 셀로브와 에이레이 등에게 부축을 받아 벽에 등을 기댄 솔루드는 자신이 사랑해 마지않는 여성의 아픔을 보면서 이를 악물었다. 아무것도 해줄 수 없는 자신의 무력함에 화를 내면서, 힘없는 인간임을 저주하면서. 주먹을 쥔 채 파르르 떠는 그를 보면서 엘라임은 소매로 입을 가리고 희미하게 미소 지었다. 이런 남자에게 사랑받는 아영을⋯ 조금은 부러워하면서.

잠시 동안 손으로 얼굴을 덮고 고개를 숙이고 있던 칼 레드가 잠시 후 한숨을 길게 내쉬면서 고개를 들었다. 방금 전까지 풀려 있던 눈동자는 어느새 원래대로 돌아와 있었다. 그는 투명한 미소를 지으면서 고개를 가로저었다.

"후, 후훗. 내가 잠시 정신이 나갔었군."

「이 녀석!」

칼 레드가 정신을 차려서 평소대로 돌아오면 싸움을 하는 데 힘들 것이라고 예상한 샐리온이 급히 창을 휘저었고 대지를 뚫고 화산이 폭발하듯이 불의 기둥들이 천장을 향해 솟아올랐다. 칼 데드는 셀 수도 없이 많은 수의 불기둥들을 가볍게 피하면서 날렵하게 덤블링하며 제단 쪽으로 다가갔다. 그제야 잊고 있던 보물의 생각이 나서 아영은 번뜩 외쳤다.

"안 돼! 실피드, 저 상자를 빼앗아!"

하지만 그것보다 칼 레드의 손이 상자를 여는 것이 더 빨랐다. 그는 빙긋 웃으면서 황금 상자를 아영 쪽으로 던져 버리며 자신의 손에 들린 것을 내려다보았다.

"⋯이것만 있다면 기억 회귀술도 가능하지."

"그, 그게 대체 뭐지!?"

광 속으로 다가가려는 실피드를 손으로 제지하면서 아영이 당황한 목소리로 물었다. 상자 속에서 나온 것은 다른 보물도 아니고 그저 낡은 책이었다. 아무런 장식도, 무늬도 없는 오래되어 보이는 책… 아영의 의문 섞인 물음에 칼 레드는 자신의 손에 들린 책을 손가락으로 가리키면서 답해 주었다.

"이 책은 전생의 네가 쓴 책의 사본이다."

이것은 또 무슨 얘기인가? 아영의 얼굴이 천천히 일그러지자 칼 레드는 빙긋 웃었다. 조금 전까지 넋이 나가서 웃다 울었다 한 사람이라고는 믿을 수 없을 정도로 침착하게 보였다. 그는 자신의 목적이 끝났다는 듯이 책을 옆구리에 끼면서 코트 주머니에 손을 넣었다. 삐딱하게 고개를 틀어 살며시 허공을 바라보면서 그는 입을 열었다.

"…그래, 그 빌어먹을 책을 쓰기 위해서 너는 죽어야만 했지. 예언서… 그것이 뭐가 그리 중요하다고. 후훗. 뭐, 그것도 전부 망할 신이 시킨 짓이었지만."

"무슨, 대체 무슨 소리야?!"

아영은 한 발자국 앞으로 걸어갔고 그녀가 위험할까 봐 샐리온과 실피드는 그녀의 어깨를 조심스럽게 잡으면서 나아가는 것을 막았다. 자신의 은회색 머리카락을 쓸어 넘긴 칼 레드가 계속해서 말을 이었다.

"대현자이자 예언자… 예레미야가 네 전생의 이름이다. 팔계八界를 통틀어 가장 훌륭했다는 칭호를 받은 예언자였지."

마침내 아영이 전생에 살았던 사람의 정체가 칼 레드의 입에서 나왔지만 모두들 별로 놀란 기색은 없었다. 그녀가 누구였고 무슨 업적을 가졌는지 아무도 모르니까. 만약 이곳에 진현이나 주월이 있었다면 놀라다 못해 기겁을 했겠지만. 어리둥절한 표정이 된 아영을 향해 칼 레드는 다시 아름답게 웃음을 보이며 말했다.

"너는 신으로부터 명을 받아 예언서를 쓰기 위해 네 생명을 바쳤다. 세계… 그 빌어먹을 것들을 위해서 네 생명을, 그 고귀한 것을 바친 거다. 지금 예레미야라는 이름을 말해도 아는 사람이 아무도 없을 정도로 너는 쓸데없는 짓을 한 것이었어. 알겠니, 예레미야?"

"난 예레미야가 아냐! 난, 나는 윤아영이라고! 부모님 밑에서 세 명의 오빠가 있는 그냥 평범한 대학생인 윤아영! 알겠어?! 예레미야가 전생에 무엇을 했든, 너와 사랑하는 사이였다는 것은 나에게는 중요하지 않아! 나는 나이고, 예레미야는 예레미야니까!"

단호하게 외친 아영은 숨을 헉헉 몰아쉬었다. 물론 이렇게 말한다 해서 지금 칼 레드가 알아들을 수는 없을 테지만… 이렇게라도 외쳐야 속이 시원할 것 같았다. 그녀의 생각대로 칼 레드는 작은 웃음을 지어 내면서 고개를 저었다.

"훗, 지금은 그렇게 말하겠지만… 너는 언젠가 나를 기억할 것이다. 네가 쓴 책은 가장 위대한 예언서, 모든 것의 미래를 알 수 있으니까. 사본이지만 이것에도 똑같은 내용이 적혀져 있지. 이것을 토대로… 나는 너를 돌려받고 너를 기만한 모든 것들에게 벌을 내릴 거다. 너와 날 떼어놓은 세계를 멸망시키는 거야!"

"……."

사납게 외친 칼 레드는 다시 킬킬거리며 웃었고 그의 모습은 광증이라고 부르기에 모자라지 않았다. 사랑하는 이를 세계에 빼앗겼다고 생각하는 자… 그리고 그 복수를 하기 위해 자신의 모든 것을 버린 남자. 아영은 덜덜 떨면서 칼 레드를 보았고 실피드와 샐리온, 그리고 엘라임은 놀라움에 창백하게 변하고 말았다. 그 책이 무엇인지 정령왕인 그들은 잘 알고 있기 때문이다. 예언서는 비록 추상적이게 묘사가 되어 있다고는 하지만 그것을 해석하게 된다면… 그리고 그것을 안 좋은 방향으로 몰고 나간다면… 칼 레드의 말대로 세계는 멸망하게 되는 것이다.

이 던전은 사실 칼 레드가 만든 곳이었다. 비록 사본을 손에 넣었지만 다른 종족들에게 빼앗기지 않기 위하여 허겁지겁 이곳에 놔두었었다. 본디 등잔 밑이 어둡다고 이런 곳에 숨겨둔다면 신도 마족들도 찾지 못할 것이라고 생각했기 때문이다. 하지만 뜻밖에 바로 그것을 쓴 사람인 아영이 이곳에 들어왔다는 것을 알고 다시 회수해 가려고 온 것이었다.

큭큭거리며 웃던 칼 레드는 미소를 싹 지우면서 조용히 자신의 몸을 이차원의 공간에 있는 자신의 성으로 옮기기 시작했다. 실피드의 화살이 무사하게 쏟아졌지만 이미 칼 레드는 자신의 몸 근처에 결계를 쳐둔 터. 샐리온의 불길도 그 안으로는 미치지 못했다. 이를 갈면서 샐리온이 그에게로 황급히 달려들기 직전 어딘가에서 거대한 암흑의 기운이 흘러드는 것을 느끼고는 화들짝 놀랐다.

"큭!"

미처 몸을 다 피하기 전에 거대한 암흑의 유성이 떨어지는 것처럼 날아온 암흑 덩어리에 칼 레드는 입술을 깨물면서 저만치 날아가 버렸다. 다시금 굉음이 울리면서 먼지구름이 사방을 가득 메웠다. 거의 폐허가 되어버린 이곳에 또 누가 모습을 드러낸단 말인가? 잠깐의 시간동안 너무 정신적인 충격을 많이 받아온 아영은 멍한 표정을 풀지 못하고 주위를 두리번거렸다. 직격탄을 맞은 칼 레드는 상처 입은 팔을 붙들었다. 팔에서 스며 나온 피가 회색의 코트를 물들였고 곧 바닥으로 떨어져 내리면서 연기가 피어올랐다.

"큭, 어… 어떻게 빠져나온 거지?"

그가 시선을 꽂은 곳은 폐허 더미 중의 하나, 기둥이 부서져 내린 그림자 속이었다. 모두가 다 어리둥절한 표정을 짓고 있는 가운데, 그림자 속에 모습을 숨기고 있던 이가 조용히 발걸음을 옮겼다. 연한 갈색의 편해 보이는 바지와 아이보리 색의 셔츠, 그리고… 그리고… 와인빛의 적갈색 머리카락이 부드럽게 바람에 흔들렸다. 새하얀 피부와 까맣고 동그란 눈은 누가 보기에도 호감이 가는 모습.

그의 얼굴이 밝은 빛을 받으면서… 에이레이는 커다랗게 눈을 뜨고 스스로의 입을 손으로 막았다. 셀로브는 자신의 눈을 믿지 못하겠다는 듯 미간을 찌푸리면서 창백한 얼굴을 더욱 창백하게 만들었고, 키엘은 당장이라도 뛰쳐나갈 것처럼 귀를 파르르 떨면서 눈물을 흘렸다.

발이 닿는 곳마다 작은 먼지구름이 피어올랐지만 그는 개의치 않았다. 바람에 흔들리는 셔츠 자락을 손으로 부여잡으며 그는 입술을 달싹였다.

"그럼 내가 평생 너한테 잡혀 있을 줄 알았나?"

붉은 입술이 곱게 움직였고 얼굴과 마찬가지로 아름다운 미성이 허공을 맴돌았다. 털썩 소리를 내면서 결국 바닥에 주저앉은 아영은 두 손으로 땅을 짚으면서 얼굴에 미소를 피워 올렸다. 물론 눈으로는 울고 있었지만… 그 눈물은 기쁨의 눈물이었다.

곱게 뻗은 손가락을 들어 칼 레드를 가리키면서 그는 다시 입을 열었다.

"너 때문에 얼마나 많은 사람들이 아파했는지! 내가 얼마나 힘들었는지! 모르지는 않겠지?! 너만은 용서 못해!"

"큭, 웃기는군… 네가 날 벌할 권한이 있다고 생각하느냐? 그건 그렇고 운이 좋군… 약의 부작용인가?"

비단처럼 아름다운 얼굴을 곱게 구기면서 그… 바로 현홍이 입술을
깨물었다.

그가 돌아왔다는 사실 하나만으로 아영은 정말로 하늘에 감사한다
는 말을 던지고 싶었다. 그가 그렇게 사라지고 나서 얼마나 힘들었는
가? 얼마나 찾고 싶었는가? 진현이 이 자리에 없는 것이 아쉬울 뿐.

현홍은 조용히 몇 발자국 다시 걸어갔다. 고운 얼굴은 화가 나 있는
듯 보였지만 그것조차도 반갑게 보였다. 조용히 아영의 곁으로 다가온
현홍은 천천히 미소를 지으면서 한쪽 무릎을 꿇고 앉았다.

조금은 야윈 듯해 보였지만… 그전처럼 보기만 해도 환한 미소를 지
으면서 현홍은 헝크러진 아영의 머리카락을 쓸어 내려주었다.

"…잘 지냈어?"

"흐윽, 현홍아!"

결국 눈물을 참지 못하고 현홍의 어깨를 껴안으면서 그의 가슴에 얼
굴을 묻은 아영은 펑펑 울기 시작했고, 그것을 기점으로 달려온 키엘은
현홍의 등에 얼굴을 묻었다. 셀로브와 에이레이는 천천히 다가오면서
서로를 바라보며 안도의 한숨을 쉬었다. 뭐가 뭔지 모르는 솔루드만을
제외하고는 말이다. 바람에 의해 이리저리 흔들리는 적갈색 머리카락
과 붉은 입술에 걸쳐진 새하얀 빛과 같은 미소는 그가 돌아왔다는 것
을 확실하게 해주는 무엇이었다.

지금까지 모아두었던 눈물을 모두 흘려 버리듯이 우는 아영의 긴 갈
색 머리카락을 부드럽게… 천천히 쓸어 내리면서 현홍은 조용히 그녀
의 머리에 턱을 가져갔다.

"괜찮아, 괜찮아… 돌아왔으니까. 이제, 아무것도 걱정할 것 없어."

자장가를 불러주는 듯 부드럽게 울려 퍼지는 그의 목소리에 아영과 키엘은 오히려 더 눈물을 흘렸다. 그것은 에이레이 역시 마찬가지였다. 그는 셀로브의 팔을 붙잡으면서 작은 목소리로 중얼거렸다.

"…잠시만, 어깨 좀 빌릴게."

그녀의 작은 목소리에 셀로브는 눈을 동그랗게 떴다가 피식 웃으면서 조용히 그녀를 안아주었다. 그의 품에서 에이레이는 소리 죽여 눈물을 흘렸다. 다만 그들이 잊고 있는 것은… 그런 기쁨의 소동을 틈타서 조용히 자신의 차원으로 사라진 칼 레드였다. 그가 마지막에 흘린 작은 미소의 의미를 아는 사람은 아무도 없었다. 지금은 그들에게 있어서… 이 행복을 만끽할 수 있는 시간이었으니까. 현홍은 한참이나 자신을 끌어안고 우는 아영을 토닥여 주었다.

'힘들었지? 괜찮아'라고 말해 주는 그의 목소리가 폐허 더미 속에서 피는 들꽃 한 송이보다 더 아름답게 보였다. 그것은 희망이라는 이름이었으니까.

Part 21

알 수 없는 것은⋯⋯?

알 수 없는 것은……? 1

멍청하게 침대에서 몸을 일으킨 아영은 부스스한 자신의 머리를 긁적이고 나서 하품을 길게 했다. 몸이 삐걱거려서 미칠 것 같았다. 그래서 이틀 동안 계속 침대에 누워 있는 중이었다. 너무 한꺼번에 많은 힘을 내서인지 던전에 다녀온 뒤에 거의 기절한 상태에서 수면을 취했다. 그것은 셀로브도, 에이레이도 마찬가지였다. 너무 힘든 싸움이었고 무엇보다 정신적인 충격이 너무나도 대단했기에 그녀는 도통 휘둘리는 머리를 진정시킬 수가 없었다.

눈을 비비면서 기지개를 쭉 켠 아영은 주위를 두리번거렸다. 아직 이른 아침이었지만 학교 갈 때의 버릇이 남아서 늘 일찍이 일어나곤 했다. 멍청한 표정으로 앉은 채 눈을 감고 선잠을 자는 아영의 귀로 조심스럽게 문이 열리는 소리가 들렸다.

"아, 일어나셨습니까?"

베드 티를 가져온 것은 언제나처럼 솔루드였다. 하지만 아영은 그런 그를 보면서 조금 미안한 표정을 지었다. 자신이 아니었다면 그렇게 다칠 필요도 없었을 텐데 하고 생각하면서. 아무리 엘라임이 치료를 해줬다지만 그 당시 얼마나 아팠겠는가? 손가락만 베여도 얼마나 아픈데. 입술을 샐쭉거리면서 뭔가를 중얼거리는 아영을 보면서 솔루드가 고개를 갸웃거리며 물었다.

"무슨 생각을 그리하십니까?"

"아, 아니, 아무것도."

차갑게 만든 아이스 티를 마시면서 아영은 괜히 솔루드의 얼굴을 보기가 민망해서 고개를 숙였다. 얼굴에 철판 깐 게 아니라면야 그 당시 자신의 행동, 분명히 부끄러울 만하다. 말로는 안 했지만 그곳에 왔다고 울고불고, 다쳤다고 또 울고불고… 화끈거리는 얼굴이 주체가 안 돼서 다시 고개를 푹 숙이는 아영을 보며 솔루드는 조용히 미소 지으면서 침대에 걸터앉았다.

"이제 몸은 괜찮으십니까?"

"응? 으음, 이제 많이 나아졌어. 그냥 피곤해서……."

"다행입니다."

안도의 한숨과 함께 솔루드는 가만히 아영을 쳐다보았다. 묵묵한 얼굴로 자신을 바라보는 솔루드의 시선을 느끼면서 아영은 자신의 얼굴을 손으로 만지면서 당황한 목소리로 물었다.

"어? 내 얼굴에 뭐 묻었어?"

살짝 고개를 저은 솔루드가 조용히 손을 내밀었다. 약간은 어둑한 방에서… 있는 것은 단둘뿐. 그리고 분위기도 나름대로 좋고… 갑자기 아영은 이상한 생각이 나서 얼굴에 불이 나는 줄 알았다. 에이레이를 놀릴 때는 이런 생각 안 했는데! 속으로 마구 소리를 지르면서 당황해하고 있는 아영의 볼에 조금은 서늘한 손이 다가왔다. 붉게 물든 얼굴로 가만히 시선만 밑으로 향하고 있는 아영에게 솔루드는 침울한 듯한 얼굴로 입을 열었다.

"죄송합니다……."

"뭐?"

"전혀 도움이 되지 못하고 당신에게 아무런 힘도 되지 못해서… 정말로 죄송합니다."

무슨 말을 하는지 잠시 이해하지 못했던 아영은 그의 말을 알아듣고는 입술을 깨물면서 고개를 저었다. 그녀의 갈색 머리카락이 허공에 출렁거렸다.

"아니, 아니야. 오히려… 오히려 내가 더 미안해. 나 때문에 솔루드가 다쳤고 또… 흡!"

그러나 아영의 말은 이어지지 못했다. 순식간에 그녀의 어깨를 끌어안고 입을 맞춘 솔루드 때문이었다. 머리 속이 완전히 백지가 되어버린 것도 잠시… 아영은 자신도 모르게 솔루드의 뺨을 매만지며 눈을 감았다. 어둑한 방의 침대 위에서 솔루드와 아영은 그렇게 잠시 동안 서로의 체온을 나눴다. 사랑하는 사람과의 달콤한 키스가 행복하다는 것을 아영은 만끽할 수가 있었다. 조금의 시간이 지난 후 솔루드는 조용히 아영의 입술 위에 포개진 자신의 입술을 떼면서 나직하게 중얼거렸다.

"…사랑합니다, 당신을."

멍청한 표정으로 그를 올려다본 아영은 순식간에 패닉 상태가 되어버렸다. 사랑한다는 말을 들었다, 솔루드에게. 이보다 더 충격적인 일이 어디 있겠는가. 자신의 두 손으로 얼굴을 감싸며 아영은 입만 빼끔거릴 뿐이었다. 낯 뜨거워서 견딜 수가 없었다. 만약에 부모님이 이 사실을 알게 된다면 어떻게 될까? 물론 자신의 괴짜 부모님은 쌍수를 들고 환영을 하겠지만. 아우아우거리면서 괴상한 소리를 내는 아영의 머리카락을 천천히 쓸어 내리면서 솔루드는 다시 입을 열었다.

"처음 당신을 만나뵈었을 때부터… 어쩌면 저는 당신께 빠져 버렸는지도 모릅니다. 순수한 모습의 당신을 항상 뵙기 위하여 당신의 밑에 들어왔을 때, 그때부터……."

잠시 동안 파닥거리다가 아무 말 없이 아영은 조용히 솔루드의 품에 뺨을 가져다 댄 채로 낮게 말했다.

"그래, 어쩌면… 처음부터 사랑하기 위해 만났을지도 모르겠어."

스스로가 생각하기에도 무슨 영화 대사 같은 말을 내뱉고 있었지만, 사실인걸. 언제부터인가 항상 옆에 있으면서 잔소리를 하고 자신을 챙겨주는 그 모습을 사랑하게 되었다는 것을 아영은 지하의 던전에 솔루드가 나타났을 때 깨달을 수 있었다. 솔루드는 희미하게 미소 지었고 다시 그녀의 뺨을 손으로 감싼 채 아영의 입술에 자신의 입술을 가져갔다. 촉촉한 입술의 느낌을 느끼면서 아영은 행복함 속에서 눈을 감았다.

아영을 깨우려고 방에 들어가려다가 본의 아니게 조금은 훔쳐보게 된 현홍은 빨갛게 되어버린 얼굴을 손바닥으로 두드리면서 천천히 발길을 돌릴 수밖에 없었다.

'방해했다가는 아영이한테 잡아먹히겠어' 라고 작게 중얼거리면서.

남자란 동물의 승리라고 해야 할까, 입맛을 쩝쩝 다신 현홍은 머리를 긁적였다. 편한 셔츠와 바지를 입고 통통 튀듯이 아래층으로 내려가려던 현홍이 문득 무언가 생각났다는 표정으로 자신의 머리를 콩 쥐어박았다.

"아, 깜박했다."

그가 가볍게 발걸음을 옮겨 걸어간 곳은 바로 아영과 같은 층의 구석에 있는 니드의 방이었다. 돌아온 후에 현홍은 너무나도 많은 이야기를 들었다. 딱 한 번밖에 본 적 없지만 슈린과 에오로의 스승이자 니드의 친구인 다카가 죽었다는 이야기와 칼 레드에 관한 것, 그리고 아영에 대한 것들도. 너무나도 많은 이야기의 홍수여서 머리 회전이 느린 그로서는 잘 받아들이지 못한 이야기도 많았지만 어쨌거나 그가 현재 가장 신경 쓰는 부분은 니드였다.

자신이 아스타로테에게 몸을 빼앗겼을 때도 마음이 많이 아팠을 그가 얼마 지나지도 않아서 친구까지 잃었다는 이야기를 들으면서 현홍은 살며시 눈물을 떨구었다. 착해 빠진 그로서는 펑펑 울지 않은 것이 더 신기할 정도였다. 조용히 니드의 방문 앞에서 숨을 몰아쉬면서 그는 천천히 방문을 노크했다.

똑똑.

작은 소리가 들리고 난 뒤 잠시 후 니드의 목소리가 들려왔다.

"들어오세요."

살며시 문을 열고 들어간 현홍의 눈에 가장 먼저 보인 것은 침대 옆에서 평상복으로 갈아입고 있는 니드였다. 조용히 셔츠의 단추를 꿰고 있는 그를 보면서 현홍이 황급하게 입을 열었다.

"몸 움직여도 괜찮은 거야?"

걱정스러운 듯한 그의 목소리에 니드는 빙긋 미소 지었다. 그는 현홍이 돌아온 후 이틀 동안 빠른 회복을 보였다. 역시나 마음에 걸렸던 문제가 해결되어서가 아닐까 하고 니드를 담당했던 의사가 말했다. 확실히 마음에 스트레스를 받으면 몸의 회복력도 급격히 떨어진다. 셔츠를 다 입은 니드가 천천히 팔을 벌리면서 익살스러운 목소리로 말했다.

"자, 잘 봐. 어디가 아픈 환자처럼 보여? 이제 괜찮으니까 걱정 마."

"하지만… 너무 무리하지 말라고 의사 선생님도 그러셨어."

손으로 입을 가리면서 눈만 동글동글 뜨는 현홍을 보면서 니드는 조용히 그의 머리를 쓰다듬어 주었다. 부드럽게 스치는 머리카락의 느낌에 니드는 살며시 눈을 감으며 나직하게 대답했다.

"걱정 마, 이제는 아프지 않으니까."

아직 살이 붙지 않아서 조금 말라 보이기는 했지만 그의 말대로 아파 보이는 곳은 없었기에 현홍은 헤헤 웃으면서 고개를 끄덕였다.

환하게 웃는 현홍의 모습을 얼마 만에 다시 보는 것일까. 니드는 처음 현홍이 돌아왔다는 말을 듣고 믿지 않았었다. 침대에 누워 울면서 자신에게 안기는 키엘을 내려다보면서 아영의 말과 에이레이의 말과 셀로브의 말을 들었을 때 믿지 않았었다. 그러나 천천히 역광을 등지고 자신에게로 걸어오는 사람을 보면서 니드는 조용히 고개를 숙여 신에게 기도했다. 너무나도 감사하다고.

현홍을 팔을 들어 올려 자신의 머리를 받치면서 빙글 몸을 돌렸다.

"자, 밥 먹으러 가자. 지금까지 방에서만 먹었다며? 이제는 조금씩 걸어다니는 것도 괜찮을 것 같아. 산책도 하고 맛있는 것도 먹고 그러자."

부드럽게 말하는 그를 보며 니드 역시 미소 지을 수밖에 없었다. 현홍의 웃는 얼굴은 보는 사람으로 하여금 절로 미소를 짓게 만드는 활

력소 비슷한 것이었으니까. 니드와 함께 방을 나선 현홍은 조용히 식당으로 향했다. 이미 식탁을 이리저리 정리하며 하녀들과 하인들이 분주하게 움직이고 있었다. 한 하녀가 니드를 보면서 놀란 얼굴로 물었다.

"어머, 니드님. 방에서 식사 안 하시고……."

"예, 오늘부터는 식당에서 할 겁니다. 준비해 주세요."

그렇게 부탁한 니드는 하얀 테이블보와 꽃들이 아름답게 꾸며진 식탁으로 걸어갔고 그중 한 의자를 끌어다 앉았다. 현홍은 그의 맞은편 의자에 앉아서는 살며시 턱을 괴면서 빙긋 웃었다.

"아영이 이런 저택을 소유하게 되었다니… 정말로 놀랐어. 얘기는 다 들었지만 아직도 놀랍다니까."

"훗, 진현은 엄청 좋아했어. 그건 그렇고 아직 진현과는 못 만났지?"

현홍은 하녀가 가져다 준 과일들 중에서 포도를 뜯어 먹으면서 고개를 끄덕였다. 사실 이것은 연락을 하지 않고 만나야 더 극적인 장면이 연출된다는 아영의 협박 때문이었다. 마법사 길드로 가서 수정 구슬인가 뭔가로 간접적인 연락을 하지 않으면 연락하는 방법도 없고 다른 사람들 역시 이틀 동안 힘에 겨워 끙끙대느라 갈 생각도 하지 않았으니까 그녀의 그런 방법은 이제껏 효력을 발휘하고 있는 중이었다. 오늘내일 중으로 돌아온다고 하니 이제 급할 것도 없었다.

두 사람이 대화를 하고 있으려니 아영과 솔루드가 식당으로 내려왔다. 현홍은 좀 전에 본 그 장면을 다시 떠올리고는 얼굴이 발갛게 변했다. 물론 그것은 식당으로 들어온 아영 역시 마찬가지였다. 생각 외로 솔루드의 테크닉이 좋았다고 할까? 키스를 많이 해본 사람이 아닐까 하는 의심이 들 정도였다. 빨갛게 된 아영의 얼굴을 올려다보면서 니드가 한마디 했다.

"더우세요?"

"아, 아니… 아니!"

두 손을 마구 휘저은 아영은 천천히 자신의 자리로 가 앉았다. 현홍의 옆 자리에 앉았기 때문에 당근처럼 달아오른 두 사람의 얼굴은 참으로 볼 만했다. 니드는 그런 두 사람을 번갈아 보면서 고개만을 갸웃거릴 뿐. 물론 아영이 빨개져 버린 원인 제공자(?)인 솔루드는 담담한 얼굴이었다(현홍은 속으로 생각 외로 뻔뻔한 남자라고 중얼거렸다). 어쨌거나 그렇게 네 명이 앉아서 식사를 할 찰나 우혁이 언제나와 같이 루의 손을 잡고 식당으로 걸어 들어왔다.

아직 잠이 덜 깼는지 루는 눈을 거의 감은 채로 휘청거리며 걸어왔다. 그 모습을 보면서 현홍은 자신의 손에 들린 포크를 살짝 휘저으면서 인사했다.

"안녕, 루. 잘 잤니?"

그의 목소리에 번득 눈을 뜬 루가 손등으로 눈가를 비비면서 고개를 꾸벅 숙였다.

"아, 안녕히 주무셨어요?"

아직 현홍과 만난 지 이틀밖에 지나지 않았기에 루는 아직까지 그에게 익숙해져 있지 않았다. 무엇보다 여자같이 생겼는데 남자라고 하니까 조금 혼란스러운 터였다. 그래서 처음에 누나라고 할 뻔한 것을 우혁이 간신히 입을 막아서 말려놓은 후에 자세한 설명을 들었다. 하지만 아무리 봐도 조금 호리호리한 여자 정도로밖에 보이지 않는 루는 아직은 현홍이 껄끄러웠다. 어린 그가 보기에는 성별이 모호해 보였으니까.

어쨌거나 세 번째 파트까지 모였고… 남은 파트는.

"어이, 좋은 아침."

조금은 가라앉은 목소리로 인사를 하면서 들어온 것은 옆구리에 키엘을 끼고 들어온 셀로브였다. 그리고 그의 뒤로 작게 하품을 하면서 들어오는 에이레이까지. 모든 사람들이 다 식탁으로 모여든 후에 천천히 부엌으로부터 음식들이 날라져 왔다.

식사가 끝난 후에 사람들은 제각각 각자의 행동들을 가졌다. 아영은 솔루드와 심도 깊은 대화를 나누기 위해 자신의 방으로 갔고, 에이레이와 셀로브 역시 마찬가지였다. 행복해 보이는 커플 두 쌍을 보면서 현홍은 피식 웃을 수밖에 없었다. 셀로브와 에이레이 사이를 놀리던 아영은 그 자신도 사랑에 빠진 한 사람의 여성으로 바뀌어 있다니, 놀랄 '노' 자가 아닐 수 없었다.

원래 살던 곳에서도 그 흔한 짝사랑이나 연예인 좋아하는 것도 안 하던 아이였는데. 혼자서 실실 웃는 현홍을 보면서 니드가 고개를 갸웃거리며 입을 열었다.

"왜 그렇게 실실 웃어?"

"후훗, 아영이 저렇게 당황하고 쑥스러워하는 모습은 처음 봐서."

언제나 천방지축의 아이라고만 생각했는데―자신을 보는 다른 이들도 그렇게 생각한다는 것을 자신은 모른다―어느새 부쩍 커서 사랑을 나누고 있다.

정원으로 산책을 나온 니드와 현홍은 조용히 주위를 거닐었다. 아직 이른 아침이었고 바람도 시원해서 산책하기 딱 좋은 날씨였다. 바람에 의해 살랑거리는 와인 빛의 머리카락을 부드럽게 쓸어 넘기면서 현홍은 조용히 고개를 들었다.

파랗게 무르익은 여름도 이제 막바지에 다다르고 있었다. 하지만 아직 나무들의 잎새는 초록빛의 파도를 생각나게 할 정도로 아름다웠다. 정원을 손질하는 하인들에게 일일이 인사를 하면서 니드와 현홍은 조용히 걸었다. 두 사람 모두 정원의 나무들과 꽃들을 감상하면서 걸었기에 별다른 대화도 나누지 않았다. 동녘에서부터 천천히 밝아져 오는 하늘을 보면서 현홍이 조용한 어조로 말했다.

"…참 평화롭다. 그때가 생각이 나지 않을 정도로."

그때라는 것은 과연 언제를 말함일까? 니드는 잠시 말없이 생각해 보았고 곧 그것이 무엇을 말하는지 대충 짐작해 보았다. 그때라는 것은 아마도 현홍 자신이 아스타로테에게 몸을 빼앗겼던 그때가 아닐까 하고. 그의 생각에 대답이라도 해주듯 현홍이 조심스럽게 고개를 돌려 니드를 보며 입을 열었다.

"내가 아스타로테의 인격에게 몸을 빼앗겼을 때조차 잘 생각이 나지 않아. 그냥 졸음이 와서 잠에 빠져들었지. 그렇지만 알고 있어, 아스타로테가 너희들에게 무슨 짓을 했는지."

흠칫.

담담하게 말하는 현홍의 말에 니드는 어깨를 떨면서 당황한 얼굴로 현홍을 보았다. 그러나 현홍은 차분하게 미소를 지으면서 니드를 바라볼 뿐이었다. 그 미소가 아파 보이는 것은 분명 기분 탓만은 아닐 것이다. 두 손을 뒤로 모으고 자리에 선 현홍은 조용히 고개를 떨구며 입술을 움직였다.

"아스타로테가 어떤 일을 했는지… 너희에게 얼마나 큰 상처를 주었는지도 잘 알고 있어. 아무래도 비록 잠이 들어 있기는 하지만 나도 그렇고 아스타로테도 그렇고 서로가 하는 일을 알 수 있는 것 같아. 한 몸속의 두 영혼이니까."

"아니, 현홍아! 너는 현홍이야. 아스타로테에 대한 것은 생각하지 마!"

단호하게 외치는 니드를 올려다보면서 현홍은 살며시 고개를 저었다. 그의 부드러운 머릿결이 찰랑거리며 햇빛에 비쳐 더욱 아름답게 보였다.

"그럴 수는 없어. 왜냐하면 아스타로테가 얼마나 진현을 사랑하는지 느꼈기 때문이야."

"현홍아."

"나는 전생과 현생의 인연이 아주 없다고 생각하지 않아. 아니, 오히려 아주 깊다고 생각해. 전생에 사랑하던 사람을 계속 사랑하는 것은 어찌 보면 당연하지 않을까. 영혼은, 영혼은 같으니까. 그런데, 그런데 말야…… 왜 진현이는 아스타로테를 사랑하지 않을까?"

조용하게 작아져 가는 현홍의 목소리를 들으면서 니드는 아무런 말도 할 수가 없었다. 자신으로서는 이해할 수가 없지만 어떻게 생각하면 이해할 수 있을 것 같았다. 만약 자신의 아내가 다시 태어난다면 또 사랑할 테니까. 현홍의 어깨가 살짝 흔들리는 것을 보니 어느새 울고 있는 듯했다.

초록빛 풀 잎사귀 위로 작은 물방울들이 아롱져 떨어져 내렸다. 변한 것 없이 잘 웃고 또 잘 운다고 생각하면서 니드는 외려 안도의 한숨을 내쉬었다.

정말로 현홍이다… 라는 생각에. 바뀐 것 없이 돌아와서 정말로 고마웠다. 조용히 현홍의 뺨을 두 손으로 감싸며 들어 올리자 그 까맣고 커다란 눈동자가 잔뜩 흐려져 있었다. 그의 그 얼굴을 보면서 니드는 조용히 웃어주었다.

"진현이 아스타로테를 사랑하지 않는 이유는… 그건 말야……."

그건 널 사랑하기 때문이야. 뒤의 말을 삼킨 니드는 천천히 손을 내렸다. 둔하디둔한 현홍이 그의 마음을 알 리는 없지만…….

'진현이 전생의 연인이었던 아스타로테 대신에 비록 모습은 같지만 영혼은 다른 너를 사랑한 이유, 그것은 나도 알 것 같아.'

니드는 속으로 그렇게 생각했다. 흑 하고 신음을 뱉으며 손으로 눈물을 훔치는 현홍의 모습, 그것 때문이 아닐까.

작은 것에도 기뻐하며 또한 작은 것에 슬퍼하는 순수한 그 모습을 누가 사랑하지 않고, 누가 소중히 여기지 않을까. 왠지 진현이 부러워진다는 생각을 하면서 니드는 쓴 미소와 함께 자신의 머리를 긁적였다. 그리고 살며시 내려오는 손가락으로 귀를 만진 니드는 눈을 동그랗게 뜨면서 당황한 얼굴을 지었다. 그런 그의 얼굴을 보면서 현홍이 눈가의 눈물을 슥슥 닦아버리곤 물었다.

"왜, 왜 그래?"

니드는 자신의 귀에 걸린 자수정 귀고리가 사라졌다는 것을 그제야 알아챈 것이다. 현홍이도 니드가 파랗게 질린 얼굴로 자신의 귀를 만지작거리자 그의 귀에 항상 걸려 있던 귀고리가 없어졌다는 것을 알아챘다. 어디서 잃어버렸을까? 현홍은 안절부절못하는 니드를 토닥여 진정시킨 다음 말했다.

"어디 떨어졌을 수도 있으니까 우리 걸어왔던 길을 다시 둘러보자. 잔디가 있으니까 샅샅이 찾으면 찾을 수 있을 거야."

하지만 걸어온 길도 상당히 되는데 찾을 수 있을까? 그런 생각을 했지만 귀고리를 잃어버렸다고 포기할 수는 없었기에 현홍의 말대로 둘로 나뉘어 찾아보기로 했다. 바닥에 찰싹 엎드려서 잎사귀 하나하나를 들치면서 현홍은 작게 투덜거렸다.

"니드도 참… 그렇게 중요한 것을 잃어버리다니. 이것 찾으려면 하루 종일 걸릴 수도 있겠네. 청소기가 있음 좋겠다."

눈을 잔뜩 찌푸리면서 현홍은 무릎과 손을 이용해 앞으로 나아갔다. 개가 코를 박고 땅의 냄새를 맡는 것처럼 일일이 헤집어가면서 찾으려니 허리도 아프고 무릎도 아파왔다. 무엇보다 같은 초록색만 계속 보니까 눈도 피로했다. 잠시 후 한숨을 쉬면서 허리를 들어 올린 현홍은 툭툭 주먹으로 허리를 두드리면서 자리에 주저앉았다. 맑고 시원하게 펼쳐진 여름 하늘을 보면서 현홍은 생긋 웃었다.

그리고는 그대로 뒤로 벌렁 누워버리고 말았다. 하지만 곧 그는 머리에 부딪친 작은 무엇 때문에 뒤통수를 문지르면서 인상을 써야 했다.

"아야, 뭐야? 아! 니드, 귀고리 여기 있……."

고리 부분이 떨어져 나간 것인지 자수정 귀고리가 잔디 사이에 떨어져 있었다. 조심스레 그것을 집어 올린 현홍은 빙긋 웃으면서 니드를 부르기 위해서 주위를 둘러보았으나 니드는 어느새 사라진 지 오래였다. 혹시 저택 안에 흘린 것이 아닐까 하는 생각을 하면서 저택 안으로 들어간 것 같다고 생각한 현홍은 귀고리를 자신의 바지 주머니 속에 고이 넣었다. 곧장 일어나 귀고리를 가져다 줄까 생각했지만 아무래도 이렇게 아름다운 장면을 두고 간다는 것이 조금 마음에 걸렸다.

그래서 '에라, 모르겠다' 하고 작게 중얼거리며 현홍은 다시 두 손으로 머리를 받치며 잔디 위에 누웠다. 시원하게 부는 바람에는 녹색의 풀 내음들이 묻어 나왔고 그것은 스트레스를 해소하기에 충분했다.

천천히 눈을 감은 현홍은 조용히 입을 벌려 노래를 흥얼거렸다.

"잊지 못해, 너를 있잖아, 아직도 눈물 흘리며 널 생각해… 늘 참지 못하고 투정 부린 것 미안해. 나만 원한다고 했잖아. 그렇게 웃고 울었던 기억들이 다른 사랑으로 잊혀져 지워지는 게 난 싫어. 어떻게든 다시 돌아오길 부탁해. 처음으로 다시 돌아가길 바랄게… 기다릴게, 너를. 하지만 너무 늦어지면은 안 돼. 멀어지지 마, 더 가까이 제발……"

파란 하늘과는 어울리지 않는 침울하고 늘어지는 듯한 음조의 노래였지만 현홍은 희미한 미소를 지은 채로 불렀다. 이상하게 가사의 느낌이 아스타로테의 마음과 또 아영의 전생과 연관이 있다는 칼 레드라는 사내의 마음과 묘하게 매치되는 것을 느끼면서 현홍은 노래를 멈추고 눈을 떴다. 멍청한 표정으로 허공을 바라보는 현홍의 귓가로 풀잎들이 스치는 바스락거리는 소리가 들렸다. 근처에서 일하는 하인들일까 생각하면서 현홍은 조용히 몸을 일으켰다.

그리고 반쯤 몸을 일으킨 상태에서 굳어버렸다. 나뭇가지에 팔을 걸친 채로 자신을 바라보는 이를 보면서 현홍은 가까스로 입을 열었다.

"…언제 왔어?"

그가 등지고 있는 햇빛의 역광과 나무 그늘 때문에 표정은 제대로 볼 수 없었지만 그가 어떠한 표정을 짓고 있는지는 예상할 수 있었다. 분명히 무표정이겠지 뭐.

그러나 천천히 팔을 내리면서 발걸음을 옮기는 그의 표정은 현홍이 예상한 것과는 반대였다. 언제 다시 사서 꼈는지 알 수 없는 안경을 콧등에 걸치고 있는 그는 잔뜩 미간을 찌푸린 채 자신에게로 다가오는 중이었다. 조용히 자신의 앞에 무릎을 휘청 구부리고 앉은 그를 현홍은 깜짝 놀란 얼굴로 바라볼 수밖에 없었다.

검은 머리카락이 아름답게 요동 쳤다. 새하얀 얼굴은 슬픔과 알 수 없는 감정으로 잔뜩 일그러져 있어서 현홍을 당황케 하기에 충분했던 것이다. 아무 말 없이 자신의 손을 잡아 손바닥에 입을 맞추는 그를 보면서 현홍은 살며시 미소를 지었다.

"돌아왔어, 진현아……."

"…그래."

현홍은 말없이 진현의 머리카락을 쓸어주었다. 눈가에 걸쳐진 안경을 매만지며 현홍이 생긋 웃었다.

"역시 진현이는 안경이 잘 어울려."

순진무구하게 웃으면서 그렇게 말하는 현홍의 어깨를 끌어당겨 안으며 진현은 나직한 목소리로 말했다.

"돌아와 줘서 고마워, 정말로……. 정말로 보고 싶었다."

그의 낮은 목소리를 들으면서 현홍은 조용히 진현의 등을 쓸어주었다.

그것이 마치 아이의 잠을 재우는 어머니의 손길처럼 부드럽고 따스하게 느껴졌기 때문에 진현은 정말로 자신이 안고 있는 존재가 현홍이라는 것을 실감할 수 있었다. 흥얼거리는 노래 소리를 들었을 때까지, 멍하게 자신을 올려다보는 얼굴을 바라볼 때까지도 믿을 수 없었는데 그의 손길을 느끼면서 깨달을 수 있었던 것이다.

쏴아아—

여름의 습기를 머금은 채 부는 바람이 두 사람의 곁을 스쳐 지나갔다. 현홍은 진현의 어깨에 이마를 가져다 댄 채로 입술을 달싹였다. 조용히 눈을 감고서…….

"괜찮아, 내가… 내가 돌아올 곳은 네 곁뿐인걸. 약속했잖아, 두 사람 중에서 누군가가 먼저 죽기 전에는 서로의 곁을 떠나지 않기로. 반드시 곁으로 돌아오기로. 이미 정해져 있었는걸."

그의 목소리는 진현의 귓가로 스며들며 그의 마음을 어루만져 주었다.

밝게 비치는 태양 빛 속에서 두 사람은 한참 동안이나 그렇게 서로를 끌어안고 있었다. 돌아올 곳으로 돌아온 서로를 보면서.

"말도 안 돼! 진현, 왜 아무런 말도 없이 돌아온 거야?! 에이, 깜짝 놀라게 해주려고 했는데."

"미리 말하지 않은 것은 추후에 문책하도록 하마, 아영아."

저택의 접대 홀과 같은 용도의 방에서 진현은 조용히 차를 마시고 있었다. 사실 아영은 진현이 현홍을 끌어안고 눈물 흘리는 장면이 보고 싶었던 것이다. 그러나 단 한 사람의 앞이 아니라면 울지 않는 진현에게 그것은 너무 큰 요구였다. 그가 눈물을 흘리는 것을 본 사람은 단 세 명뿐이었기에. 진현이 마음 놓고 기대어 울 수 있는 유일한 존재인 주월, 그리고 우연치 않게 그의 눈물을 본 현홍, 그리고… 또 한 사람. 찻잔을 접시 위에 놓은 진현은 조용히 깍지를 껴 무릎 위에 얹고는 소파에 편히 기대어 앉으며 입을 열었다.

"그래, 마룡왕과 조우를 했다고?"

과자를 주워 먹던 아영의 손길이 잠시 동안 주춤했다. 지금 이곳에는 아영과 진현뿐, 다른 사람들이 없으니 그녀가 신경 쓸 것은 아무것도 없었다. 입 안 가득히 들어 있던 과자를 삼키기 위해서 오렌지 주스를 한 모금 마시면서 아영은 새초롬한 표정으로 입을 열었다.

"그런 고상한 말 쓰지 마. 그 사람은 아마도 계획적이었던 것 같아. 어쨌거나 진현은 알고 있었던 거야? 내가 전생에 누구였는지?"

아영은 매섭게 눈을 부릅뜨면서 진현을 노려보았고 진현은 잠시 아무런 말도 하지 않았다. 조금 피로했던 것인지 뻑뻑하게 느껴지는 어깨를 주무르면서 진현은 조용히 대답했다.

"정확히 말하자면 반쯤은 알고 있었다. 네가 누구였는지는 자세히 몰랐지만 대충 예상은 하고 있었지. 왜냐하면 마룡왕이 너와 전생에 무슨 사이였는지 알고 있었거든. 그가 사랑했던 여성을 조사해 보니 예레미야가 나오더군."

"그럼 왜 진작에 말하지 않았어?!"

쾅!

그녀가 탁자를 내려치면서 자리에서 일어섰다. 그 여파로 진현의 찻잔에 담겨진 홍차가 출렁거려 넘쳤고 진현은 조용히 자신의 손수건을 꺼내 찻잔을 닦아냈다. 그런 행동을 보면서 아영은 두 주먹을 불끈 쥔 채 몸을 부들부들 떨었다. 화가 나서였다. 진작에 그런 사실을 말해 주었더라면… 그랬더라면 최소한 그런 충격은 받지 않았을 것이다. 그 하루 동안 얼마나 많이 힘들었고 얼마나 많이 슬펐는데…….

입술을 깨물고 다시 소리치기 전에 진현이 조용히 손을 들어 저지했고 그는 다시 소파에 등을 기대면서 나직하게 말했다.

"어디까지나 예상이었다. 난 확실한 사실이 아니면 취급하지 않아. 더욱이 내 예상이라는 것을 남에게 말해 줄 성격은 더욱 아니라는 것 정도는 너도 잘 알 텐데?"

"그렇지만!"

"넌 지금 솔루드를 사랑하잖아?"

그의 질문이 조금 당황스러워 아영은 순간적으로 움찔하면서 눈을 찔끔거렸다. 그녀의 그런 반응을 보면서 진현은 속으로 귀엽다고 생각하며 피식 웃었다. 천천히 손을 포개어 매만지자 뚜둑거리며 뼈 어긋나는 소리가 들렸다.

"칼 레드와 너는 이미 다른 인연이야. 전생에 사랑했다고 해도 현생에는 그렇지 않을 수도 있지."

"진현이 아스타로테가 아닌 현홍을 사랑하는 것처럼 말이지."

"…그래."

조용히 한숨을 쉬는 진현이었고 아영 역시 작게 한숨을 내뱉으며 자리에 다시 앉았다. 잠시 동안 방에는 고요함만이 흘렀다. 이 두 사람은 비슷하다, 지금의 입장이. 비록 같을 수는 없지만 전생의 사랑하는 사람이 아닌 다른 사람을 사랑하고 있는 것, 그리고 그 전생의 연인과 만났다는 것도. 아영은 진현의 아픔을 어느 정도 이해했고 진현 역시 그러했다. 두 사람은 동시에 피식 실소를 뱉어냈고 아영은 이마를 짚고 킬킬 웃으면서 말했다.

"우스워, 정말로. 보통 사람이라면 겪을 수도 없는 일을 나는 이렇게 많이 겪고 있다는 것이 말야. 진짜… 우스워."

비록 그렇게 말하기는 했지만 그녀의 표정이 밝지 않다는 것을 진현은 알고 있었다. 사랑하는 이가 있다. 그런데 전생에 목숨보다 더 사랑했다는 연인이 나타났다. 두 사람 모두를 선택할 수는 없고, 한 사람을 선택하면 한 사람은 버림을 받는다……. 어쩔 수 없는 선택, 그렇지만 아영과 진현은 그런 것에 고민하지 않았다. 마음이 가는 대로 움직이면 되니까. 지금 현재 진정으로 사랑하는 사람이 누구냐라는 질문에 고민없이 마음속에 떠오르는 사람을.

진현은 조용히 턱을 괴면서 아영에게 물었다.

"그날의 일… 말해 줄 수 있겠냐?"

그의 질문에 아영은 고개를 끄덕이면서 던전의 가장 최하층, 그곳에서 일어났던 일을 자세히 설명해 주었다. 던전으로 들어갔을 때부터 함정을 파헤치고 나아갔던 것—이 부분을 말할 때 진현의 안색은 조금 바뀌었다. 다카의 저택이 생각났기 때문이다—그리고 최하층에서 칼 레드를 만난 것까지 모두.

턱을 만지면서 생각에 빠진 진현은 조용히 찻잔을 들어 올렸다. 맑고 짙어 보이는 오렌지 빛의 홍차를 내려다보면서 그가 조용히 입을 열었다.

"칼 레드는 쉽게 포기하지 않을 거다, 너를. 그는 신을 증오하고 세계를 증오하는 자야. 너 하나만을 위해서 세계를 멸망시킬 수도 있는 그런 자야."

단호한 그의 말에 아영의 얼굴이 잠시 굳어졌다. 그녀 역시 칼 레드가 쉽게 포기하지 않을 것이라는 사실을 어느 정도 짐작은 하고 있었다. 그의 광증 섞인 미소와 그의 눈물을 보면서……. 칼 레드의 얼굴을 다시 머리 속에 떠올린 아영은 가슴 한 편이 욱신거리는 것을 느끼면서 입술을 깨물었다. 만약에 정말로 그가 자신의 옛 기억을 일깨운다면 어떻게 될까?

순간적으로 칼 레드의 아이스 블루 눈동자와 한기가 오싹하게 자신의 몸을 휘감았다. 그런 그녀를 바라보던 눈길을 떼며 진현은 눈을 감고 차분한 어조로 말했다.

"어쨌거나 네 덕분에 중요한 정보들 몇 개를 얻었군. 마룡왕이 대대적으로 활동한다는 사실과 확실하게 테펜 체 에—디브 비 세크가 그의 손에 들어가 있다는 것, 그의 목적이 무엇이라는 것도."

"한 가지 궁금한 게 있는데… 그 예언서라는 게 뭐야? 내가 썼다는데, 맞아?"

오렌지 주스가 담긴 유리잔을 들어 올리며 아영이 물었고 진현은 살짝 고개를 끄덕이며 대답해 주었다.

"그래, 전생의 너는 대현자이자 예언가인 예레미야였지. 믿어지지는 않는다만… 하여간에 네가 쓴 그 책은 현재 소실되어 남아 있지 않아. 그러나 어떤 놈들이 만들었는지는 몰라도 사본이 남아 있었지. 그것을 마룡왕이 가져가 버린 것이다."

믿어지지 않는다라는 부분에서 아영은 인상을 팍 쓰면서 진현을 째려보았다. 남이 그렇게 잘난 사람이었다는 것이 배 아파? 그렇게 속으로 투덜거린 아영은 불만스러운 표정으로 팔짱을 끼면서 턱을 치켜 올렸다.

"그 예언서가 그렇게 잘 맞아? 노스트라다무스의 예언처럼?"

그녀의 말에 피식 비웃음을 띤 진현은 손을 들어 자신의 긴 앞 머리카락을 쓸어 넘겼다.

"그렇게 추상적인 예언에 비교하지 마. 네 예언은 완벽했어. 완벽에 가까운 것도 아니었고, 100% 그 자체였단 말이다."

"으에, 그럼 내가 저 사람은 죽는다고 예언을 하면 그 사람은 죽는다는 거야?"

"뭐, 예를 들자면 그렇게 되겠지."

별로 기분 좋은 표정이 아닌 아영이 고개를 숙이면서 뭐라고 궁시렁거렸고 진현은 입을 다물고 조용하게 생각에 빠졌다. 그 정도라면 이런 고생도 없을 것이다. 수천 명이 죽든지 수만 명이 죽든지, 죽는 것뿐이라면 아무런 신경도 쓰지 않을 텐데. 어차피 죽는 게 모든 생명들에게 나뉘어진 가장 공평한 선물인데 그게 조금 빨리 왔다고 무슨 불만이겠는가. 하지만… 하지만 그 정도로 끝날 일이 아니기 때문에 문제인 것이다. 사람은 죽어도 다시 환생한다. 천국이나 지옥으로 가는 것은 아주 소수. 대부분은 자신이 태어난 땅에 다시 태어나는 것이다.

그러나 만약 그 땅 자체가 사라진다면? 죽은 인간들은 영원히 구천을 헤매게 되고 세계는 말 그대로 괴멸되는 것. 재생을 할 여력 따위는 현재의 신에게 남아 있지 않다. 그 역시 현재 운이 다하고 있으니까 말이다.

진현은 손으로 얼굴을 덮으며 고개를 조금 숙였다. 칼 레드, 마룡왕이 어떤 방법으로 세계를 괴멸시킬 것인지는 현재 주월과 카리안이 알아내고 있을 터.

한숨을 쉰 진현은 천천히 자리에서 일어났다. 창문이 열려서 시원한 여름 바람이 들어오는 창가로 걸어간 그는 창틀을 두 손으로 짚으며 입을 열었다.

"칼 레드가 아무래도 최종 보스인가 보군."

"응? 무슨 소리 하고 있는 거야?"

마치 게임을 하는 사람처럼 말을 했기에 아영은 미간을 찌푸렸고 진현은 살짝 어깨를 으쓱거릴 뿐이었다. 말 그대로다. 게임상에서 그 게임을 클리어하려면 많은 장애물을 헤치고 나가 최종 보스를 끝장내야 한다는 말. 자신의 인간 힘으로는 택도 없지만 아영이 있으니 될 것도 같았다. 물론 그때의 아영이 어떻게 반응하느냐의 문제도 있겠지만. 어쩔 수 없는 것이다, 최소한의 희생으로 최대한의 이득을 보기 위해서는. 칼 레드 하나만 죽여서 세계가 멀쩡하다면 충분히……

조금 힘을 주어 주먹을 쥐면서 진현은 가만히 눈을 감았다. 그때 조용히 문이 열리면서 현홍이 빼꼼 고개를 내밀었다.

"아영이 있니?"

"어, 왜 불러?"

아영이 자리에서 일어나자 현홍이 문을 열고 방으로 들어오면서 배시시 웃었다.

"솔루드가 찾던데. 아무래도 한시라도 널 안 보면 눈이 아픈가 봐."

그의 장난기 짙은 말에 아영은 얼굴이 발갛게 변하는 것을 느끼면서 현홍을 밀치고 빽 소리를 질렀다.

"이, 이상한 말 하지 마!"

그러고는 후닥닥 도망가듯이 방을 빠져나가는 아영이었다. 하하 하고 작은 소리로 웃으면서 현홍은 머리를 긁적거렸다. 진현은 창틀에 기대어 서서 팔짱을 끼고 현홍을 보면서 희미하게 미소 지었다. 그의 미소를 보면서 현홍은 고개를 갸웃거렸다.

"왜?"

살짝 고개를 저은 진현은 바람에 이리저리 흔들리는 자신의 머리카락을 쓸어 내리면서 조용히 하늘을 바라보았다. 그의 곁으로 천천히 다가온 현홍은 진현의 옆에 서서 같이 창틀에 팔을 걸치면서 기분 좋은 듯 바람을 만끽했다. 시원하게 부는 바람이었지만 여름은 이제 한 달도 채 남지 않은 상황. 이 푸르른 녹음이 가시면 붉은색의 계절인 가을이 찾아올 것이다. 그 후에는 온통 하얀색뿐인 겨울이……. 그리고 계절이 거듭되어 흘러갈수록 두 사람이 함께한 시간도 더 깊어져 가는 것이다.

그 어떤 이가 보아도 행복하다는 생각을 떠올릴 것 같은 미소를 지으면서 현홍은 살며시 머리를 진현의 어깨에 기대었다.

"평화롭다……."

소곤거리는 목소리로 말한 현홍의 어깨를 팔로 감싼 진현은 아무 말 없이 하늘만을 바라보았다. 시리도록 푸른 하늘, 그 사이로 흘러가는 흰색의 구름들. 시원한 바람과 코끝을 즐겁게 만드는 녹색의 싱그러운 향기는 사람의 마음을 더없이 편안하게 만들어주었다. 이런 평화가 영원했으면 하는 바램을 가지는 것은 당연할지도 모른다.

그러나 그것이 얼마나 헛된 소망인지 진현과 현홍은 잘 알고 있었다. 비록 이런 행복함 속에 젖어드는 것도 좋지만 자신들에게는 할 일이 있으니까. 원래의 세계로 돌아가는 일과 그에 엮어져 있는 수많은 문제들. 적과 싸워야 할 테고 자신이 상처 입는 일도 있을 것이다. 그래도 어쩔 수 없는 일. 진현은 천천히 자신의 안경을 벗어 셔츠의 주머니 속에 넣으면서 입술을 달싹였다.

"우리 이대로 이곳에서 살아버릴까?"

그의 말에 들어 있는 진지함은 대단했지만 현홍은 알고 있었다. 자신이 말을 하면서도 말도 안 된다고 스스로 생각할 것이라는 것을. 그래서 현홍은 대답하지 않았고 그의 대답을 진현 역시 기다리지 않았다. 그저 혼잣말이야라는 작은 속삭임을 뒤로한 채. 바라지만 이루어질 수 없는 소원, 이루어질 수 있지만 잃는 것이 있는 소원… 그것의 애틋함은 대단하지만 인간이라는 존재는 그렇게 쉽게 추억이라는 것을 잃을 수 없는 존재였다.

파란 하늘로 흘러가는 구름 사이에 내리쬐는 햇살은 아직 여름은 기세가 등등하다고 말하는 듯했지만 이제 여름은 얼마 남지 않았다. 생애 중 가장 파란만장했던 여름은 쓸쓸함의 계절이자 모든 것인 휴식으로 들어가는 길목인 가을로 향해가고 있었다. 많은 추억과 생각과 상처를 남긴 채로…….

알 수 없는 것은……? 2

8월도 얼마 남지 않았다.

그렇게 땡볕에서 일하는 사람들의 고생이 늘어가면 갈수록 중앙 광장의 복구 작업도 거의 막바지를 향하고 있었다. 물론 그것이 끝난다고 모든 것이 다 되는 것은 아니었다. 분수대 대신에 그곳에는 다카의 동상과 함께 영전이 생길 것이며 매년 다카의 기일에 축제 비슷한 행사를 벌인다고 한다. 그를 기리기 위해서 말이다. 진현은 그것을 보면서 국민들의 세금을 잡아먹는 사업이라고 말했지만 국민들 자체가 자발적으로 기부금을 내는 정도이니……. 화려하게 대리석을 깎아서 만드는 다카의 동상은 규모 면에서 역대 국왕의 동상보다 더 뛰어나다는 평을 들었다.

아직 여름의 막판 열기에 사람들은 힘들어했지만 그것과는 상관없이 진현은 이미 긴 소매 셔츠를 꺼내어 입고 있었다. 마법사 길드 건물의 2층에서 진현은 조용히 티타임을 즐겼다. 그리고 아침 일찍이 그에게 끌려와 잠이 부족했는지 소파에 누워 머리를 진현의 무릎 위에 올리고 잠을 자고 있는 현홍도 있었다. 세상 모르게 잠이 들어 쌕쌕거리는 숨을 내뱉으며 입맛을 다시는 현홍을 내려다보면서 진현은 실소를 뱉어냈다.

잠시 후 문을 열고 들어온 카이트는 진현의 무릎을 베고 누워 자는 현홍을 보면서 눈을 동그랗게 떴다. 그가 당황한 목소리로 뭐라고 말하기 전에 진현은 살며시 자신의 입 앞에 검지손가락을 세워 들었다.

"아침잠이 많아서 말입니다. 조용히 얘기 나누도록 하죠."

그의 조용한 말에 카이트는 머리를 긁적이면서 고개를 끄덕였다. 어째 대화를 나눌 분위기나 배경은 되지 않아서 카이트는 멋쩍은 기분을 느껴야 했다. 그런 그의 기분을 아는지 모르는지 진현은 들고 있던 찻잔을 내려놓으며 조심스럽게 입을 열었다.

"현자의 탑에 대한 것은 어찌 되셨는지?"

그의 질문에 카이트는 자신의 앞에 놓인 복숭아를 들어 한 입 베어물면서 대답했다.

"아, 그것은 걱정 마십시오. 현자의 탑에 계시는 분들께 연락을 드렸습니다. 원래 외부인을 그리 달가워하지 않는 분들이시지만 『잃어버린 세계』에서 오신 분이라고 말씀드리니 반색을 하시며 어서 오라고 하시더군요."

"……."

아무래도 실험용 생쥐쯤으로 생각하고 어서 오라는 말을 한 것 같은데. 진현은 그런 생각을 했지만 카이트의 성의를 생각해서 별말없이 빙긋 웃고 말았다. 어쨌거나 생각 외로 다카의 집에는 이렇다 할 정보 같은 것이 없었다. 얻은 것이라고는 다카가 반은 마룡족이었다는 것과 마룡왕의 배다른 형제라는 사실 정도. 그리고 그의 마법서와 속성 요정인 루비였다. 루비는 마법서와 멀리 떨어질 수 없었기 때문에 마법서를 들고 다니지 않은 한 같이 다닐 수도 없었다. 이제 남은 보루는 현자의 탑뿐.

대륙에서 가장 머리 좋은 사람들만 모아놓은 일종의 천재들이 있는 곳이고 그들이 모르는 것은 세계의 문제들 중에서 아주 소수라고 할 정도이니 가도 손해는 아닐 것 같았다. 그 엄청난 양의 서적은 다 훑어보지도 못하겠지만 현자들에게 일일이 물어보면 뭔가가 나오겠지. 거기까지 생각을 마친 진현은 조용히 현홍의 어깨를 흔들었다.

"자자, 일어나자. 가볼 곳이 있어."

"밥 먹으러?"

"…아침 먹은 지 한 시간 정도밖에 안 지났어. 정신 차리고 일어나."

부스스 일어난 현홍은 주위를 둘러보더니 잠시 동안 멍한 표정이 되었다. 지금 왜 여기 있는지 덜 깬 머리로는 이해를 하지 못한 것이었다. 카이트가 배를 부여잡고 소리없이 웃고 있을 때 현홍이 자신의 머리를 긁적이더니 고개를 갸웃거렸다. 눈은 반쯤 감겨 있었고 입으로는 뭔가를 중얼거리고 있었다.

"하겐다즈 녹차 아이스크림이 먹고 싶어."

뭔 소리인가 묻고 싶은 눈으로 자신을 보는 카이트에게 조용히 고개를 저은 진현은 한숨을 내쉬었다. 웬 아침잠이 이리도 많단 말인가. 진현은 어린아이 깨우듯이 토닥인 다음 현홍의 두 팔을 붙잡고 일으켰다. 선 다음에도 자신의 팔을 붙잡고 골골거리는 고양이처럼 선잠을 자는 현홍을 보면서 진현은 고개를 저을 수밖에 없었다.

저번 세트레세인으로 갈 때처럼 마법사 길드 지하에 있는 마법진이 있는 곳으로 진현과 현홍은 내려갔다.

"어이, 어이! 왜 이리 늦어요? 어서 준비하세요."

현자의 탑에 한 번 가보았다는 안내인이자 심심해서 스스로 자청한 에오로가 벽에 기댄 채 배시시 웃고 있었다. 그가 현자의 탑으로 가는 실제의 이유가 저택에 있는 두 쌍의 연인이 꼴 보기 싫어서라는 것은 아는 사람은 다 아는 사실. 조금이라도 더 그 한여름에 닭털 날리는 애정 행각을 보기 싫어 저택에도 잠잘 때 말곤 요즘 잘 가지 않았다. 하긴 한창 클 나이인 사춘기 소년 에오로가 보기에 얼마나 부럽고도 닭살 돋는 일이겠는가? 부럽다는 비중이 조금 더 크겠지만.

미리 들고 있던 진현의 짐이 든 작은 가방을 건네준 에오로가 손으로 머리를 받치면서 말했다.

"아우, 거기 가면 미인도 없고 온통 늙어 빠진 영감들밖에 없는데. 있는 것이라고는 산처럼 쌓여 있는 책들이랑 이상한 말만 해대는 영감님들뿐. 아마 대륙에서 최고로 재미없는 곳일 거예요."

"고지식한 노인 분들은 마음에 들지 않지만 책은 마음을 끄는군요. 준비는 다 하셨습니까?"

"아예, 지금 곧장 출발해도 돼요."

희미한 빛이 뿜어져 나오는 마법진 주위에는 저번처럼 몇 명의 마법사들이 서 있었다. 그들이 두 손을 앞으로 뻗고 조용히 웅얼거리자 마법진의 빛이 조금씩 더 강해지기 시작했다. 어리둥절한 현홍이 진현의 소맷자락을 붙잡으면서 물었다.

"어디 가는 거야?"

"어제저녁에도 말했고 오늘 아침에도 말했던 것으로 기억하는데?"

현자의 탑에 가보기로 했다."

"그게 뭔데?"

설명해 줄 의욕을 잃고 손으로 얼굴을 덮는 진현 대신에 에오로가 킬킬거리면서 설명을 해주었다.

"현자의 탑은 대륙에서 최고로 머리 좋은 사람들이 있는 곳이지. 아는 것도 많고 책도 보통 사람은 비교하지도 못할 만큼 많이 읽어. 그러니 정보를 얻기에는 최고의 장소라고나 할까?"

이해했는지 고개를 끄덕인 현홍은 진현과 함께 조용히 마법진의 중앙에 섰다. 마법사들에게 인사까지 마친 에오로가 마법진에 들어서자 카이트는 조용하게 배웅의 말을 전했다.

"잘 다녀오십시오. 에오로, 현자의 탑 분들께 안부 전해드리고. 저번처럼 책 밟고 놀다가 난리 치르면 안 된다."

"……."

진현과 현홍이 이상하게 쳐다보는 시선이 느껴졌는지 에오로는 어깨를 움찔하면서 두 손을 휘저었다.

"아, 아니, 그건 어디까지나 실수였다고, 실수!"

어째 설득력은 없었지만 넘어가기로 한 진현은 조용히 눈을 감았다. 눈을 태워 버릴 것 같은 강렬한 빛으로 인해 현홍은 눈을 질끈 감았고 에오로는 휘파람을 불면서 손으로 머리를 받치고 여유로운 표정을 지었다. 멀미난다며 싫다고 말한 것이 얼마 되지도 않았는데 어느새 익숙해졌나 보다. 세 명의 몸이 마법진에서 뿜어져 나온 새하얀 빛 속에 묻힌 것도 잠시, 얼마 지나지 않아 셋은 어디로 갔는지 사라지고 존재하지 않았다.

현홍은 손등으로 눈을 비비면서 천천히 주위를 둘러보았다. 잠시 눈의 균형이 휘청하는 느낌과 동시에 눈앞이 깜깜해졌다. 이상하게 360도 도는 제트 코스터를 타는 것처럼 몸의 중력이 사라진 듯한 느낌이 들어서 현홍은 조금 현기증을 느껴야 했다. 자신의 옆에서는 이미 진현과 에오로가 뭐라고 대화를 나누고 있는 중이었다. 발 밑을 보니 마법사 길드에서 자신이 섰던 그런 무늬의 마법진이 있었다. 여기가 어딜까? 고개를 갸웃거리고 있자 진현이 자신 쪽으로 고개를 돌리는 것이 보였다.

"현자의 탑이야. 그런데 왜 아무도 없는 걸까?"

그의 말을 듣고 보니 그렇다. 보통 손님이 왔으면 한두 명이라도 맞이하러 오는 게 예의 아닐까? 촛불이 몇 개 켜져 있는 좁은 방에 덩그러니 세 명밖에 없었다. 퀴퀴한 냄새가 나서 손으로 코를 살짝 가린 현홍은 조심스럽게 진현에게로 다가갔다. 아스타로테에게 몸을 빼앗긴 후 다시 돌아왔을 때부터 현홍은 진현의 곁에 항상 붙어 다녔고 그것은 진현 역시 마찬가지였다. 밤에 잘 때조차 예전처럼 같이 자니까.

진현은 조금 당황스러운 얼굴이 되었다. 어두워서 잘 보이지 않는지 셔츠에 넣어두었던 안경을 꺼내어 낀 후에 그는 조심스럽게 입을 열었다.

"에오로 군, 원래 이곳 사람들은 마중도 나오지 않습니까?"

그의 질문에 에오로는 손사래를 치면서 혀를 찼다.

"쯧쯧, 말도 마세요. 모르는 사람이 와도 눈길 한 번 안 주는 사람들이에요. 자신들 일에만 푹 빠져서는 세상의 일에 초탈한 늙은이들이죠. 마법사 길드 마스터 분들보다 더 사이코라니까요."

"흐음, 그렇습니까."

알겠다는 듯 고개를 끄덕인 진현이 턱을 매만지며 다시 주위를 둘러본 후 허름해 보이는 나무 문을 손가락으로 가리켰다.

"문이라고는 저것밖에 없으니 나가는 문이겠군요. 우선은 나가서 사람들을 만나보기로 합시다."

할 수 없이 세 명은 안내인도 없이 남의 집에 함부로 들어온 사람처럼 터덜거리며 문을 열고 밖으로 나갔다. 그리고는 멍한 표정으로 눈앞에 굳게 솟아 올려진 탑을 올려다보았다.

현자의 탑. 최하 20층은 넘을 것처럼 보이는 높다란 회색의 탑이 있었다. 그리고 자신들이 나온 곳은 무슨 헛간 비슷하게 생긴 곳이었다. 한심스러움을 느끼며 현홍은 세찬 바람에 휘날리는 자신의 머리카락을 손으로 감쌌다.

탑은 산중의 절벽 같은 곳에 지어 올려져 있었기에 사방에서 부는 바람이 장난이 아니었다. 주변에 보이는 곳이라고는 오로지 탑과 멀리 희미하게 보이는 산과 숲뿐. 마치 마녀의 성처럼 외딴 곳에 지어진 탑은 아무리 세찬 바람에도 흔들림없이 굳건한 모습을 보여주었다. 그래도 한 번 와보았던 에오로의 안내에 따라 진현과 현홍은 탑으로 걸어갔다.

조금 고소공포증이 있는 현홍은 절벽에 세워진 탑을 보고 마른침을 삼켰다. 천천히 탑으로 다가가 보니 정면에 층 하나를 모두 잡아먹을 것 같은 큰 철로 된 문이 있었고, 사람 머리만한 쇠고리도 붙어 있었다. 탑처럼 위압감을 주는 형태의 문이었다. 에오로는 쇠고리를 잡고—무거워서 두 손으로 잡아야 했다—문을 탕탕 두드렸다. 잠시 동안 사방은 고요하게 정적만이 흘렀고, 슬그머니 짜증이 밀려올 시간이 지난 후에서야 천천히 문이 열렸다.

커다란 쇠 긁히는 소리를 내면서 열린 문틈 사이로 한 사람의 얼굴이 드러났다. 현홍은 순간적으로 손을 들어 입을 가렸지만 에오로나 진현은 별달리 반응을 하지 않았다. 문틈 사이로 모습을 드러낸 사람의 얼굴은 온통 화상을 입어 흉하게 보였다. 화상을 당한 지는 오래되어 보였지만 그래도 그 큰 흉터와 코는 거의 녹아내려 코뼈 정도만 남아 있었고 입도 문드러져 있었다. 한쪽밖에 남지 않은 눈을 굴리면서 그가 입을 살짝 움직였다. 조금 불확실한 발음이었지만 듣는 데는 문제가 없었다.

"누구신지요?"

그래도 옷은 깔끔하게 차려입고 공손한 태도로 묻는 것으로 보아 문지기나 그 외의 탑에 관련되어진 직책이 있는 사람 같았다. 에오로가 머리를 긁적이면서 고개를 숙였다.

"연락 드리고 왔는데요. 수도의 마법사 길드에서⋯⋯."

에오로의 말에 사내는 알겠다는 듯 고개를 끄덕이며 문을 조금 더 열었다. 조금 키가 작은 것처럼 느껴졌던 것은 그가 꼽추였기 때문이었다. 등이 굽은 채로 공손하게 허리를 숙이는 그를 향해 진현은 살며시 웃으면서 고개를 숙였다.

"현자의 탑의 책임자 분을 만날 수 있을지 여쭙고 싶군요. 아, 그리고 성함이 어찌 되시는지?"

흉하게 일그러지고 꼽추인 몸이지만 이곳에서 일을 하고 있는 것을 보면 보통의 사람은 아닐 것이다. 진현은 그렇게 생각했다. 그리고 무엇보다 그 현자라는 자들이 외모를 따질 리 없지 않겠는가. 사내는 고개를 숙이면서 말했다.

"예, 저는 이 탑의 집사 역할을 맡고 있습니다. 이반이라고 하지요.

탑의 위원장님께서 기다리고 계십니다."

"감사합니다. 저는 진현이라고 합니다."

미소를 잃지 않은 채로 자신을 공손하게 대하는 진현을 보면서 이반이라고 자신을 밝힌 사내는 그 일그러진 얼굴에 미소를 피웠다. 약간얼어 있는 현홍의 어깨를 툭 쳐준 에오로가 밝은 목소리로 말했다.

"전에 왔을 때는 안 계시던데. 2년 전에 저, 여기 한 번 와봤거든요."

"그러셨군요. 그때 전 이곳에 없었습니다."

입을 잘 움직일 수 없기 때문에 확실히 미소는 지을 수 없지만 그래도 그의 얼굴은 밝아 보였다. 현홍은 마음속으로 거부감을 일으키는 자신을 마구 때려준 다음―물론 속으로―안으로 들어갔다. 그리고 입을쩍 벌리고 말았다. 벽이 벽이 아니었다. 모두가 전부 책… 책뿐이었다. 동그랗게 위로 올라갈 수 있는 계단을 따라 벽은 모두 책장으로 되어있었다. 계단을 따라 빙글빙글 돌면서 올라갈 수 있는 모양이었는데하나의 층마다 문이 몇 개 정도 있었다. 아마도 그곳이 사람들이 머무는 방이리라. 계단은 동그란 형태였지만 구름다리처럼 서로를 잇는 다리도 있었기 때문에 전체적으로 어지러워 보였다.

그 엄청난 책의 양에 현홍은 짓눌리는 느낌마저 받아야 했다. 진현은 입가에 떠오르는 미소를 주체하지 못하고 있었고 에오로는 껄끄러운 표정이었다. 천성이 책과는 거리가 멀었기 때문이다. 계단과 책을꽂은 책장 틈마다 걸려진 램프 때문에 안은 그다지 어둡지 않았다. 그리고 어느 정도의 공간마다 머리 하나 크기의 창문이 있어서 통풍도잘 되는 편이었고.

"엄청난 수로군요. 어지간한 나라 국립 도서관의 장서와 비교해도 손색이 없을 정도로 말입니다. 대륙의 책을 종류별로 다 모아놓은 느낌입니다."

진현의 말을 들은 이반이 고개를 조아리면서 말했다.

"네, 그렇습니다. 이곳에 없는 책은 대륙 어디를 가나 볼 수 없을 정도입니다. 여기 있는 책을 다 읽으려면 백 년은 넘게 걸리기 때문에 이곳에 계신 현자님들조차도 모든 책을 다 읽지는 못하셨습니다."

"그렇군요. 나중에 저도 시간이 나면 몇 권 읽고 싶군요."

이반과 담소를 나누는 진현을 보면서 에오로는 귓속말로 현홍에게 물었다.

"진현은 참 성격이 단단한가 봐. 나도 실은 처음에 저 사람을 봤을 때 심장 떨어지는 줄 알았는데. 거참, 대단한 성격이야."

"원래 진현인 외모와 나이를 막론하고 지식 수준과 성격으로 사람을 평가하니까. 나도 너무 놀랐어. 이건 실례겠지만."

"사람으로서 어쩔 수 없는 거니까."

그렇게 소곤거리며 대화를 나누는 두 사람을 내버려 둔 채 진현은 이반과 여러 가지 이야기를 나누고 있었다. 대부분이 책에 관한 이야기 아니면 탑에 관한 이야기였다. 벽에 걸려진 램프 하나를 손에 든 이반이 조용히 손짓을 했다.

"자, 저를 따라오시지요."

곱사등이이고 오른발이 불편한지 절뚝거리면서 걸었기 때문에 따라가는 사람들은 조금 느리다 싶은 속도였다. 그러나 아무도 불평을 하거나 하지는 않았다. 계단을 따라 둥글게 걸으면서 현홍은 조용히 아래를 쳐다보았다. 머리가 어지러웠다. 일직선으로 올라가는 것이 아니라서 더 그런 것일지도 모른다. 난간에서 멀찍이 떨어져 거의 책장에 붙어서 걸어가던 현홍은 문득 조금 떨어진 곳에서 책을 펼쳐 든 채로 등을 책장에 기대서 있는 사람을 보았다.

그런데 뭔가가 이상했다. 이곳에 있는 사람이라고는 현자라고 불리는 사람들밖에 없을 텐데 책을 읽고 있는 사람은 아주 젊었다. 아니, 어렸다. 10대 중반 정도 되는 얼굴, 에오로보다 더 어려 보이는 소년이었다. 흰색의 허벅지까지 오는 그에게는 조금 커 보이는 셔츠와 검은색의 바지를 입고 무심한 표정으로 책장을 넘겼다.

조금 차갑게 보인다고 할까. 하지만 그게 왠지 모르게 귀엽게 보였다. 마치 아이가 억지로 어른스럽게 보이려고 하는 표정인 것 같아서. 연한 보랏빛 머리카락의 소년은 자신에게로 다가오는 일련의 무리들을 힐끔 쳐다보더니 책을 덮으면서 입을 열었다.

"뭐지, 이반? 쓸데없는 인간들은 탑에 끌어들이지 말라고 했잖아."

빠직.

에오로는 자신의 이마에 혈관이 돋지 않은 것을 신기하게 생각했다. 쪼그만 게 어디서 반말이야? 으르렁거리는 에오로를 현홍이 달래고 있을 때 이반이 우물거리면서 대답했다.

"이분들은… 위원장님의 손님들이십니다. 수도에서 오신 분들이죠."

"흥, 노망난 늙은이의 손님이라고? 하여간에 쓸데없는 짓만 하는 폐물이라니까."

당장이라도 달려들어 물어뜯으려는 개처럼 사납게 으르렁거리는 에오로의 입을 막은 현홍은 얼른 가자는 듯이 발길을 재촉했다. 잘못하면 싸움나겠다 싶은 마음에 말이다. 진현은 흥미로운 눈으로 소년을 바라보다가 곧 지나쳐 버렸다. 소년이 거칠게 책을 책장에 꽂는 소리가 허공에 울렸다. 조금 거리가 멀어진 후에 에오로가 발버둥을 치면서 이반에게 물었다.

"저 재수없는 놈은 대체 뭐예요!? 여기 일하는 놈이라도 되는 거예요?"

주먹을 쥐고 부들부들 떠는 에오로를 힐끔 보면서 이반은 고개를 저었다.

"최연소 현자의 칭호를 받으신 분입니다. 열 살 때 처음 이곳에 오셔서 정말로 빠르게 습득해 나가시는 분입니다. 아마도 다음 위원장 자리는 저분이 되지 않을까 예상하는 분들도 많습니다."

"하지만 현자라는 분들이 실상 우두머리 내지는 대표를 바라지는 않으실 것이라고 사료됩니다만. 그저 탑에 대한 일을 회의할 때 다른 사람들보다 조금 높은 발언력과 행사 주도권을 가진 사람이지 않습니까?"

"아아, 잘 알고 계시는군요. 그렇습니다. 현자의 탑에는 외부인들이 자주 출입하시기 때문에 만약 외부인을 싫어하시는 분이 위원장이 되신다면 조금 껄끄러운 상황이 연출되곤 합니다. 지금의 위원장이신 카즈님께서는 외부인들께 관대한 편이시지요."

그의 말에 에오로는 혀를 빼 내밀면서 고개를 저었다.

"아까 그 성격 더러운 녀석이 되면 골치 아프겠네요. 그건 그렇고 저런 녀석이 현자라니… 세상 말세다."

"하지만 성격이 까다롭기만 하실 뿐 나쁜 것은 아닙니다. 오히려 다정한 분이시죠. 무엇보다 뛰어난 능력을 가지고 계신 분입니다. 한 번 읽으신 책은 철자 하나 틀리지 않고 다시 써 내려갈 정도인 분이시죠."

그러나 에오로의 표정은 밝아질 생각을 하지 않았다. 불만스러운 표정으로 팔짱을 낀 에오로는 뒤를 힐끔 쳐다보면서 투덜거렸다.

"하여간에 난 천재는 싫다니까. 제 잘난 맛에 사는 녀석들이야."

그의 말에 진현은 쓴 미소를, 현홍은 고개를 저을 따름이었다. 자신 스스로 천재라는 생각을 하는 것은 아니지만 타인이 인정하는 천재인 진현으로서는 마음에 걸리는 말이었다. 제 잘난 맛에 산다… 라고. 그렇게 속으로 중얼거리며 걸어가는 진현은 자신의 앞에서 걸어가던 이반이 멈추자 조용히 발걸음을 멈추고 섰다. 그들은 어느새 제법 높은 곳까지 올라와 있었고 눈앞에는 나무로 만들어진 문이 있었다. 진현에게 조심스럽게 램프를 건네면서 이반은 노크를 했다.

경쾌한 소리가 들린 후에 카랑카랑한 노인의 목소리가 들려왔다.

"들어오시오."

진현에게서 다시 램프를 받은 이반은 한 손으로 문을 열고 들어가라는 듯 눈길을 주었다. 조심스럽게 문이 열린 방으로 들어간 일행들은 방을 가득 메운 책에 또 놀라워했다. 책장뿐만이 아니라 카펫이 깔린 방바닥에도 책이 널려져 있어서 발을 디딜 틈이 없었다. 책장, 책상과 탁자, 그리고 소파들만이 있었고 그 외에는 모두 책, 책뿐이었다.

에오로는 현기증이 난다는 표정을 지었다. 한 권을 던져 줘도 자신으로서는 읽을 수 없는 두껍고 전문 지식을 요하는 책들뿐이었으니까.

그런데 사람의 목소리가 어디서 들렸을까라고 생각할 때 시야를 가리는 책들의 더미 속으로 뭔가 꼼지락거리기 시작했다. 그리곤 책상 위에 쌓아 올려진 책들 틈에서 흰색의 사람 얼굴이 불쑥 튀어나왔다. 화들짝 놀란 에오로와 현홍이 한 발자국씩 뒤로 물러났다.

"쿨럭, 뭔 놈의 책이 이리도 많누. 당신들이 수도에서 온 사람들이오?"

어깨까지 오는 백발의 머리카락과 가슴을 덮는 흰 수염, 허름해 보이는 능직 로브를 훑어보면서 진현이 조금 늦게 대답을 했다.

"그렇습니다. 카즈 위원장님 되십니까?"

"내가 카즈니까 이반이 데려다 줬겠지. 어디 보자……."

바닥에 쌓인 책들 때문에 로브를 양손으로 붙잡고 껑충껑충 뛰어나온 카즈는 자신의 허리를 주먹으로 두드리면서 소파를 가리켰다.

"앉으시오, 이반이 차를 가져다 줄 테니."

"그럼, 실례하겠습니다."

공손하게 고개를 숙이며 인사한 진현이 소파에 앉으려 했지만 테이블과 소파에도 책은 엄청나게 쌓여 있었다. 잠시 동안 눈으로 책을 내려다본 진현은 한숨을 쉬면서 책들을 차곡차곡 쌓아 들고는 책장 한쪽에 꽂아 넣었다. 책장에 책도 많았지만 틈틈이 빠진 것으로 보아 본 책은 그대로 바닥에 쌓아둔 것 같았다. 손님으로 와서는 웬 정리인가 생각을 했지만 책은 죄가 없기에 곱게 다루면서 책을 꽂아 넣는 진현을 보면서 카즈는 수염을 쓸어 내리며 미소 지었다.

"허허, 책을 많이 다뤄본 솜씨로구먼. 내 척 보면 알지. 책 좋아하지 않소?"

"좋아하기는 하지만 이렇게 정리하지 않고 살지는 않습니다."

가시가 달린 그의 말에 카즈는 콜록거리며 기침을 내뱉었고 현홍과 에오로가 진현을 대신해 사과해야 했다. 그러나 진현은 무뚝뚝한 얼굴로 계속해서 책을 들어다가 정리하는 것이었다.

어퍼컷으로 정곡을 한 대 얻어맞은 카즈는 망연하게 진현의 모습을 보았고 그것은 다른 두 명도 마찬가지였다. 세 명의 시선이 자신에게 꽂히는 것도 깔끔하게 무시한 채 진현은 조용히 정리에만 힘썼다. 시간이 지난 후 이반이 차와 다과를 준비해 올 그때까지 진현은 책을 정리했고 방의 3분의 1 정도를 치울 수 있었다.

이반은 그 모습을 보면서 하나밖에 없는 눈을 조금 크게 떴다.

"아니, 카즈님 방은 치워도 치워도 끝이 없어서 포기를 했었는데… 굉장하십니다, 진현님."

"과찬이십니다, 이반 씨."

소외받은 세 명이 '저 사람들 전직이 청소부인가?', '그럴지도요, 아니면 결벽증일 수도' 등등의 대화를 나누면서 과자와 차를 마시는 동안에도 진현과 이반은 화기애애하게 담소를 나누었다. 그중 대부분이 책의 보존 방법이나 어떻게 청소를 하면 더욱더 효율적인지에 대한 것이었다. 한 시간쯤 서로 다른 화제를 가지고 두 파트가 얘기 및 청소를 하고 있을 때 문이 벌컥 열리면서 아까 그 소년이 들어왔다. 거의 문을 걷어차는 것처럼 했기 때문에 문은 쾅 소리를 내면서 책장에 부딪쳐 덜컥거렸다.

"시끄럽잖아! 여기가 어디라고 떠들고 있는 거야?!"

앙칼스럽게 외치는 소년을 보면서 에오로는 소파에서 천천히 일어섰다.

"야, 꼬마 주제에 어디서 반말지거리야? 너야말로 시끄럽게 하지 말고 꺼져."

화가 났는지 잔뜩 인상을 쓰고 소년을 노려보는 에오로에게 현홍은 팔을 붙잡고 늘어졌고 진현은 별다른 말도 행동도 취하지 않았다. 그저 어깨만 살짝 으쓱거렸을 뿐. 에오로의 말에 소년은 턱을 치켜 올리면서 비웃음 그 자체인 미소를 입가에 떠올렸다.

"흥! 주제를 알고 덤벼. 네까짓 게 감히 어디서 함부로 말하는 거야? 나이만 많으면 단 줄 알아? 머리는 유아 수준인 게 어디서……."

"놔! 내 저 꼬마 녀석을 걷어차 줘야 직성이 풀리겠어! 현홍이, 너 못 놔!? 할아버지도 이것 놓으라고요!"

현홍과 카즈가 양팔에 매달려서 달려나가려는 에오로를 말렸고 소년은 피식피식 능글맞게 웃으면서 자신의 이마를 짚었다.

"훗, 정말이지 이래서 덜떨어진 것들과는 상종을 못한다니까. 야만적이기는."

그 말을 마치고 소년은 들어왔을 때처럼 문을 쾅 닫고 사라져 버렸다. 잠시 동안 에오로가 멈춰 선 것을 보면서 현홍이 그의 눈앞에 손을 저었다.

"에오로? 에오로, 괜찮니?"

자기보다 나이도 어린 녀석에게 심한 말을 들어서인지 에오로는 거의 돌이 된 상태였다. 걱정스러운 표정이 된 현홍이 뭐라고 다시 말하기 전에 에오로는 탁자 위에 발을 올리면서 밖으로 뛰쳐나가려고 했고 화들짝 놀란 현홍과 카즈, 그리고 이반이 붙잡아 말려야 했다.

"이것 놔! 놓으라고! 저 재수없는 자식 면상에 주먹 한 방 날려야 시원하겠어! 못 놔!? 야, 이 빌어먹을 자식아! 너, 당장 이리 와! 비리비리하게 생겨서 책만 파고 사는 자식 주제에! 책에서는 예의범절도 없디!?"

고함을 꽥꽥 지르는 에오로에게서 고개를 돌려 진현은 소년이 나간 문을 쳐다보았다. 정말로 전형적인 재수없는 천재 스타일이로군이라고 중얼거리면서.

어느새 사방은 고요한 밤이 되었다. 에오로의 발광은 멈췄지만 간혹 가다가 중얼거리는 목소리는 분명히 화가 난 목소리였다. 이런 상태에서 『잃어버린 세계』에 대한 정보를 주고받는 것은 무리라고 판단. 카즈는 손님 방을 내주면서 하룻밤을 쉬고 내일 이야기를 하자고 했다. 별수없이 저녁 식사를 마친 후에 손님 방에 모인 세 명이었다. 침대에 벌렁 누워서 에오로는 주먹을 쥐고 부들부들 떨었다.

"생각하면 할수록 열받네. 그 녀석을 어떻게 때려야 잘 때렸다는 소문이 날까?"

"말도 안 되는 소리 말고 잠이나 자. 원래는 오늘 밤에 돌아가야 했단 말야."

"다 그 자식 때문이라고! 아우, 재수없어!"

소리를 지르면서 벌떡 몸을 일으킨 에오로를 보며 현홍은 입술을 샐쭉거렸다. 세 개의 침대가 놓인 방은 좁지도 않고 책도 없었다. 아마도 이곳에 와서 질리도록 책만 봤으니 방에서만이라도 보지 않도록 하는 배려가 아니었을까. 잠을 자기 위해서 갈아입은 하늘색 잠옷의 단추를 꿰면서 현홍은 길게 하품을 했다.

팔을 쭉 하늘로 뻗어 기지개를 켠 현홍은 세 개의 침대 중에서 중간에 자리를 잡고 누웠다. 푹신한 베개가 마음에 들었는지 손으로 토닥여 본 후에 그는 얼굴을 묻었다.

"어쨌거나 일찍 자고 일찍 일어나야지."

"일찍 자고 늦게 일어나는 거겠지."

"야, 김진현!"

현홍은 자신의 왼편에 있는 침대에 앉아 책을 읽고 있는 진현을 노려봐 주었다. 진현 역시 낮에 입고 있던 옷이 아닌 흰 셔츠와 검은 바지로 갈아입은 후 침대에 앉아 책을 보는 중이었다. 자신의 옆에 있는 탁자의 램프 불꽃을 조금 강하게 만든 후에 진현은 나직하게 말했다.

"에오로 군도 그만 주무십시오. 현홍이 너도 어서 자라."

"흐음, 하지만 아직 열 시 정도밖에 안 되었는데……."

"책이라도 읽을래?"

"그냥 잘래."

베개에 얼굴을 푹 묻고 이불을 뒤집어쓰는 현홍을 보면서 진현은 피식 웃고 말았다. 원래 책을 안 읽는 현홍은 아니지만 읽는 책도 모두가 자기가 좋아하는 분류의 책만을 읽기 때문에 전문 용어가 난무하는 책은 좋아하지 않았다. 에오로 역시 진현이 책 읽으라고 할까 봐 얼른 옷을 갈아입고는 침대에 누웠다. 그리고는 조용해졌다. 현홍은 눈을 감고 베개에 머리만 대면 잠이 드는 녀석이었고, 에오로는 너무 방방 뛰어서 체력 소모가 심해 일찍 잠이 든 것이다.

들리는 소리라고는 램프 속에서 탁탁거리면서 튀는 촛불과 진현이 사락거리며 책장을 넘기는 소리뿐. 안경을 낀 채로 책을 내려다보던 진현은 고개를 들어 주위를 살펴보았다. 조용히 무릎 위에 올려둔 책을 덮어 탁자 위에 올리며 일어선 그는 뻐근한 어깨를 주물렀다. 침대에 앉아서 책을 읽는 것은 좋지만 너무 고개를 숙이고 있어서 목과 어깨에 부담이 장난이 아니었다.

쌕쌕거리는 숨을 내쉬면서 자고 있는 현홍에게로 다가가 살며시 이불을 가슴까지 끌어 올려준 진현은 가만히 현홍의 얼굴을 내려다보았다. 촛불 빛에 비쳐 더욱 아름다워 보이는 그의 자는 얼굴은 마치 천진한 아이처럼 보였다. 자면 업어가도 모를 녀석이지만 잠버릇은 꽤 얌

전했다.

"안는 것만 빼면 말이지……."

현홍의 나쁜 버릇이자 최대의 잠버릇. 그것은 옆에 있는 게 인형이든 사람이든 뭐든 꼭 껴안고 잔다는 것이다. 그게 조금 심해서 잘못하면 숨 막혀 죽을 위험이 있다는 것. 있는 힘껏 껴안고 자는 버릇만 어찌하면 같이 잘 때도 편할 텐데 말이다. 머리카락을 슥 쓰다듬어 준 진현은 조심스럽게 발걸음을 옮겨서 문 쪽으로 다가갔다. 방금 전까지 읽던 책을 들고 문을 나선 진현은 조용히 주위를 살폈다.

사방은 쥐 죽은 듯이 고요했다. 꽤 가까운 간격으로 수천 수만 개의 등불이 있었기 때문에 오히려 밝은 편이었다. 노랗고 조금은 오렌지 빛이 나는 탑 내부는 아름답게까지 느껴졌다.

책이 꽂혀 있던 곳은 정확하게 기억한다. 10층의 세 번째 책장, 6열의 열다섯 번째 책이었다. 그의 기억력은 그가 합격했던 동경대학에서도 알아주던 것이었지만 그는 대학에 별 흥미를 느끼지 못했다. 그래서 일본 학생들이 죽기 살기로 공부해서 간다는 동경대학에 입학한 후 곧장 자퇴서를 내고 그만두었었다.

지금 자신이 있는 곳은 15층이어서 조금 돌아 내려가야 했지만 진현은 중간중간 책장을 보면서 책의 이름들을 머리 속에 넣었다.

그의 뇌가 자동 필기를 하듯이 곧장 머리 속에 넣는 것이다. 진현은 고개를 돌려 정면을 보면서 천천히 내려갔다. 책을 돌려놓을 장소까지 온 진현은 책을 꽂아 넣었다.

"진현님, 이 시간에 무슨 일로……."

등불을 들고 굽은 등을 한 채 나타난 것은 이반이었다. 진현은 조용히 그를 돌아보며 미소를 지었다.

"예, 책을 다 봐서 꽂아 넣으러 온 것입니다."

그의 말에 이반은 조금 놀란 표정이 되었다. 사실 얼굴의 근육이나 신경이 화상으로 모두 타버려 제대로 된 표정은 구사하기 힘들었지만 진현의 눈에는 그렇게 보였다. 이반은 등불을 조금 들어 올리더니 절뚝거리며 진현에게 다가왔다. 아마도 밤에 갑자기 만난다면 심장 약한 사람은 기절할 정도로 흉측한 몰골이었지만 진현은 별달리 거부감을 느끼지 않았다.

"책이 어디 꽂혀 있는지 다 기억하신다는 겁니까? 굉장하시군요. 현자님들께서도 종종 헷갈리시곤 하는데."

"훗, 세상에 먹고 살려면 한 가지 정도의 특기는 있어야겠지요. 그런데 현자의 탑에도 술이 있습니까?"

빙긋이 웃으면서 말하는 진현을 보며 이반은 다시 당황한 표정이 되었다. 애주가인 진현이 밤에 곱게 잘 리 없다. 그렇게 해서 이반은 진현을 데리고 부엌이자 식당인 곳까지 내려왔다. 탑의 맨 아래층에 마련되어 있어서 위층에 방이 있는 사람은 귀찮을 것 같았다. 일하는 하녀도, 하인도 없이 이반 혼자서 먹을 것을 만들었고 청소도 했으며 그 외의 여러 가지 일을 하는 것 같았다. 이 넓은 곳을 청소하고 식사도 담당하려면 고생이 말이 아닐 텐데.

식탁에 앉아서 이반이 술을 가져오기를 기다리면서 진현은 식당 안을 살펴보았다. 그다지 더럽지도 않고 오히려 깔끔하고 음식들이 정리가 잘 되어 있었다. 문제가 있다면 식량 창고 같다는 느낌일까. 하긴 현자들이 먹을 것에 까탈스러울 일도 없을 것이다. 책 보느라 밥 먹을 시간도 넘기기 일쑤일 터. 턱을 괴고 앉아 있던 진현의 콧속으로 조금 낮은 듯한 천장 고리에 매달린 건육과 훈제육들의 기막힌 냄새가 흘러

들어왔다. 에오로나 현홍이 봤다면 당장에 달려들었을 정도의 기막힌 냄새가. 하지만 고기를 싫어하는 진현은 약간 미간을 찌푸린 채로 다시 시선을 옮겼다. 그러자 선반 가득히 쌓아 올려진 병들, 벌꿀과 온갖 양념 및 허브들이 잘 건조되어 들어가 있는 게 눈에 들어왔다. 아마도 며칠에 한 번씩 음식들이 이곳으로 오는 것이 아닐까 추측해 보았다. 잠시 주위를 둘러보며 기다리고 있으니 이반이 술병과 잔을 들고 걸어왔다.

"기다리시게 해서 죄송합니다. 좋은 술을 찾느라……."

"아, 그러실 필요는 없는데. 어쨌든 감사합니다."

이반이 절뚝거리며 다가와 식탁 위에 놓아주자 진현은 살짝 고개를 까닥이며 감사의 뜻을 표했다. 투명한 유리잔에 녹색 빛의 술이 천천히 따라졌다. 고개를 약간 갸웃한 진현은 조용히 잔을 들어 향기를 맡아보았고 곧 약한 탄성을 지르면서 말했다.

"아, 매실주로군요."

그의 옆에 선 이반이 고개를 끄덕였다.

"꽤 오랜 시간 동안 담근 것이니 맛이 좋을 겁니다. 선대 위원장님께서 아끼시던 술입니다."

"후훗, 이런 귀한 술을 주시다니 감사합니다. …맛이 좋군요."

술을 음미하면서 진현은 기분 좋은 듯이 눈을 감았다. 그는 누가 보면 알코올 중독자가 아닌가 생각할 만큼 하루에도 몇 번씩 술을 즐겼다. 맥주든, 과실주든, 포도주든 술이라면 다 좋아한다고 할까. 덧붙여서 좋은 술을 모으기도 하는 이였다. 어쨌거나 그는 이반이 가져다 준 매실주를 마시면서 여유로운 시간을 보냈다. 진현은 자신의 옆에 멀거니 서 있는 이반에게도 잔을 가지고 와서 같이 마시자고 말했다.

조심스럽게 잔을 가지고 온 이반에게 술을 따라주면서 진현이 나직하게 말했다.

"술 좋아하십니까?"

"예? 아, 예, 책을 좋아하는 만큼 좋아합니다."

"쿡, 저도 그렇습니다. 책도, 술도… 잊게 만들어주지요, 자신의 상황을."

진지한 말을 내뱉은 진현은 자신의 잔을 들어 이반의 잔에 살짝 부딪쳤고 이반은 머뭇거리며 잔을 들어 올렸다.

"제가 다른 사람과 술을 마시는 것은 처음이군요, 이렇게 된 후에는."

한 잔을 비운 진현이 자신을 가만히 쳐다보자 이반은 쑥스러워하면서 거의 남지 않은 머리카락이 붙어 있는 머리를 긁적였다. 이렇게 된 후라고……. 진현은 조용히 술을 마셨고 이반도 마찬가지였다. 두 사람 사이에서는 그리 많은 대화가 오가지 않았다. 술을 따르고 마시고… 진현은 원래 술을 마실 때 안주를 먹지 않았고 그것은 이반도 마찬가지였다. 술을 서로 따라주면서 한참을 그렇게 마셨을까. 진현이 먼저 입을 열었다.

"사고를 당하신 후 이곳에 오신 겁니까?"

조금은 실례가 된다고 생각할 수 있는, 아니, 분명히 실례가 되는 질문이었다. 그러나 진현은 묵묵한 얼굴로 그렇게 물었다. 동정이나 그런 감정은 조금도 느껴지지 않았다. 한 모금 정도 남겨진 술을 쭉 들이킨 이반이 문드러진 입을 조금 움직여 대답했다.

"예, 일 년 반 정도쯤에 이곳으로 왔습니다. 사실 온몸이 상처 입고 이런 흉한 몰골을 한 사람을 받아주는 곳이라고는 아무 데도 없으니까요. 그래서 이곳으로 왔는데 이곳 분들은 특이하시더군요. 상처 입은 몸을 치료해 주시고 여기에 머물게까지 해주셨으니."

외모 같은 것은 그들의 머리 속에 기억되지 않으니까. 얼마나 예쁜지 얼마나 잘생겼는지도 상관이 없는데 상처 입은 몸이 무슨 상관이겠는가. 그냥 한 사람의 인간일 뿐인 것이다. 현자라는 것이 괜히 현자가 아닌 것이다. 우둔한 인간들이 외모에 좌우지되는 것과는 달리 현명한 그들은 외모가 아닌 마음을 보니까.

진현은 문득 궁금한 것이 생겨 조용히 입을 열었다.

"그렇다면… 그 연보라색의 소년은?"

"아, 그분은 제가 오기 훨씬 전부터 여기 계시던 분입니다. 5년 전이라고 들었지요. 지금은 열다섯 살이시고요."

"부모와는 연락이 됩니까?"

진현의 질문에 이반은 잠시 주춤거렸다. 질문을 한 진현은 잔에 입을 가져가면서 속으로 자신이 생각한 그대로라고 중얼거렸다. 그렇게 잘나고 대단한 자식을 둔 부모는 과연 어떤 마음이었을까? 다른 아이들과 다른 범상치 않은 아이. 하나를 가르쳐 주면 열을 아는 것을 넘어서는 그 범상함을 아마도 견딜 수 없었을 것이다.

"자세한 것은 알지 못합니다만, 그분의 어머니 되시는 분이 이곳에 놓고 가셨다고 합니다. 그 후로는 연락이 없었다고……."

"그렇습니까."

진현은 살짝 고개를 끄덕였다. 그 아이는 과연 무슨 생각을 했을까. 멀어져 가는 어머니의 등을 보면서 어떠한 생각을 했을까. 다 알고 이해했을 것이다. 그런 아이는 다른 아이들처럼 자신을 버리고 간 부모를 하염없이 기다리는 쓸모없는 짓 따위는 하지 않는다. 자신이 놓인 상황을 너무나도 잘 이해하는 머리를 저주하면서 마음은 묻을 수밖에 없는 것이다. 자신의 컵에 술을 따르면서 진현이 다시 물었다.

"이름이……?"

"아, 그분은 루웬이라고 하십니다. 대단히 총명하신 분이죠."

"헛소리 그만 해, 이반."

진현은 잔을 식탁 위에 내려놓았고 이반은 화들짝 놀라서 자리에서 일어났다. 그로 인해 그가 들고 있던 잔이 바닥에 떨어져 요란한 소리를 내면서 깨졌다. 부엌으로 들어오는 입구에서 인상을 팍 쓰면서 들어온 것은 그 재수없는—누구 말에 따르자면—루웬이라는 소년이었다. 그는 흰색의 파자마를 입은 채로 이반과 진현을 노려보고 있었다. 연한 보라색 머리카락이 등불 빛에서 아름답게 반짝였다. 생긴 것은 딱 보기에 성깔있게 생긴 외모였다. 모범생 내지는 학생회장 같은 스타일이랄까.

어쩔 줄 몰라 하며 이반이 조용히 고개를 숙였다. 사실 그는 곱사등이라서 고개를 숙이거나 허리를 숙이는 것이 많이 불편한 몸이었다. 그런데도 연신 고개를 조아리면서 사과의 말을 했다.

"죄송합니다, 저 같은 천한 것이 입을 함부로 놀려서… 죄송합니다, 루웬님."

그 자리에 멀거니 선 채로 팔짱을 낀 진현은 아무 말 없이 두 사람을 번갈아 보았다. 그러나 루웬이 노려보고 있는 것은 이반이 아닌 진현이었다. 사납게 눈꼬리를 올리면서 루웬이 성큼성큼 진현의 앞쪽으로 다가왔다.

"너! 네가 이상한 질문을 먼저 한 거 아냐!? 하여간에 이래서 보통 인간들이란 쓸데없는 데에 신경을 집중한다니까. 잠이나 처잘 것이지

손님인 주제에 술까지 퍼마시고!"

진현은 가만히 루웬을 내려다보았고 잠시 후 생긋 웃으면서 허리를 살짝 숙이면서 입을 열었다.

"이러니까 버릇없는 꼬마 소리를 듣지. 믿는 빽이라고는 한 주먹이면 끝나는 뇌밖에 없으면서 그렇게 까불면 쓰겠니, 꼬마야?"

이반의 안색이 창백해졌고 루웬은 멍한 표정으로 있다가 곧 이를 악물면서 주먹을 굳게 쥐었다.

"뭐, 뭐라고!? 네가 감히……!"

"감히라고? 그 단어를 어디다 쓰는 것인지는 알고 있는 거냐? 자신보다 못났거나 분별없이 함부로 말을 하는 사람에게 하는 것이지. 나는 할 말을 했을 뿐이다. 꼬마를 꼬마라고 부르고 버릇없는 것을 버릇없다고 말했을 뿐. 그리고 네가 가진 것이 뭐가 있지? 그 알량한 뇌 하나 믿고 까부는 것도 작작 하는 것이 좋을 거다. 너 같은 녀석은 딱 불빛 없는 길에서 등 뒤에 칼 맞기 알맞은 녀석이거든."

두 손으로 얼굴을 감싸고 어쩔 줄 몰라 하는 이반을 본 척도 하지 않고 진현은 미소를 띤 얼굴 그대로 그렇게 말했다. 루웬의 얼굴은 붉게 달아올랐고 화를 주체하지 못해서 몸이 부들거리며 떨리고 있었다. 그러나 진현은 여유롭게 팔짱을 낀 채로 루웬을 내려다볼 뿐이었다. 그것도 입가에는 비웃음의 미소를 띠고.

알 수 없는 것은……? 3

다음날 현홍과 에오로는 어젯밤 일찍이 잠자리에 든 덕분에 아침 일찍 눈을 뜰 수 있었다. 기지개를 길게 켜면서 에오로는 한숨을 푹푹 내쉬었다.

"악몽을 꿨어."

그의 주절거리는 음성에 빗을 꺼내 머리카락을 빗던 현홍이 눈을 동그랗게 떴다.

"악몽? 무슨 악몽인데?"

"…어제 그 꼬맹이 녀석이 꿈에까지 나와서 이상한 말들을 주절거리는 거야. 제길, 분한 것이 있다면 나는 이상하게 몸이 안 움직여서 때려줄 수도 없었어."

그게 악몽이냐라고 묻고 싶은 눈으로 현홍은 에오로를 잠시 동안 바라봐 주었다. 더욱이 그 소년이 꿈에까지 나왔다는 것을 보니 장난 아니게 열을 받기는 했나 보다. 투덜거리는 에오로의 목소리를 무시하며 욕실로 들어가서 샤워와 머리카락도 감고 나온 현홍이 수건을 머리에 얹어둔 채로 주위를 두리번거렸다.

"진현이는?"

그의 물음에 에오로는 살짝 고개를 저었다. 그리고 보니 새벽에 잠시 깨었을 때도 진현의 모습이 보이지 않았다는 것을 기억한 에오로가 머리를 긁적이면서 침대에서 몸을 일으켰다. 천천히 잠옷 대용으로 입고 있던 셔츠를 벗으면서 에오로가 말했다.

"새벽에 화장실 간다고 일어났을 때도 안 계셨었는데, 어디 가셨나?"

"대충 짐작은 간다만."

"응? 짐작?"

옷을 갈아입으면서 에오로가 묻자 현홍이 수건으로 머리카락을 닦으면서 고개를 끄덕였다.

"이렇게 책이 많이 있는 곳에 왔는데 그냥 잘 인간이 아니지. 분명히 밤새서 책 읽고 있을 거야."

"정답이야."

"그래, 정답… 응?"

현홍은 눈을 동그랗게 뜨면서 목소리가 들린 문 쪽으로 고개를 돌렸다. 문에 기대어서 있던 진현은 손에 들고 있는 책을 옆구리에 끼곤 천천히 현홍에게로 걸어왔다. 밤을 새서 책을 붙잡고 있었는데도 진현의 얼굴에는 피곤한 기색 하나 볼 수 없었다. 오히려 자고 일어난 사람보다 상쾌한 얼굴로 침대 위에 책을 올려놓은 다음 현홍의 등 뒤에 섰다. 살며시 현홍의 머리 위에 올려진 수건을 허공에 툭툭 털어낸 진현이 입을 열었다.

"정확히 얘기하자면 이반과 얘기를 나눈 후에 책을 본 것이지만 말야."

"…몸 버리는 짓 좀 하지 마."

진현이 수건으로 자신의 머리카락을 만져 주는 것을 내버려 둔 현홍이 입술을 조금 내밀면서 투덜거렸다. 미소를 지은 진현은 고개를 끄덕이며 대답해 주었다.

"다음부터는 그러도록 하지."

에오로는 조용히 생각했다. 커플은 절대로 저택에 있는 그 두 쌍만이 아니라고. 물론 현홍이한테 그 말을 했다가는 비 오는 날 먼지나도록 얻어맞을 것이 분명했지만 말이다. 이렇게 에오로가 가당치 않은 생각을 하고 있을 때 다시 문이 열리면서 이반이 모습을 드러냈다. 두 번째 보는 것이지만 에오로는 순간적으로 놀란 자신을 책망했다. 하지만 사람 마음이라는 것이 분명 신기하고 자신과 다른 사람을 보면 놀라거나 두려워하거나 호기심에 쳐다보는 것이 당연하다고 할 수 있으니.

이반은 세 사람을 쳐다보면서 조심스럽게 고개를 숙였다.

"카즈님께서 함께 식사를 하고 싶다고 하셨습니다. 어떻게 하시겠는지요?"

유능한 집사처럼 공손한 어투로 말을 하는 이반에게 진현이 웃으면서 대답했다.

"저희는 별 상관이 없습니다. 준비하는 대로 카즈님의 방으로 올라가면 되겠습니까?"

"예, 감사합니다. 그리 전하겠습니다."

인사를 한 이반이 물러나고 에오로는 자신의 가슴을 쓸어 내리면서 말했다.

"진짜, 놀랐다고 말하면 실례지만… 놀랐어요. 심장 약한 사람은 여기 오면 안 되겠다."

악의없이 말을 하는 것이었기에 진현도 별말을 하지 않았다. 현홍은 진현의 손길에 의해 거의 다 마른 자신의 머리카락을 손가락으로 매만지면서 살며시 고개를 끄덕였다.

"으음, 놀랐어. 내색하지 않으려고 하니까 더 힘든 것 같아."

"어차피 그래도 다 아실 텐데 뭘."

에오로와 현홍은 말을 꺼낸 진현을 쳐다보았고, 그는 새 수건을 어깨에 걸치고 욕실로 들어가면서 입가에 살짝 미소를 걸쳤다.

"안 그런 척해도 이반 씨께서는 다 알고 있어. 그러니까 너무 신경 쓰지 마."

그렇게 말을 남긴 진현은 욕실의 문을 닫고 안으로 들어갔다. 에오로와 현홍은 고개를 갸웃거렸지만 알 것 같은 기분도 들었기에 그러려니 할 수밖에 없었다. 옷을 다 갈아입은 에오로가 진현의 침대 위에 있는 책을 호기심에 펴보았다. 무슨 내용인데 금 같은 시간을 쪼개어가면서 볼까 하는 생각에. 그리고 책장을 넘긴 순간 돌이 되어버렸다. 딱딱하게 굳은 채로 다음 책장을 넘길 생각도 하지 않는 에오로를 보고 현홍은 고개를 갸웃거리면서 다가갔다.

"왜? 무슨 내용인데?"

시선을 돌려 펴져 있는 책장을 본 현홍은 고개를 잠시 갸웃거리더니 곰곰이 생각하는 포즈로 턱을 매만졌다. 도무지 알 수 없는 내용이었기 때문이다. 철학책인 것인지 사람의 사상이 어쩌고, 역사적, 사회적

변동 속에서 새로운 인생관과 세계관적인 이념이 어쩌고, 법이라는 것은 그 정체(正體)가 무엇인가, 즉 법의 본질이 무엇인가 하는 것을 따지는 법의 인식론(認識論)이라는 것도 나왔다. 알 수 없는 것이 당연하지. 보기만 해도 머리가 아파옴을 느끼면서 현홍은 고개를 절레절레 흔들었다.

잠시 후 충격에서 깨어난 에오로는 자신의 머리를 두 손으로 감싸면서 신음 소리를 흘렸다.

"대, 대체 무슨 재미로 저런 내용의 책을 보는 거지?! 사람이 살면 그냥 사는 거지 철학이 무슨 소용이냐고! 그냥 잘 먹고 잘 살면 되는 거지!"

이런 절규를 흘리고 있는 그를 보면서 현홍은 어깨를 으쓱거렸다. 잠시 후, 욕실에서 모습을 드러낸 진현이 제일 처음 본 것은 책을 중간에 놔둔 채로 열띤 토론을 나누고 있는 두 사람이었다. 진현이 보기에는 책을 찢어버릴까, 그냥 버릴까를 토론하는 사람들처럼 보였지만. 어쨌거나 준비를 모두 마친 일행들은 방을 나섰다. 어제저녁 『잃어버린 세계』에 관한 정보를 현자의 탑 사람들에게 물어보기로 약속한 카즈의 대답이 기다려졌다. 조금이라도 실마리를 얻기를 바라는 마음으로 자신들이 머무는 층보다 조금 더 높은 층에 있는 카즈의 방으로 향했다.

그렇게 계단을 따라 걷고 있는 일행들의 앞에 처음 만났을 때처럼 책을 보면서 계단에 서 있는 루웬이 나타났다. 에오로는 보자마자 달려들 것 같은 포즈를 취했고, 옆에서 당장 현홍이 에오로의 팔을 붙들었다. 루웬은 일행들을 보더니 미간을 찌푸리면서 들고 있던 책을 진현 쪽으로 집어 던졌다. 갑작스러운 상황에 에오로와 현홍이 놀라워하기도 전에 진현은 자신에게 날아온 책을 여유있게 붙잡았다. 루웬이 비명처럼 소리를 질렀다.

"재수없으니까 어서 꺼져 버렷!"

그렇게 외친 그는 일행들을 지나쳐서 아래로 후닥닥 달려갔고, 멍한 얼굴이 된 에오로는 멀어져 가는 루웬의 뒷모습을 바라보았다. 책으로 어깨를 툭툭 두드리면서 웃고 있는 진현의 소맷자락을 당기면서 현홍이 물었다.

"뭐야? 에오로가 아니고 왜 너한테 책을 던지는데? 무슨 일 있었어?"

진현은 책장 한 켠에 책을 꽂아 넣으면서 작은 목소리로 대답했다.

"별건 아니고… 어젯밤에 만나서 조금 이야기를 했지."

별게 아닌데 책을 집어 던지나? 그것도 맞으면 골로 갈 것 같은 두꺼운 사전 같은 책을? 그런 의문을 뒤로하고 에오로와 현홍은 진현을 따라갈 수밖에 없었다.

카즈의 방문 앞에 서자 향긋한 음식 냄새가 코끝을 간지럽혔다. 배를 두드리면서 에오로가 침을 삼켰고, 진현은 조심스럽게 노크를 했다.

"안 해도 되는데… 어쨌든 들어오시오."

노인의 목소리가 들린 직후 진현은 문을 열고 방으로 들어갔다. 그가 어제 치워둔 방은 아직까지는 깨끗하게 남아 있었다. 그래도 책상에는 벌써 수십 권의 책이 쌓여 있는 것을 보며 진현은 한숨을 내쉴 수밖에 없었다. 탁자 위에 차려놓은 푸짐한 아침 식사를 보면서 에오로와 현홍은 얼른 뛰어가서 자리를 잡고 앉았다. 포크와 나이프를 들고 전투 태세를 갖춘 두 사람을 보며 카즈는 쓴 미소를 지었고 마지막으로 진현이 자리에 앉은 후 손을 내저었다.

"자, 드시오. 식사가 입에 맞을지 모르겠구만. 하지만 이반은 음식 솜씨가 뛰어나거든."

"호의, 정말로 감사합니다. 잘 먹겠습니다."

그러나 두 명의 식탐에 푹 빠진 인간들은 이미 카즈의 말이 떨어지자마자 음식을 마구 입 안에 집어넣고 있었다. 누가 빼앗아 먹을세라 음식들을 싸그리 없애고 있는 두 명을 보면서 카즈와 진현은 동시에 한숨을 내쉬어야 했다. 얼마의 시간도 되지 않아서 자기 몫을 다 먹어 치운 두 명은 배를 두드리면서 소파에 등을 붙이고 기대었다.

"후우, 역시 사람은 맛난 것을 먹고 살아야 한다니까. 이제 살겠네. 어젯밤에도 배고파서 잠 깰 뻔했는데."

"그러게 말야. 후식은 없나?"

에오로와 현홍의 대화를 들으면서 진현은 그렇게 먹고도 살이 안 찌는 게 더 신기하다고 중얼거렸다. 한 시간이 조금 못 되는 식사 시간 동안 담소 등은 오가지 않았다. 두 명은 먹기에 바빴고, 다른 두 명은 식사 도중에 별로 얘기를 하지 않는 타입이었기 때문이다. 어쨌거나 다시 이반이 들어왔을 때에는 음식이 남은 그릇을 찾기 힘들었다. 이 반은 정중하게 비워진 그릇들을 치워갔고 후식을 가져오겠다는 말을 남기고 방을 나섰다.

식사도 다 했고 하니, 진현은 슬슬 본론으로 들어가기 위해 손을 깍지 껴 모은 후에 살짝 허리를 숙였다.

"부탁하는 입장에서 보채는 것은 예의가 아니라 생각합니다만, 그만큼 저희 역시 급한 일이라서 여쭙고 싶군요. 이곳에 『잃어버린 세계』에 대한 정보가 있습니까?"

진지하게 묻는 그였기에 현홍과 에오로도 입을 다물고 카즈를 쳐다보게 되었다. 자신의 길고 흰 수염을 쓰다듬으면서 카즈는 어렵사리 입을 열었다.

"글쎄, 서적으로는 단 두 권을 찾았소. 한 권은……."

그는 자신의 책상으로 걸어가 두꺼운 책 두 권을 들고 왔다. 그중 한 권을 보면서 현홍이 탄성을 내질렀다.

"어, 저거 니드가 가지고 있는 거랑 같은 책이네?"

그의 말을 들은 카즈가 고개를 갸웃거렸다.

"허허, 이 책을 가지고 있는 사람이 또 있단 말이오? 이 책은 원본인 책이 단 한 권, 그리고 사본은 두 권밖에 없는데… 내가 가지고 있는 것 말고 다른 한 권을 그가 가지고 있었나 보오."

너털웃음을 흘린 카즈는 두 권의 책을 탁자 위에 올려두곤 다시 자리에 앉았다. 그는 현홍이 말했던 책을 손가락으로 쿡 짚으면서 말했다.

"이것은 고대에서부터 내려오는 역사책 비슷한 것이오. 실상 이것의 초본을 쓴 사람은 『잃어버린 세계』의 사람이라고 하더구먼. 그러니까 얼마나 오래되었는지 알겠지?"

"…멸망 후의 살아남은 인간이 썼다는 말이로군요."

"그렇다고 할 수 있겠지."

현홍과 에오로는 대화에 끼어들지도 못한 채 주눅이 들어 옆에 꼬물거리고 있었다. 진현은 인상을 굳히면서 조용히 두 권의 책을 내려다보았다. 그는 나머지 한 권을 가리키면서 물었다.

"그렇다면 이것은?"

카즈는 품에서 안경을 꺼내더니 콧등에 걸쳐 놓으면서 대답해 주었다.

"그 책은 대마법사 다카 다이너스티가 쓴 책이오."

그 순간 에오로의 안색이 빠르게 바뀌었다는 것은 보지 않고도 알 수 있는 것이었다. 에오로는 그런 사실을 몰랐는지 눈을 휘둥그레 뜨면서 입을 열고 더듬더듬 말했다.

"스, 스승님이 쓰신 책이요? 그런 일도 하셨나요?"

"몰랐을 수도 있지. 극히 비밀리에 쓰셨고, 무엇보다 이 책은 단 한 권밖에 없거든. 그분은 바로 여기에 남겨두기 위해서 책을 쓰신 것이었다. 나도 아직까지 이 책을 읽지 못했는데… 다카, 그분이 만약 『잃어버린 세계』에서 온 사람이 필요로 하면 건네주라고 말씀을 하셨기 때문이다."

에오로는 놀란 얼굴이 되어 뭔가를 곰곰이 생각하는 듯 눈을 깜박였다. 두 권의 책을 포개어서 앞으로 밀어낸 카즈가 입을 열었다.

"이 책들을 보면 당신의 세계에 관한 것을 알 수 있을 것이오."

"……."

탁자 위에 올려진 책을 내려다보면서 진현은 한동안 가만히 앉아 있을 뿐이었다. 그리고 잠시 동안 눈을 감더니 생각하는 듯 미간을 찌푸렸다. 다시 눈을 뜬 진현은 책을 받아 들면서 살짝 고개를 숙여 감사의 뜻을 표했다. 얻은 것은 두 권의 책뿐. 『잃어버린 세계』에 대한 직접적인 정보는 아는 사람이 없다는 말이었다. 어쩔 수 없이 진현은 책만을 얻은 채 물러서야 했다. 이리도 돌아가기가 힘들어서야. 아니, 실상 돌아가는 것 정도는 쉬울 수도 있다. 이곳으로 보낸 놈들만 족치면 되니까…… 일 끝내기 전에는 돌려보내 줄 것 같지 않아서 문제일 뿐.

한숨을 쉬면서 자리에서 일어나니 이반이 후식을 들고 방으로 들어섰다. 절뚝거리면서 걷고 있었기 때문에 그가 든 쟁반이 아슬아슬하게 보였다. 에오로가 얼른 자리에서 일어나 그것을 받아 들자 이반이 고개를 숙이면서 감사하다고 말했고, 에오로는 괜찮다는 듯 고개를 저었다. 후식이나 먹으면서 시간을 보내고 싶지는 않았지만 진현은 호의를 생각하여 잠시 동안 남아 있기로 했다.

현홍은 먹기 좋게 잘려서 벌꿀이 발린 팬케이크를 한 입 베어 물면서 행복한 표정을 지었다.

"요리 솜씨가 좋으시네요. 원래 요리를 잘하셨어요?"

그의 질문에 이반이 쑥스러운 듯 머리를 긁적이며 대답했다.

"아니요, 원래는 잘 못했는데 여기 와서부터 배웠습니다. 그래도… 현자님들 중에서는 입맛이 까다로우신 분이 안 계셔서 다행이지요."

"입맛이 까다로워도 괜찮을 것 같아요. 그런데 카푸치노 팬케이크라는 것 아세요? 커피 향기가 나는 팬케이크인데 맛있거든요?"

"그런 것도 있습니까?"

"예, 저도 배운 것인데 베이킹 파우더를 넣을 때 계피 가루도 조금 넣고 커피 시럽을 얹어야 해요. 블루 베리 시럽을 얹어도 맛있고요. 그러니까……"

갑자기 요리 이야기로 들어선 현홍은 이반에게 새로운 요리를 이것저것 가르치기 시작했고, 이반은 진지한 얼굴로 품에서 꺼낸 수첩에 받아 적었다. 요리를 좋아하는 남자들이라… 에오로는 황당하다는 표정으로 현홍과 이반을 번갈아 보았다. 그는 조용히 진현에게 다가가서 작은 목소리로 물었다.

"현홍인 요리를 잘하는 것뿐만이 아니라 하는 것도 좋아하나 보군요?"

진현은 들고 있던 찻잔을 접시 위에 놓으면서 조용히 한숨을 내쉬었다.

"그렇습니다, 웬만한 전업 주부를 능가하는 요리 솜씨를 가지고 있지요. 요리 학원도 안 다녔는데 그렇게 잘하는 것으로 보아 천성인 듯합니다."

전업 주부라… 하긴, 현홍이는 누가 봐도 일할 타입이 아니라 결혼해도 집에서 자기가 밥하고 빨래할 스타일이라고 생각하며 에오로는 고개를 끄덕였다.

후식까지 모두 즐긴 후에 진현은 어서 돌아가서 책을 봐야 한다는 열망 때문인지 서둘러 자리에서 일어났다. 에오로와 현홍이 조금 더 놀다 가자는 눈빛을 하는데도 아랑곳하지 않고 진현은 책을 조심스럽게 챙겨 들고 카즈에게 고개 숙여 인사를 했다.

"어쨌거나 감사합니다. 다음에 또 들를 기회가 있었으면 하는군요."

"허허, 나도 즐거웠소이다. 또 들르구려."

에오로와 현홍도 편하게 있다 간다고 인사를 했다. 이반의 안내를 받으면서 카즈의 방을 나선 진현은 조용히 자신의 손에 들린 책을 내려다보았다. 허름하고 오래되어 보이는 책. 과연 이 두 권의 책에서 뭔가 정보를 얻을 수 있을까? 궁금증을 뒤로하고 조용히 계단을 내려간 그들은 처음 들어올 때와 같이 높다란 탑이 모두 다 책으로 둘러싸인 장관을 다시 한 번 올려다보았다. 사람이 진정 살고 있는지조차 모를 정도로 고요함만이 흐르는 현자의 탑.

비록 많은 사람들은 만나지 못했으며 중요한 정보 같은 것도 얻지 못했지만 이 수많은 책들이 주는 교훈 비슷한 것을 진현은 잊지 못할 것 같았다. 물론 기대도 안 하듯이 에오로와 현홍이 그런 생각을 할 리는 없을 테지만. 이렇게 조용하게 살라고 말하는 것 같다. 비록 수없이 많은 종류의 책들 중에서 자신은 눈에 띄지 않는다고 하지만… 자신의 인생을 살라고 하는 듯했다.

인간도 책과 마찬가지가 아닐까. 이반의 환송을 받으면서 일행들은 처음 자신들이 나왔던 그 허름한 창고 비슷한 곳으로 걸어갔다. 세차게 불어오는 바람에 휘날리는 머리카락을 부여잡으면서 현홍이 조용히 고개를 돌렸다. 회색의 탑… 잊지 못할 것 같은 장관을 보여준 현자들의 탑. 그는 희미하게 미소 지으면서 살짝 고개를 끄덕였다. 다시 돌아오겠다는 듯이 고요한 미소와 함께 만났던 이들을 기억하면서.

"아우웅, 심심하다!"

마치 고양이처럼 침대에 누워 길게 기지개를 켠 아영은 벌떡 몸을 일으키면서 헝클어진 머리카락을 쓰다듬었다. 현자의 탑인가 뭔가에 간다는 사람들이 하룻밤을 꼴딱 새도록 안 들어온 것이었다.

이 저택에서 에오로와 현홍이 빠지면 심심하단 말야라고 아영은 중얼거리면서 보고 있던 책을 다시 펴 들었다. 그녀가 요즘 자주 보는 책은 바로 귀족가의 처녀들 사이에서 유행하는 옷차림이나 장신구, 머리 스타일 등… 아영이 살던 세계에서 말하자면 패션 잡지 비슷한 것이었다.

제법 재미있고, 한 달에 한 번 정기적으로 발행되었기 때문에 이미 아영은 정기구독도 해둔 상태였다. 화장법이나 손톱, 발톱 손질하는 법, 다이어트하는 식이요법 등등, 아영은 이미 그 잡지에 홀딱 빠진 상태였다. 그녀는 자신의 배를 손으로 짚으면서 중얼거렸다.

"요즘 살이 찐 것 같은데… 운동 부족인가? 살을 빼야 하나?"

여성들의 고민거리 중 가장 대부분을 차지하는 것들 중 하나인 다이어트에 대해 심각하게 고민하는 아영이었다. 책장을 넘기고 있을 때 그녀의 방문이 벌컥 열렸다.

"와우, 아영아! 갔다 왔지롱!"

요상한 어투로 인사를 외치면서 문을 박차고 들어온 에오로를 보면서 아영은 가운뎃손가락을 가볍게 들어 올리며 짧게 말했다.

"엿 먹어, 자식아. 여자 방문을 그렇게 무식하게 걷어차고 들어오는 인간이 어딨냐?"

"쳇, 이 자식 저 자식 하는 네가 여자였냐? 네가 여자면 지나가던 개가 말을 하겠… 윽!"

퍼억!

아영이 던진 오리털 베개가 에오로의 얼굴에 적중했고 에오로는 뒤로 벌렁 넘어지고 말았다. 그리고 아영이 달려와서는 에오로의 정강이를 걷어차면서 외쳤다.

"다시 한 번 말해 봐! 응?!"

"우왓! 이렇게 난폭한데 누가 여자라고 생각하겠어?! 넌 네가 여자라는 자각이 있는 거냐, 없는 거냐? 편견이기는 하다만, 자고로 여자란 여자다워야 예뻐 보이는 거야!"

원래라면 아영이한테 한 대 맞은 그 직후 손이 발이 되도록 빌어야 정상일 텐데 오늘은 에오로도 쉽게 물러설 기미가 아니었다. 순간적으로 정곡을 찔린 아영이 움찔하는 것을 보면서 에오로는 기회다 싶어 다시 말했다.

"솔루드랑 네가 사귀면서 뭔가 바뀔까 생각했는데 여전하잖아! 다른 여자가 거의 벗다 싶은 옷을 입고 다니질 않나, 툭하면 주먹이나 다

리가 날아오질 않나. 이제 곧 있으면 시집갈 나이면서 뭐 하는 짓이야, 대체?!'

바닥에 주저앉은 채로 자신의 다리를 매만지면서 외치는 에오로를 내려다보며 아영은 자신의 머리를 긁적였다. 그래도 외모는 여성스럽다고 생각했는데… 나름대로 원래 있던 세계에서는 인기도 있다고 생각했고. 공주병에 걸린 것은 아니지만, 자신에게 원체 달라붙는 남자가 많았기 때문도 있고 천성이 자신감이 넘치는 스타일이라 아영은 어느 정도 자신을 인정해 주는 여성이었다. 항상 자신의 외모를 비관하는 것이 아니라 '나 정도면 됐지 뭐' 라고 말하는 성격.

살며시 무릎을 구부리고 앉은 아영이 미간을 찌푸리면서 입을 열었다.

"내가 그렇게 선머슴 같아?"

"아이고, 다리야. 당연하지! 입만 다물고 있으면 천상 여자지만 입만 열면 튀어나오는 그 말투랑 손버릇 좀 고칠 수 없냐? 아무리 어렸을 때부터 운동을 배웠다고는 하지만… 솔루드가 잘 참고 있는 거지. 에휴."

'솔루드한테는 안 그런다 뭐' 라고 기어 들어가는 목소리로 말한 아영은 곰곰이 자신에 대해서 생각해 보았다. 솔직히 갓난아기 때부터 목검을 장난감 삼아서 껴안고 잤고 치마보다는 절대적으로 바지를 더 잘 입고, 남자 보기를 우습게 알기는 하지만 나름대로 별로 개의치 않았는데. 중얼중얼거리는 아영을 보면서 에오로는 이 기회에 아영의 저 성격을 바꿔보리라 다짐했다. 우선은 자신이 덜 맞기 위해서도 있었다. 툭하면 등을 후려치고, 화가 나면 주먹이나 다리가 날아오니… 엄한 놈 옆에 있다가 진짜 골병 들기 직전인 것이다.

세 살 버릇 여든까지 간다고 바꾸는 것이 쉽지는 않겠지만, 이것은 다 누이 좋고 매부 좋은 일이 아니겠는가? 아영과 같은 타입은 분명 활발한 성격으로 인기도 많지만, 그와 비례하게 미움도 많이 받을 스타일인 것이다. 자기 주관대로 밀고 나가고, 성질은 있는 대로 부리니… 알게 모르게 적을 만드는 스타일이라고 할까. 그것도 이성들에게는 친구처럼 편안해서 인기가 많지만 같은 여성들에게는 미움받는…….

한숨을 쉰 에오로는 자신의 이마를 짚었다. 그때 돌아왔다고 아영에게 인사를 하러 온 현홍이 바닥에 주저앉은 채 한숨을 푹푹 내쉬는 두 명을 보면서 고개를 갸웃거렸다.

"…두 사람, 바닥에 주저앉아서 뭐 해?"

그러나 그의 말을 들었는지 못 들었는지 아영과 에오로는 연신 한숨만 내쉴 뿐이었다. 잠시 후에 두 권의 책을 든 진현과 그의 뒤로 우혁이 아영의 방으로 찾아왔다. 그들 역시 바닥에 주저앉아 있는 두 사람을 보고 고개를 갸웃거렸지만 별다른 말 없이 에오로를 밖으로 내보냈다. 지금 아영의 방에는 말 그대로 『잃어버린 세계』의 사람들만이 있는 것이다. 자신의 침대에 걸터앉은 아영이 조금은 시무룩한 얼굴로 진현에게 물었다.

"저기, 진현. 나 말야, 선머슴 같아? 너무 말괄량이라던가."

우혁과 진현은 서로의 얼굴을 잠시 쳐다보다가 곧 어깨를 으쓱거리면서 중얼거리듯 대답했다.

"몰라서 묻는 거냐?"

"평생 안 고쳐질걸."

진현과 우혁이 내뱉는 한마디씩을 들으면서 아영은 완전히 재기 불능의 기계처럼 침대에 축 늘어져 버렸다. 사촌들이라고 있는 것이 저렇게 사람 마음에 비수를 꽂는 말이나 하다니. 아영은 속으로 언젠가는 '복수해 주고 말리라' 라고 다짐하면서 주먹을 불끈 쥐었다. 어쨌거나 축 늘어진 아영을 제외하고 나머지 세 명은 탁자에 모여 앉아서 책 두 권을 펴 들고 열심히 토론하기 시작했다. 물론 현홍은 반쯤은 도움이 안 되지만.

현홍은 니드와 처음 만났을 때 보았던 그 책과 같은 책을 자신의 앞에 펴 들고 열심히 읽어 내려갔다. 그 책과는 비교도 되지 않을 정도로 두꺼운 다른 책은 우혁과 진현의 몫이었다. 하녀들이 가지고 온 과자와 차, 음료를 두고 열심히 책을 읽고 종종 얘기도 주고받는 그들의 모습은 마치 스터디 그룹을 연상케 할 정도로 진지했다. 우혁은 다카가 썼다는 그 책을 보면서 나직한 탄성을 뱉어냈다.

"굉장하군. 혼자서 이런 책을 썼다는 것도 그렇고… 이런 자료들은 어떻게 다 모았을까?"

수백 년이 넘도록 살았다면 자료 모으는 것쯤이야 그리 큰 문제될 것은 없다고 본 진현이었지만, 이 말을 해야 하나 말아야 하나를 두고 고민하는 중이었다. 다카가 실은 반은 마룡족이고, 그의 배다른 형제가 현재의 마룡왕… 즉, 다카는 배다른 동생에게 죽임을 당했다는 것을. 말할까, 아니면 그냥 입 다물고 있을까. 진현은 자신의 안경을 매만지면서 생각하다가 결국에는 입을 열기로 했다. 중요한 것은… 다카가 인간인가 아닌가가 아니니까.

조용히 손을 깍지 껴 모으며 무릎 위에 올린 진현은 의자에 몸을 기대면서 조용한 목소리로 말했다.

"그 다카가 말야……."

우혁과 현홍은 믿을 수 있다. 그런대로 입이 무거운 녀석들이니까. 문제라면… 침대에 드러누워서 뭐라고 중얼거리는 아영이 문제일까.

어쨌거나 진현은 자신이 알아낸 다카의 일을 상세하게 설명해 주었다. 그러나 그중에서 다카의 성 비밀 장소에 숨겨진 다카의 어머니에 대한 언급은 없었다. 그것은 어디까지나 비밀이다. 우혁은 잠깐 미간을 움찔하더니 곧 고개를 끄덕였지만 현홍은 눈만 동그랗게 뜰 뿐이었다. 그리고는 손으로 입을 가리면서 중얼거렸다.

"다카가… 그랬구나."

우혁은 자신이 보던 책을 손가락으로 툭 치면서 입을 열었다.

"그래서 이 정도의 자료도 긁어 모을 수가 있었나 보군. 이해하겠어."

"두 사람은 이제야 안 거야? 난 이미 알고 있었는데."

갑자기 침대에서 몸을 일으킨 아영이 그렇게 말하자 우혁의 미간이 조금 좁혀졌다. 그는 턱을 괴면서 아영 쪽으로 고개를 돌렸다.

"네가 어떻게?"

"아, 저번에 칼 레드랑 만났을 때 자기 손으로 형을 죽였다고 했거든. 그리고 마룡왕이라는 말도. 잘 생각해 보니까 카이트한테 들었던 이야기가 생각났어. 마룡왕한테 다카가 죽었다는 말 말야. 대충 끼워 맞추면 결과가 나오잖아?"

"…그 얘긴 빼먹었었다, 아영아."

"아? 내가 그랬던가? 미안해, 진현."

배시시 웃으면서 아무것도 아니라는 듯 손을 내젓는 아영을 보면서 우혁과 진현은 동시에 한숨을 내뱉었다. 정말 모든 일을 다 자기식으로 쉽게 해석하는 아영을 보면 한숨밖에 나올 게 없기 때문이었다. 우혁은 자신이 읽던 책을 가지고 방을 나섰다. 진지한 분위기를 망치는 누구 때문에 책 읽을 분위기가 아니라는 말을 남기고서. 확실히 면학 분위기가 되어야 공부를 하듯이 진지한 이야기를 하려고 해도 분위기가 안 되면 하기 힘들다. 왜 저러냐는 식으로 투덜거리는 아영을 슬그머니 돌아본 진현이 나직하게 말했다.

"아영이 넌, 확실히 성격을 개조할 필요성이 있어."

"뭐?! 개조라니! 내가 무슨 로봇이야, 개조를 하게? 난 나름대로 내 성격이 마음에 든다고! 오늘따라 왜 성격 좀 고치라는 사람이 많은 거야?!"

"그만큼 네 성격에 문제가 있다는 보증 수표나 마찬가지겠지."

윽, 하면서 정곡을 찔린 아영은 신음을 흘리면서 현홍을 바라보았다. 눈을 말똥말똥 뜨고 있는 현홍을 보면서 아영이 슬그머니 그에게로 다가가 물었다.

"너, 너도 내 성격에 문제가 많다고 생각해?"

그녀의 진지한 질문에 진현은 실소를 머금었고 현홍은 잠시 동안 아영을 올려다보다가 살짝 미소를 지으면서 고개를 저었다.

"아니, 난 아영이의 성격이 마음에 들어."

"정말?!"

환하게 웃으면서 현홍의 두 손을 꼬옥 붙잡은 아영이 뭐라고 다시 말하기 전에 현홍은 고개를 끄덕이며 다시 입을 열었다. 물론 입가에 미소는 지우지 않은 채로 말이다.

"물론이야. 비록 성격이 사납고 툭하면 발이나 주먹이 먼저 나가고, 요리에 '요' 자도 못해서 시집이나 갈 수 있을지 걱정이 되고, 설거지만 했다 하면 집안 그릇들을 다시 장만해야 하고, 바느질은커녕 십자수 하나 못하고, 있는 것과 남는 것이라고는 힘밖에 없지만… 난 아영이가 좋아."

"……."

욕하는 거지? 욕하는 거야… 욕하는구나.

부들부들 떨면서 현홍의 손을 붙잡고 있는 자신의 손을 재빨리 떼버린 아영을 보면서 진현은 소리없이 웃었다. 현홍이 비록 아방하기는 하지만 알게 모르게 정곡을 찌르는 데에는 따라올 자가 없었다. 물론 말하는 본인도 자신의 말이 얼마나 남에게 충격을 준다는 것을 모른다는 데에 대해서는 거의 최강이었다. 어쨌거나 재기 불능이 된 아영은 침대 시트를 물어뜯으면서 속으로 소리를 쳤다.

'그래! 내가 얼마나 여성스러워질 수 있는지 보여주마! 두고 보자, 이놈들아!'

속으로도 저런 말을 하는 것으로 보아 가능성은 거의 없어 보였지만 아영은 그날부터 여성스러워지기 위해 목숨을 건 투쟁을 하기로 맹세했다. 세 살 버릇 여든 가고, 제 버릇 개 못 준다는 옛 말들이 있지 않은가. 그렇게 쉽게 천성이 고쳐지면 아무도 고생하지 않을 것이다. 어찌 되었던지… 진현과 현홍을 밖으로 쫓아버린 아영은 자신의 머리카락을 쥐어뜯으면서 투덜거렸다.

"으으, 사촌과 친구라는 인간들이 저 모양이니… 그런데 내 성격이 뭐가 문제란 거야?"

…스스로가 모르는 것을 과연 고칠 수 있을 것인가?

"솔루드한테는 안 그래?"

점심 식사 시간, 현홍은 다이어트한다면서 불참한 아영의 자리를 포크로 가리키면서 솔루드에게 물었다. 무슨 질문인지 이해를 하지 못하고 있는 에오로는 아영이 없어서 조금은 남아도는 음식들을 마구 퍼먹다 말고 입가를 손등으로 닦으면서 말했다.

"그러니까 아영이가 솔루드한테는 발길질이나 주먹질이나 그 외의 험한 말을 안 하냐 이 말이죠."

"아영님께서 주먹질이나 발길질을 하십니까? 저한테는 단 한 번도……."

현홍과 에오로는 속으로 동시에 텔레파시라도 통한 듯 같은 생각을 했다. '사랑의 힘'이라고. 하긴, 좋아하는 사람을 쥐어 팰 여자가 어디 있단 말인가? 조금은 어이없는 표정을 짓는 솔루드였다. 그가 보기에는 사랑스럽기 그지없는 그녀일 테니까 말이다. 하지만 다른 사람에게 있어서는 현재 나이가 스물하나가 맞는지, 여자가 맞는지 의심이 되어 마지않는 사람임이 분명하다. 식사를 마치고 일어난 솔루드는 하녀에게 말해서 아영이 먹을 만한 것들을 챙기기 시작했다. 식탁 주위에 앉아 있는 다른 이들이 아주 좋아 죽는구나라는 표정으로 쳐다보든 말든.

에이레이와 셀로브도 자기네들은 저 정도는 아니라는 것처럼 뚫어지게 솔루드를 쳐다보았다. 다이어트가 뭔지 모르는 솔루드에게는 지금 아영이 저녁을 굶는 것은 엄청 걱정이 되는 것이었다. 확실히 지금까지 삼시 세끼 챙겨 먹다 못해서 늘 간식도 입에 달고 사는 아영이 갑자기 밥을 안 먹는다고 하니 걱정이 될 만도 하지.

솔루드가 쟁반에 음식을 챙겨 들고 총총히 홀을 벗어나자마자 곧장 수다들이 쏟아져 나왔다.

"지극정성이네? 저렇게 해주니까 천하의 아영이라도 못 때리지."

"그래도 난 아영이 솔루드에게는 안 그런다는 사실이 엄청 신기해. 자기 오빠들한테는 툭하면 주먹이 먼저 날아가는 아이인데."

"다 사랑의 힘이지."

어른들의 대화를 못 알아듣겠는지 루가 조용히 포크와 나이프를 접시 위에 올려놓으면서 물었다.

"사랑하게 되면 특별해지나요, 그 사람만?"

어떻게 보면 굉장히 진지하면서도 간단한 대답이었기에 선뜻 입을 여는 사람은 없었다. 어떻게 대답하는 것이 좋을까 하고 모두가 고민하는 와중에 루의 옆 자리에 앉아 있는 우혁이 천천히 잔에 담긴 물을 마시면서 부드러운 목소리로 대답해 주었다.

"…그래, 그 사람이 수천 명의 사람 속에 있어도 찾을 수 있을 만큼… 그 사람을 위해서 죽을 수도 있을 만큼 소중해지지. 어머니가 아들을 사랑하는 것도 마찬가지이고, 형이 널 사랑하는 것도 마찬가지야."

항상 진지한 그가 내뱉는 말인만큼 말속에 담긴 뜻도 상당히 무겁게 들렸다. 루는 고개를 끄덕이면서 우혁의 팔에 뺨을 비볐고 그 모습을 현홍은 피식피식 웃으면서 지켜보았다. 식사를 마친 진현이 조용히 자리에서 일어났다. 그는 가볍게 현홍이를 달랑 들어 올리면서 사람들에게 말했다.

"난 잠시 나갔다가 올 테니까 기다리지 마."

어떨결에 같이 일어나게 된 현홍이 눈을 동그랗게 떴고, 에오로가 손을 번쩍 들어 올리면서 물었다.

"어디 가시는데요?"

"잠시 나갈 때가… 항상 가는 곳입니다. 이번에는 좀 오랜만이지만 말입니다. 아, 에오로 군도 같이 가셔도 괜찮겠군요."

"항상 가시는 곳이요? 아, 알겠어요. 요즘에는 날도 별로 안 덥고 하니."

그렇게 대답한 에오로는 자신의 검을 챙기러 2층의 방으로 향했다. 우혁은 진현이 항상 가는 곳이라는 말에 고개를 끄덕였다. 늘 가는 곳은 두 곳이지만 오랜만에 들르는 곳이라면 그곳밖에 없다. 도둑 길드. 진현이 그곳에 간 지 제법 오랜 시간이 지났지 않은가. 셀로브가 식사를 마쳤는지 접시를 챙기면서 입을 열었다.

"늦는 것은 아니지? 그러고 보니 요즘 들어서 그놈들이 안 덤비던데 포기한 건가?"

이미 잊혀져 있는 암살자 집단. 진현은 고개를 갸웃거리면서 어깨를 으쓱거렸다.

"글쎄, 포기할 정도의 녀석들은 아닌 것 같지만, 어쨌거나 요즘 들어 통 소식이 뜸한걸. 조금 미심쩍기도 하고……."

그렇게 말하면서 진현은 턱을 매만졌다. 현홍의 일이 있은 후로 통 나타나지 않는 그들은 과연 지금 무엇을 하고 있을까? 포기를 한 것일까? 그것도 아니면…… 무슨 일을 꾸미고 있는 것일까. 이상하게 진현은 자신의 등을 훑고 지나가는 한기에 흠칫 어깨를 떨어야 했다. 시리도록 푸르던 하늘이 조용히 구름들에 의해 가리워지고 있었다. 이유를 알 수 없는 불안감과 검은 먹구름들이 묘하게 조화를 이루며 진현의 기분을 이상하게 만들었다.

Part 22

꿈의 끝

꿈의 끝 1

툭, 투둑… 쏴아아아ㅡ!

짙은 회색 빛의 먹구름이 몰고 온 비는 대로의 포석 사이를 이리저
리 흘러갔다. 장마철이 지난 지 한참 지났는데 아직도 이 정도로 많은
양의 비가 내리는 것이 신기했다. 다행인 것은 비는 많이 와도 바람이
부는 것은 아니라서 우산을 들고 가기 편했다는 것이다. 하지만 현홍
은 비 오는 날 집 밖으로 나오는 것을 죽기보다 더 싫어했기 때문에 끌
고 나오는 데 고생깨나 했다. 에오로는 시원한 비를 보면서 한숨을 내
쉬었다.

"그래도 이제 여름이 간다는 신호 같은데요. 이 비가 그치고 나면
가을이 오겠지요."

무더웠던 여름 중에 위낙에 많은 일들이 있었다. 안 좋은 기억들이
많았던 이 여름이 지나간다는 것에 에오로는 내심 기분이 좋았다. 그

리고 가을이 되면 분명히 좋은 일들만이 있을 것이라고, 그렇게 믿고 싶었다. 우산을 들고 걸어가면서 에오로는 발길에 차이는 물 웅덩이들의 파문을 지켜보았다. 햇빛으로 달군 쇠처럼 느껴지던 대지도 빗물에 의해 차갑게 식혀져 갔다. 대로의 포석들을 밟으면서 세 명은 조용히 걸어갔다.

갑자기 내린 비로 인해서 대로에는 사람들이 거의 없었다. 때때로 우산을 준비하지 못해서 전속력으로 달려가는 사람이나 마차들만이 간간이 지나갈 뿐. 진현과 같은 우산을 쓰고 있던 현홍이 바지 자락이 물방울에 젖는 것을 보면서 인상을 썼다.

"그건 그렇고 어딜 가는 건데? 이렇게 비 오는데 꼭 가고 싶어?"

진현은 조용히 우산의 높이를 현홍에게 맞추면서 대답했다.

"꼭 오늘 갈 필요를 따진다면 별 필요가 없을지도 모르지만, 오랜만에 인사를 하는 것이니까 빨리 가면 갈수록 좋은 거겠지."

"나 비 오는 날 싫단 말야."

"알았어, 알았어."

투덜거리는 현홍을 달래가면서 진현은 계속 걸어갔다. 그런데 뭘까? 저택에서 느꼈던 그 오한과 알 수 없는 기분 나쁨은? 무슨 일이 일어날 것 같은 느낌이 들었다. 불안하고 기분이 좋지 않았다. 비가 억수처럼 쏟아져 내리고 안개 역시 짙게 낀 도시는 참으로 음울한 느낌을 주었다. 뭔가 기분 나쁜 것이 다가온다… 이곳, 여기로……!

탕! 철썩—

진현은 자신의 옆에 있는 현홍을 재빨리 옆으로 밀치고 자신도 몸을 옆으로 날렸다. 현홍이 외마디 비명을 지르면서 빗속의 대로에 엎어졌고 에오로는 우산을 집어 던지면서 빠르게 검을 뽑았다. 진현의 손에도 이미 운이 들려져 있었다. 안개에 가득 싸여서 몇 미터 전방도 제대로 보지 못할 것 같은 대로에 바람 한줄기가 불어왔다. 아니, 바람을 가장한 검붉은 색의 덩어리가 일행들을 스쳐 지나간 것이다. 순식간에 비에 젖어버린 머리카락을 쓸어 넘기면서 진현은 미간을 찌푸렸다.

그들을 스쳐 지나간 검붉은 덩어리는 조금 더 날아가다가 허공에 멈추었다. 마치 커다란 공이 허공에 둥실거리며 떠 있는 느낌이었다. 그러나 그것에서 느껴지는 기운은 어둡고 습하면서도 끈적한 느낌이었다. 현홍이 빗물에 젖은 얼굴을 손으로 슥 닦아내면서 소리쳤다.

"저, 저게 뭐야!?"

건물의 벽에 등을 붙이고 선 현홍의 목소리를 들은 진현은 이를 악물면서 그에게 물었다.

"너, 어둠의 기운을 컨트롤할 수 있냐? 완벽하게 말야."

"아, 아니, 아직은 완벽하게는 안 돼. 기껏해야 힘을 축적해서 기공포로 만들 수 있을 정도, 그 정도밖에 안 돼."

떨리는 그의 목소리를 들으면서 진현은 고개를 저었고, 그 틈을 타 검붉은 덩어리는 다시 그들을 덮쳐 왔다. 진현은 발을 굴러 허공으로 뛰어오르면서 운을 높이 치켜 올렸다. 검은 에너지덩어리의 중간으로 희미하게 보이는 붉은 기운, 아마도 이것의 핵이리라. 진현은 죽기 아니면 살기라는 심정으로 짧게 숨을 들이마셨다.

"홉!"

운의 날카로운 칼날이 여지없이 덩어리의 외벽을 깨고 붉은 부분을 내리 찔렀고, 정체를 알 수 없는 그것은 괴상한 소리를 내면서 종이가 불에 타듯 사그라졌다. 조금은 허무하게 나타나서 곧장 진현의 손에 사라진 그것을 보면서 에오로는 검을 내리며 숨을 몰아쉬었다.

"뭘까요, 저게?"

바닥으로 꺼져 들어가듯이 사라지는 그것을 내려다보며 진현은 살며시 고개를 저었다. 사실 어둠의 기운을 깨우치기는 했지만 제대로 컨트롤이 힘든 현홍은 건물 벽에 붙어서 걱정스런 얼굴을 하고 있었다. 그러나 그의 기운은 잘못하면 도시를 날려 버릴 수도 있는 힘이었기에 컨트롤도 제대로 되지 않는 힘을 쓰게 할 수는 없는 노릇이었다. 진현은 운을 살짝 비껴든 채로 주위를 살폈다. 방금 그것은 누구의 짓일까? 대충 짐작은 가지만 확신을 내릴 수는 없었다.

줄기차게 내리는 비로 인해 세 명은 이미 홀딱 젖은 상태였다. 그렇지만 진현은 주위를 천천히 둘러볼 뿐 우산을 주워 들거나 하지는 않았다. 이미 젖어버린 것 우산을 써봤자 뭐 하겠냐만 에오로와 현홍은 각자 우산을 주워 들면서 진현을 돌아보았다. 진지한 얼굴로 주위를 둘러보는 진현에게 현홍과 에오로는 말을 걸 수도 없었다.

진현은 천천히 운을 검집에 넣으려고 했다. 그러나 그 순간 그는 다시 세차게 운을 휘둘러 어느 한쪽으로 집어 던졌다.

쾅!

현홍이 방금 전까지 기대서 있던 벽을 꿰뚫은 운을 보면서 현홍은 질겁을 하면서 후닥닥 물러났고, 에오로 역시 당황하며 다시 검을 뽑았다. 그 날에만 손가락을 가져가도 베일 것같이 투명한 운의 날이 부들부들 떨리는 것과 동시에 건물의 벽에서 검은 무언가가 튀어나왔다.

그리고 그것을 기점으로 하여 바닥에서도 검은 그림자 비슷한 것이 하나둘씩 솟아올랐고 에오로는 창백하게 질린 얼굴로 검을 들어 올렸다. 사람도 아닌 것이, 그렇다고 귀신도 아닌 것 같은 검은 물체들이 흐느적거리면서 사람들에게 다가왔고, 진현은 조용히 건물 벽에 꽂혀 있는 운 쪽으로 손을 뻗었다.

운이 재빨리 진현의 손으로 빨려들듯이 날아오자, 곧 건물의 벽에 운에 꿰여 있던 검은 물체가 바닥에 스르륵 엎어졌다. 그리고는 곧 타르처럼 흐느적거리다가 사라져 버렸다. 에오로는 손으로 이마를 짚으며 소리쳤다.

"뭐, 뭐야!? 대체 이게 뭐죠!?"

진현은 운을 들어 자신의 앞에 다가온 검은 그림자를 베어낸 후 몸을 돌리면서 대답해 주었다.

"저도 모릅니다. 알고 있는 것은 우리를 곱게 보지는 않는다는 겁니다."

"쳇! 적이라는 말이로군요? 에잇, 나도 모르겠다!"

이를 악문 에오로는 자신에게로 슬그머니 다가오는 그림자들을 베어내기 시작했다. 철퍽거리는 물소리와 검의 희미한 빛들이 아름답게 반짝였다. 현홍은 잠시 어떻게 할까 망설이다가 느릿하게 다가오는 검은 그림자 몇 개를 보고는 입술을 깨물며 자신의 전용 단검을 꺼내 들었다. 어줍잖은 힘을 쓰느니 익숙한 무기를 쓰는 게 더 나을 것 같았다. 자기만 힘을 제대로 쓰지 못한다는 것을 상기한 현홍은 잠시 시무룩해졌지만 곧 자신에게로 달려드는 그림자를 보면서 번득 정신을 차렸다.

그림자들은 별달리 공격을 하지 않았다. 그저 달려들고, 검에 의해 베어져 나갔고, 또 사라졌다. 왜 이리 약한가라는 생각이 들 정도였다.

진현은 자신의 앞을 가로막은 그림자를 양단하고 난 후에 주위를 둘러보았다. 현홍도 쉽게쉽게 단검을 이용해서 베어가고 있었고 에오로도 무리가 없어 보였다. 뭐지? 왜 이런 약한 것들이 공격을 하는 것일까?

미간을 찌푸린 진현은 조용히 주위를 둘러보았다. 시간을 끈다? 이렇게 약한 것들로 시간을 끌 생각이란 말인가? 진현은 조용히 검을 멈추고 허공을 보며 소리쳤다.

"아까운 힘 쓰지 말고 모습을 드러내시지! 뭐 하는 짓거리인가!"

그의 고함 소리에 화들짝 놀란 에오로와 현홍이 고개를 돌렸고, 곧이어 그들이 상대하던 그림자들은 마치 얼음이 녹아내리듯 흘러내려서 바닥을 통해 사라졌다. 대체 무슨 일인가 싶어서 고개만 갸웃거리는 에오로와 현홍을 내버려 둔 채로 진현은 허공을 쳐다보던 고개를 내려 안개 속으로 시선을 돌렸다. 희미한 안개 속에서 마치 그 자리에서 솟아난 것처럼 검은 그림자가 나타났다. 그것은 조용히 안개 속으로 헤치면서 걸어왔다.

빗물이 눈으로 흘러들어서 연신 손등을 이용해 눈가를 닦고 있던 현홍이 흠칫하면서 뒤로 물러섰다. 에오로만이 누군가 싶어서 고개를 갸웃거릴 뿐. 현홍의 얼굴은 창백하게 변했다. 입을 꾹 다물고 인상을 쓰는 진현을 보면서 안개 속에서 비를 맞으며 걸어나온 이가 입을 열었다.

"언젠가 또 만나게 될 것이라고 했었지."

"마룡왕."

진현은 운의 손잡이를 더욱 세게 잡으면서 자신과는 꽤 멀찍이 떨어진 데저티드 드래곤, 마룡들의 수장인 칼 레드를 바라보았다. 은회색의 머리카락에서는 빗물이 뚝뚝 떨어져 내렸고, 회색 트렌치 코트가 마치 그 자신인 것처럼 자연스럽게 어울렸다. 그는 조용히 손을 들어 올려 빗물에 축 늘어진 머리카락을 쓸어 넘기면서 입을 열었다.

"우연은 아니지만… 어쨌거나 만나서 반갑군. 그리고 아스타로테 공도."

"난 아스타로테가 아냐!"

소리를 빽 지르며 주먹을 불끈 쥐는 현홍의 앞을 진현이 재빨리 막아섰다. 그는 운을 부여잡은 채로 칼 레드에게 말했다.

"싸우려고 온 건가?"

"후훗, 아니. 난 저번에 당했던 것만으로도 체력 소모가 커서 말야. 아직까지는 자네와 싸우는 건 무리이지. 그냥 자네와 잠시 얘기를 나누고 싶어서 온 것뿐이야."

빙긋 웃으면서 칼 레드가 말하자 현홍은 당장이라도 공격할 태세였다. 하지만 저번에 암흑의 기운을 날렸을 때와는 달리 이곳은 민간인이 사는 곳이다. 이런 곳에서 싸울 수는 없었기에 현홍은 분한 듯이 눈을 부릅뜨며 이를 갈 뿐이었다. 진현은 그런 현홍을 진정하라는 듯이 어깨를 토닥여 주면서 힐끔 칼 레드를 곁눈질로 쳐다보았다.

"미안하지만 난 너와 얘기 나눌 시간 따위 없다."

뒷걸음질로 에오로가 진현의 곁에까지 걸어왔고, 진현은 운을 검집에 넣으면서 팔짱을 꼈다. 단호하게 말하는 그를 보면서 칼 레드는 어쩔 수 없다는 듯 혀를 차면서 어깨를 으쓱거렸다.

"이런이런, 대화가 통하지 않는 것은 그녀와 다름이 없군. 그리고 보니 예레미야는 잘 있나?"

"네놈이 그렇게 질문한다는 것 자체가 위선이다. 그녀의 소중한 사람들에게 상처를 준 주제에 잘 있냐고!?"

빠득, 이를 간 진현이 낮게 으름장을 놓자 칼 레드는 눈을 동그랗게 뜬 다음 자신의 눈가를 살짝 손가락으로 문지르면서 낮게 웃었다. 그리고 조용히 입을 열었다.

"후훗, 나와 같은 동류인 너한테까지 그런 말을 들을 줄 몰랐는데……."

"헛소리!"

"헛소리라고? 너도 나와 마찬가지가 아닌가? 소중한 사람 하나만 있다면 세계 정도는 간단히 버릴 수 있는 주제에 말야."

나직하게 내뱉는 그의 목소리는 빗속에 묻혀서 잘 들리지 않았다. 그러나 진현은 모두 다 알아들었고 점점 표정이 굳어졌다. 마치 하늘에 구멍이라도 뚫어놓은 것처럼 퍼붓는 빗속에서 진현과 칼 레드는 서로를 한참 동안 바라보았다. 소중한 사람을 위해서 세계도 멸망시킬 수 있다고? 그야 당연하지. 하지만 그것조차도 소중한 사람이 싫어하리란 걸 안다. 그동안 인연을 맺고 지내온 모든 사람들이 사라졌는데… 아무리 자신을 위해서라곤 하지만 좋아할 사람이 어디 있단 말인가.

자신의 등 뒤에 찰싹 달라붙어 있는 현홍이 조용히 손으로 자신의 팔을 붙잡는 것을 느끼며 진현은 입술을 달싹였다. 공해가 없기 때문에 시원한 빗물이 입속으로 스며들었다.

"미안하지만… 네 생각에는 동의해 줄 수가 없다."

현홍은 애처로운 눈으로 진현의 옆얼굴을 올려다보았다. 그리고 조용히 입술을 깨물면서 눈을 감았다.

자신의 코트에 스며드는 물기를 가만히 내려다보던 칼 레드가 손등으로 턱을 따라 흐르는 물줄기를 닦아내면서 무겁게 입을 열었다.

"자기 주관을 그대로 관철시키려고 애쓰는 것은 너희 집안의 내력인가 보군."

어쨌거나 지금 현재의 생에서는 아영과 진현은 조금 멀기는 하지만 피가 통한 사이니까 아마 그것을 두고 하는 말 같았다. 얼굴을 손으로 감싸면서 칼 레드는 천천히 검지손가락을 뻗었다. 진현이 흠칫하여 몸을 움직이기도 전에 칼 레드의 나직한 목소리가 들렸다.

"후회하게 될 거다."

그의 검지손가락이 움직이면서 알 수 없는 붉은 선을 허공에 그려댔다. 에오로는 두 손으로 검을 거머쥐었고 진현 역시 운을 뽑아 들었다. 그러나 기다리는 공격은 없었다. 마치 하나의 문양처럼 허공에 완벽하게 그려진 붉은빛의 선들을 보면서 칼 레드가 미소를 띠었다.

"깨져라."

짧게 말하는 그의 목소리를 진현은 제대로 듣지 못했다. 그러나 칼 레드의 앞의 허공에 떠 있던 붉은 문양이 빛을 발하면서 마치 유리가 깨지는 듯 쨍그랑 소리를 내며 조각조각나 버리는 것이었다. 에오로는 귀를 막으면서 미간을 찌푸렸고 진현은 무슨 일이 있어날 것인지 주의 깊게 칼 레드를 살폈다.

"아아악!"

흠칫.

진현은 자신의 등 뒤에서 들려온 비명 소리에 소름이 돋는 것을 느끼면서 고개를 황급히 돌렸다. 억수처럼 퍼붓는 빗줄기 속에서 외마디 비명을 지르면서 가슴을 부여잡은 채로 쓰러지는 현홍의 몸을 진현은 한 팔로 받쳐 들었다. 새하얗게 질려 버린 진현의 얼굴처럼 에오로도 경악으로 얼굴이 딱딱하게 굳어버렸다. 한쪽 무릎을 꿇고 앉아 현홍의 몸을 부축한 진현의 손은 부들부들 떨리고 있었다. 창백하게 질린 얼굴이 되어 정신을 잃고 있는 현홍의 얼굴을 내려다보면서 그는 입술을 깨물었다.

"칼 레드!"

"후회한다고 했지. 날 너무 우습게 보면 곤란해. 그 녀석이 도망갈 것을 몰랐다고 생각했나? 이미 충분히 예상하고 있었지. 그래서 미리 손을 써둔 거다."

진현의 입술에서는 한줄기 피가 흘러내렸다. 비록 빗물에 씻겨 조금은 옅어졌지만 이빨로 너무 짓눌러서 입술이 터진 것이다. 가녀린 현홍의 어깨를 붙잡은 진현은 고개도 돌리지 않은 채 소리쳤다.

"너, 정말로 죽고 싶은 건가!?"

그의 몸에서 빗속의 안개처럼 검은 기운이 스멀거리며 피어올라 왔고 그와 함께 그의 검은 머리카락도 바람에 흩날리듯이 움직였다.

에오로는 현홍에게 다가가려다 그 기운에 움찔하면서 한 발자국 뒤로 물러났다. 진현의 몸에 닿은 물방울들이 수증기로 변해서 흩어졌다. 진현의 품에 안긴 현홍은 미동조차 하지 않았고 파랗게 질린 입술과 안색 때문에 마치 죽은 사람처럼 보였다. 분노에 겨워 자신도 모르게 인간임을 버리려고 하는 진현을 보면서 칼 레드는 피식 웃었다.

"후훗, 넌 분명히 인간이라고 맹세를 했을 텐데 지금 네 몸에서 뻗쳐 나오는 기운은 아무리 봐도 인간 같지가 않군. 이 자리에서 싸울 텐가? 수도가 괴멸될 텐데?"

"입 닥쳐! 현홍이에게 무슨 짓을 한 거냐!"

혈관이 터졌는지 굳게 쥔 주먹에서도 피가 흐르고 있었다. 그런 진현을 에오로는 안타까운 듯이 쳐다볼 뿐이었다. 지금은 자신이 말려도 들을 정신이 아닐 테니까.

얼굴을 한 손으로 가리면서 칼 레드는 고개를 숙인 채 키득거렸다.

"역시 다혈질이로군. 어쨌거나 멋진 모습이다. 네 그 소중한 인간에게 걸린 봉인은 심장에 있는 문양이다. 정확히 말하자면 그 문양으로 소환된 작은 마룡이지. 그것은 정확히 99일이 되는 날에 그 인간의 심장을 파먹을 것이다. 그렇게 되면 당연히 죽게 되겠지?"

한가롭게 말을 하는 그와는 달리 에오로와 진현의 얼굴은 파랗게 되어버렸다. 진현의 몸에서 피어오르던 검은 기운은 일순 잠잠해져 버렸다. 칼 레드는 조용히 자신의 턱을 매만지면서 여전히 웃는 얼굴로 말을 이었다.

"그 인간을 살리고 싶다면 99일 이전에 날 찾아와라. 물론 내가 어디에 있는지는 자력으로 찾아와야 할 거다. 쿡쿡, 재미있는 게임이 되겠군."

"칼 레드!"

진현이 악에 받친 목소리로 외쳤지만 칼 레드는 살며시 손을 휘저으며 안개 속으로 사라질 따름이었다.

쏴아아아―!

도무지 그칠 기미가 보이지 않는 빗속으로 진현은 분한 듯이 땅을 주먹으로 내려쳤고, 곧 피가 배어져 나왔다. 빗물에 의해 이내 씻겨져 내려가고 말았지만 진현의 굳은 얼굴은 풀어질 줄 몰랐다. 비가 계속해서 내렸다. 마치… 이후에 있을 슬픈 일을 예감이라도 하듯 하늘이 흘리는 눈물처럼.

저택은 난리가 나버렸다. 나간 지 얼마 되지도 않아서 비를 맞으며 들어온 세 명… 특히 진현에게 안겨서 들어오는 현홍을 본 이들 때문이었다. 에오로는 아무 말 없이 2층의 방으로 올라가는 진현의 뒷모습을 바라볼 따름이었다. 수건으로 닦지도 않은 채 비를 맞은 그대로 현홍을 안고 2층으로 올라가 버린 그를 잡으려는 사람들을 에오로는 조용히 저지했다. 지금은 진현… 혼자 있고 싶을 테니까. 정확히 말하자면 현홍과 단둘이서만.

에오로는 진현을 대신해서 사람들을 모으고 설명을 하는 입장에 놓였다. 주위에서는 현홍이 왜 저러느냐, 무슨 일이 있었느냐 하고 난리를 피우는 사람들이 많았으니까. 1층에 있는 홀로 사람들을 데리고 들어간 에오로는 방문을 안에서 걸어잠근 후에 조용히 숨을 가다듬었다. 어디서부터 설명을 해야 할까. 조용히 고개를 떨구는 에오로의 진지한 모습은 다른 사람들을 불안하게 만들기에 충분했다.

조용히 입을 연 에오로가 대로에서 일어났던 일들을 천천히 얘기해 주었다. 칼 레드가 나온 부분부터 사람들의 표정은 눈에 띄게 안 좋아졌다. 특히 아영의 얼굴은 거의 하얗게 질린 상태였다. 몇 분도 채 지나지 않아서 모든 이야기를 마친 에오로는 푹신한 소파에 털썩 주저앉았다. 기운이 모두 빠졌기 때문이다.

"마, 말도 안 돼……."

손으로 입을 가리면서 식은땀을 흘리는 에이레이의 목소리였다. 그녀의 손을 꼭 잡고 있는 키엘이 눈물이 그렁그렁해진 눈으로 에이레이의 무릎에 얼굴을 묻었다. 도대체 왜 이런 일들이 자꾸 일어난단 말인가. 현홍이 돌아온 지 얼마나 지났다고. 셀로브는 벽에 기대어서서 팔짱을 낀 채로 무뚝뚝한 얼굴로 허공만을 바라보았다. 무언가 생각하는 듯 잠시 눈을 감았다 뜬 그가 입을 열었다.

"99일… 이라고."

남아 있는 현홍의 목숨이, 아니, 그것은 어디까지나 칼 레드를 찾지 못했을 때의 말이다. 칼 레드를 찾게 된다면… 현홍은 살 수가 있다.

머리를 감싸 쥐면서 고개를 숙인 아영이 눈을 질끈 감았다. 현홍에게 닥친 일이 꼭 자신 때문인 것처럼 느껴졌기 때문이다. 그녀의 옆에 앉아 있는 솔루드는 조용히 그녀의 어깨를 손으로 감싸 안으며 미간을 찌푸렸다. 역시 자신은 아무런 도움도 되지 못한다는 사실 때문이었다.

침울한 분위기에 어려운 이야기지만 대충 이해를 한 루가 자신의 옆에 앉아 있는 우혁의 팔을 손으로 잡으면서 조용한 목소리로 물었다.

"그럼… 그럼 현홍이 형은? 죽는 건 아니지?"

혹시나 혼이 날까 봐 죽는다는 말을 할 때 루의 목소리는 극히 작아졌다. 우혁은 살며시 루의 머리를 쓰다듬으면서 고개를 저었다.

"걱정 마, 괜찮을 테니까."

현홍의 얘기를 듣고 더욱 피곤한 표정을 짓는 니드는 자신의 이마를 손으로 짚었다. 이래저래 너무 많은 일들이 일어나는 여름이라고 생각하면서 니드는 천천히 눈을 감았다. 하지만 바로 죽는 것은 아니지 않은가. 99일씩이나 남았다. 아직 초조해할 시간은 아닌 것이다. 그는 그렇게 생각했지만 마음이 언짢은 것은 어쩔 수 없는 일이었다.

에오로가 자리에서 일어나면서 입을 열었다.

"저는 카이트님께 부탁해 봐야겠어요. 현자의 탑에도 물어보고… 자력으로 찾아오라고 했으니 능력껏 노력해야죠."

그렇게 말하면서 에오로는 피식 웃었다. 비에 젖은 머리카락을 매만지면서 그는 약간 고개를 숙이면서 중얼거렸다.

"포기할 수는 없으니까요."

나직하게 말했지만 홀은 고요했기 때문에 그의 말을 듣지 못한 사람은 없었다. 그 말을 남기고 에오로는 방을 나섰고, 셀로브는 쓴 미소를 지었다. 99일씩이나 남았는데 포기할 수야 없겠지. 그렇게 생각하는 그의 귀에 우혁의 목소리가 들렸다.

"셀로브, 당신도 조금 알아봐 주셨으면 합니다만?"

"…미안하지만 난 연줄이 없어서 말야."

"그것에 대해서는 걱정 마십시오. 저와 잠시 이야기 좀 하시겠습니까?"

자리에서 일어나며 우혁이 진지하게—항상 진지하지만—말하자 셀로브는 잠시 고개를 갸웃거리더니 우혁과 함께 방을 나섰다. 그들이 나간 후 방은 일순간 조용해졌다. 무엇을 생각하는지 아영은 그녀답지 않게 조용히 눈을 감은 채로 고개를 숙이고 있을 따름이었다.

방을 나선 우혁은 조용히 복도 한 켠에 기대어섰다. 구름이 잔뜩 껴서 밖은 상당히 어두웠기에 이미 등불들이 복도에 걸려 있어서 복도는 낮처럼 훤한 정도였다.

고개를 살짝 틀어서 창밖으로 쏟아지는 비를 바라보고 있는 우혁에게 셀로브는 조용히 물었다.

"그런데 할 말이 뭐지?"

천천히 고개를 돌린 우혁은 자신의 옷, 스탠드 칼라를 만지면서 나직하게 말했다.

"제가 드래곤 일족에게 선택을 받아서 이곳에 왔다는 사실을 이미 알고 계시리라 생각합니다. 어쨌거나 그들은 마족과도 친분이 있지요. 셀로브, 당신 어머니에 대한 소식을 들었습니다."

"…… !"

셀로브의 안색이 빠르게 바뀌었다. 자신이 어린 마족이었을 때 떨어져 버린 어머니… 수백 년 동안 발록의 동굴에서 그의 시중을 들며 살았을 동안 한 번도 듣지 못했던 어머니의 소식이라고? 그의 손이 덜덜 떨리는 것을 보면서 우혁은 조심스럽게 입을 열었다.

"친분이라기에는 뭐하지만… 당신의 어머니인 운골리언트는 현재 마계의 변방에 있다고 합니다. 그녀의 성은 다른 곳이지만… 당신을 잃어버린 이후에 쭉 마계를 돌아다녔다고 하던데… 어머니를 만나고 싶지 않으십니까?"

"…그걸 질문이라고 하는지 모르겠군."

"알겠습니다. 그렇다면 드래곤 족을 통하여 당신의 어머니께 연락을 드려도 되겠습니까?"

"…좋을 대로."

셀로브는 우혁의 말에 꼬박꼬박 대답을 하기는 했지만 조금 정신이 없는 중이었다. 이렇게… 이렇게 나약하게 살고 있는 모습을 본다면 어떤 말씀을 하실까. 그런 걱정부터 되었다. 이를 악문 셀로브가 거칠게 자신의 머리를 긁적이면서 복도를 걸어가자 우혁은 아무 말 없이 그의 등을 쳐다볼 뿐이었다.

어두운 방 안에 진현은 의자에 앉아서 가만히 고개를 숙이고 있었다. 창문을 통해 들어오는 건 흐릿한 빛뿐, 그 이상도 없는 컴컴한 방에서 진현은 침대에 누워 있는 현홍을 내려다보고 있었던 것이다. 빗물이 뚝뚝 떨어지는 칠흑의 머리카락이 그의 하얀 얼굴을 커튼처럼 가리웠다. 비를 많이 맞아서 파랗게 질린 입술을 깨물면서 진현은 주먹을 쥐었다 폈다. 젖어 있는 셔츠를 갈아입을 생각도 하지 않았다. 지금은 그런 것 따위가 중요한 것이 아니었으니까. 그러나 현홍의 옷은 깨끗하게 갈아입혀 주었다.

그래도 옷을 갈아입히는 그 순간에도 현홍은 깨어나지 않았다. 마치 죽은 사람처럼 새하얀 얼굴로 뻣뻣하게 잠이 들어 있었다. 서리가 끼어 있는 안경을 살며시 손가락으로 벗어낸 진현은 그것을 마치 쓰레기라도 되는 것처럼 바닥에 흘려 버렸다. 툭 하고 작은 소리를 내면서 떨어진 안경에 신경도 쓰지 않고 진현은 부들부들 떨리는 손을 뻗어 차가워진 현홍의 뺨을 만지면서 진현은 눈을 감았다.

"…현홍아."

깊은 잠에 빠진 현홍은 눈을 뜨지 않았고, 그의 뺨은 차가웠다. 거우거우 다시 내 곁으로 왔는데… 왜 항상 이런 일만 일어나는 것일까? 어째서 행복하게 놔두지 않는 건지. 어둑한 방에서 진현은 현홍의 뺨과 얼굴을 매만지면서 한참을 그렇게 자신을 책망하고 운명을 책망하였다.

삐걱.

작게 문이 열리는 소리가 들리면서 환한 빛이 방으로 쏟아져 들어왔다. 그러나 진현은 고개조차 돌리지 않았다. 현홍의 얼굴에서 눈을 떼면 또다시 사라져 버릴 것 같아서. 길게 늘어진 그림자가 조용히 자신에게로 다가오는 것을 느꼈지만 진현은 고개를 숙인 채로 움직이지 않았다.

"멍청한 녀석."

번뜩.

진현은 정신이 번쩍 드는 것을 느끼면서 황급히 고개를 들어 올렸다. 방에는 빛이 거의 없었기 때문에 흐릿하게 보였지만 그 목소리는 잊을 수 없는 것이었다.

긴 흑단 같은 머리카락을 늘어뜨리고 청남색의 공단으로 지은 차이니즈 정장을 입은 사내가 자신의 옆에 서 있었다. 흰 매화가 곱게 수놓아진 옷자락을 살며시 옆으로 젖히면서 그는 침대 맡에 걸터앉았다. 멍한 표정으로 자신을 뚫어져라 쳐다보는 진현의 머리를 들고 있던 부채로 탁 소리나게 때려준 그가 입을 열었다.

"만날 때마다 멍청하게 있는구나, 네 녀석은."

"…주월."

흰 한지가 붙은 부채를 펼치면서 주월은 고개를 돌려 침대에 누워 있는 현홍을 내려다보았다. 그리고 살짝 혀를 차면서 말했다.

"언제나 걱정만 시키는 녀석, 네 녀석도 마찬가지이고. 도대체 애 간수를 어떻게 하는 거냐?"

매섭게 말하는 그의 목소리에 진현은 미간을 찌푸리면서 고개를 세차게 저었다. 두 손으로 얼굴을 덮은 진현은 침대에 앉은 주월의 무릎에 얼굴을 묻었다. 그리고 조금은 떨리는 목소리로 말했다.

"왜… 왜 현홍이만 이렇게 아파해야 하는 거냐? 왜, 이렇게 이 아이만 괴롭히는 거냔 말이다. 왜… 왜……?"

곱게 얼굴을 구긴 주월은 부채를 접어 자신의 옆에 놓아둔 채로 조용히 진현의 머리카락을 쓰다듬었다. 촉촉이 젖어 있는 머리카락이 그의 희고 긴 손가락 사이를 스쳐 지나갔다. 주월은 측은하다는 눈으로 진현을 내려다보았고, 진현은 계속해서 조금씩 떨리는 목소리로 말을 이어갔다.

"이곳에 온 이후로… 현홍이는 편해본 적이 없어. 항상 다치고 마음 아파했지. 대체… 대체 현홍이가 무슨 죄를 지었길래!? 차라리 날 죽이란 말야!"

"…진심이냐?"

묵묵한 목소리로 되묻는 주월을 진현은 천천히 고개를 들어 올려다보았다. 어두운 방 안에서 주월의 얼굴은 평소보다 강건하고 더 차가워 보였다. 잠시 동안 그를 보던 진현은 조용히 고개를 끄덕였다.

"현홍이가 상처받지 않을 수만 있다면… 난 죽어도 상관없어."

"……."

분명한 진심이 들어가 있는 말이었기에 주월은 아무런 말도 할 수 없었다. 죽는다면? 죽는다면 현홍이가 행복할 것이라고 생각하는 거냐라는 말도. 현홍이처럼 마음 여리고 착해 빠진 녀석은… 네가 죽으면 더 큰 상처를 받고 아파할 것이 분명한데. 입술을 깨물면서 작게 잇소리를 낸 주월은 다시 고개를 돌려 현홍을 보았다. 그리고 조용히 시트를 내린 후에 그의 셔츠 단추를 몇 개 풀어헤쳤다. 진현이 멍한 눈으로 주월의 행동을 보는 동안 주월은 현홍의 심장 부근에 새겨진 이상한 문양을 내려다보는 중이었다.

붉은색과 검은색의 선으로 조합된 문양. 어디선가 보았던 문양이라고 생각하면서 주월은 조용히 중얼거렸다.

"저주의 용언. 마룡족들이 자주 하는 술법이지. 자신 외에는 풀 수 없는 것이기도 하고 99일이라는 제한 시간 동안 저주를 받은 자는 때때로 심장을 쥐어짜는 고통을 받게 된다. 99일이라는 시일에 가까워지면 가까워질수록 말이다."

"…그럼 풀 수 있는 방법이 없단 말이야?"

진현의 물음에 주월은 살짝 고개를 저으면서 자신의 턱을 쓰다듬었다.

"아니, 우선은 저주의 시전자의 죽음이 있지. 그가 죽음으로써 저주가 풀어질 수 있어. 그리고 그 스스로가 풀어주는 방법도 있고. 생각 외로 간단한 방법이야."

"마룡왕… 칼 레드를 찾아야 해."

이를 악물면서 주먹을 쥐는 진현을 보면서 주월은 잠시 동안 눈을 감았다가 떴다. 그 표정은 분명 슬프면서도 측은한 표정이었지만 진현은 그 표정을 보지 못했다. 다만 진현의 현재 머리 속에는 칼 레드를 찾아야 한다는 생각뿐. 99일 동안 찾는 것은 쉬울 수도, 어려울 수도 있다. 얼마나 노력하느냐에 달린 것이다. 그리고 간혹 고통에 시달린 다고도 하니 빨리 찾으면 찾을수록 좋은 것이었다. 주월은 침대에 놓인 부채를 잡고 조용히 자리에서 일어났다.

부드럽게 현홍의 머리카락을 쓰다듬어 준 다음 이불을 덮어주고 주월은 부채를 촤악 소리나게 펴 들었다.

"칼 레드는 자신의 존재를 숨기는 데 능숙하다. 그리고 그 녀석 손에 테펜 체 에―디브 비 세크가 들어간 이상 마족과 신족, 그리고 드래곤 족 역시 인원을 총동원하여 녀석을 찾을 테니까 걱정 마라. 아마도 마룡족 전부를 소탕할 계획인 듯하다."

그의 말은 들은 진현은 어지러운 머리를 진정시키듯이 이마를 손으로 짚으면서 자리에서 일어났다.

"정보를 얻는 즉시 알려줄 건가?"

주월은 잠시 동안 대답하지 않았다. 고개를 살짝 갸웃거린 진현이 이상하다는 듯이 되묻기 전까지는.

"주월?"

"…그래, 알려주마."

"고맙군. 그런데 무슨 일이 있나? 안색이 좋지 않은데……."

피식 웃으면서 주월은 진현의 어깨를 두드렸다. 걱정하지 말라는 듯. 하지만 그 미소라는 것이 굉장히 묘한 빛을 띠고 있었기에 진현은 미간을 살짝 좁혔다. 주월이 짓고 있는 미소는… 굉장히 슬퍼 보였다. 그래서 진현은 방을 나서려는 주월의 손을 황급히 잡았다.

"무슨 일 있는 거냐? 너, 정말로 안색이……."

그러나 주월은 진현의 손을 조용히 다른 손으로 빼내면서 고개를 저었다. 그가 고개를 숙이자 빛에 비친 아름다운 머릿결이 더욱 빛을 발했다. 찰랑거리며 어깨 위를 흘러내리는 자신의 머리카락을 조용히 뒤로 쓸어 넘기면서 주월은 입술을 달싹였다.

"아무것도 아니다. …다음에, 다음에 다시 찾아오마."

그렇게 말한 주월은 진현이 다시 붙잡기도 전에 서둘러 방을 나섰고 남겨진 진현은 망연하게 주월이 나선 방문을 쳐다볼 뿐이었다. 주월이 들어선 방에는 그 누구도 방해할 수 없도록 공간의 결계가 쳐져 있었고, 그가 나섬으로써 그것은 사라졌다. 공간을 자유자재로 제어하면서 생명도 창조할 수 있는 최고의 연금술사인 주월이었기에 할 수 있는 일. 그는 천천히 복도를 걸어갔다. 그러나 종종 지나가는 하녀도 하인들도 그를 본 척도 하지 않았다.

실상 그는 보이지 않는 것이었다. 원하는 사람에게만 보일 수 있도록 할 수 있으니까. 이곳에서 주월의 모습을 볼 수 있는 것은 진현뿐이었다. 대리석 복도를 탕탕 울리면서 걸어가던 주월은 살며시 고개를 돌려 창밖으로 쏟아지는 비를 바라보았다. 유리창에 흘러내리는 빗물을 보면서 주월은 조용히 고개를 숙였다. 창틀을 두 손으로 붙잡은 채로.

등불의 불빛이 일렁일 때마다 주월의 그림자도 이리저리 흔들렸다. 마치 지금 그의 심정을 반영하는 것처럼. 그는 조용히 눈을 감으면서 작은 목소리로 소곤거리듯 말했다.

"…미안하다, 진현아."

자조하는 듯이 내뱉는 그의 말을 들을 수 있는 사람은 아무도 없었다. 다만 자신에게 하는 말처럼 작고… 이상하도록 짙은 슬픔에 가득 차 있었다.

어느새 시간은 제법 흘러서 저녁 시간이 되어 있었다. 하늘을 검게 메우고 있던 먹구름은 그대로였지만 다행인지 비는 거의 그치려 했다. 안개가 잔뜩 끼어서 원래라면 청아한 하늘 아래로 반짝여서 아름다운 풍경을 자랑해야 할 수도의 성벽도 보이지 않았다. 회색의 뿌연 하늘은 보는 이의 마음도 절로 무겁게 만들었다. 식당이 있는 홀에서 아영은 팔짱을 낀 채로 한쪽 어깨를 벽에 기대고 서 있었다. 그리고 눈은 진지하게 빛났다.

정말로 몇 년에 한 번 볼까 말까 한 그녀의 진지한 모습에 에오로는 입에 간식용 육포를 물고 질겅질겅 씹어 먹으면서 다가왔다.

"어이, 표정이 영 어두운데?"

그의 말에 아영은 자신의 팔을 끌어안으면서 조용히 입술을 깨물었다. 조금 심각해 보이는 표정이었기에 에오로는 이거 정말 이상하다고 생각하면서 입에 문 육포를 손으로 받아 들었다.

"왜 그래? 현홍이 때문에?"

"아니… 아니야. 이상하게 몸에 오한이 몰려와서."

"감기냐? 환절기니까……."

"감기 같은 게 아냐. 심장이 두근거려. 불안해⋯ 무슨 일이 일어날 것 같아."

한숨을 내쉰 아영은 조용히 자신의 이마를 손으로 짚으면서 고개를 저었다. 그녀의 이마에는 식은땀이 맺혀 있었다.

"⋯이런 생각하면 안 되겠지. 하지만 그래도⋯ 불안해."

"정령들이 뭐라고 말하는 거야?"

아영이 진지하게 나오자 에오로 역시 얼굴 표정을 굳히면서 되물었다. 그러나 아영은 살짝 고개를 저으면서 손등으로 이마의 땀을 훔쳤다. 온몸에 오한이 돌고 이 저택 전체에 검은 기운이 끼는 느낌이었다. 심장이 마구 뛰는 것이 마치 병에 걸렸을 때처럼 반응했다. 그리 덥지도 않은데 이마에는 땀에 맺혔다. 한차례 깊게 한숨을 내쉰 아영은 자신의 얼굴을 손으로 감싸면서 작게 말했다.

"나 내 방에 가서 좀 쉴게. 솔루드한테는 비밀로 해줘."

"어, 알았어."

창백한 얼굴로 자신의 방으로 향하는 아영의 뒷모습을 보면서 에오로 역시 조금은 오싹한 느낌을 받았다. 원래 느낌이나 기분이라는 것은 전염되기 때문에 저런 말을 들으면 듣는 사람도 불안감을 느끼기 마련인 것이다.

쿠르릉, 쿠릉!

검은 먹구름이 조금씩 움직이면서 밝아졌다가 흐려지기를 반복했다. 천둥과 번개가 치는 것인가? 아영이 기대어 있던 창가에서 에오로는 한동안 창밖을 쳐다보았다. 조금 전까지 그쳤던 비가 한두 방울씩 다시 내리기 시작했다. 무더위가 가신 것은 좋지만⋯ 이렇게 홍수가 날 것처럼 퍼붓는 것은 좋아하지 않았다. 아영의 말처럼 부디 안 좋은 일이 없기를 바라면서 유리창을 때리는 빗물을 보고 있는 에오로의 곁으로 솔루드가 주위를 두리번거리면서 다가왔다.

"에오로님, 아영님이 어디 가셨는지 보셨습니까? 방금 전까지 여기 계시던 것 같은데."

걱정스러운 얼굴로 묻는 솔루드에게 에오로는 천연덕스러운 표정으로 대답했다.

"음, 오늘은 조금 피곤하다고 일찍 잔다고 하던걸요. 그리고 방에는 될 수 있으면 오지 말래요. 조용히 자고 싶다고."

"그렇습니까? 잘 알겠습니다."

고개를 살짝 숙이면서 인사를 마친 솔루드가 등을 돌리고 다른 곳으로 가려고 했다. 그때 에오로는 문득 궁금한 것이 생겼다. 그래서 목소리를 높여 솔루드를 불렀다.

"저기, 솔루드."

문을 나서려던 솔루드가 조용히 걸음을 멈추고 고개를 돌렸다. 왜 그러냐는 듯이 눈을 깜박이는 솔루드를 보면서 에오로가 피식 미소를 흘렸다.

"아영이가 그렇게 좋아요?"

"예?"

당황스러운 질문을 받은 솔루드는 잠시 주위를 둘러보는 척했다. 아마도 주위에 사람이 있는지 없는지를 살펴보는 것 같았다. 헛기침을 몇 번 한 후 솔루드는 자신의 세피아 색 머리카락을 쓸어 넘기면서 조금 고개를 숙였다.

"흠흠, 이상한 질문을 다 하시는군요."

"킥, 나이 차이도 많이 나는데 그런 꼬맹이 좋아하고 싶어요? 성격도 완전 괴팍 그 자체인데."

짓궂게 웃으면서 대답을 기다리는 에오로를 보면서 솔루드는 쓴 미소를 지었다.

"나이가… 상관이 있을까요? 아홉 살 차이로군요, 아영님과 저는. 생각해 보니 조금 나이 차이가 나는 것도 같습니다만… 사랑에 그런 것이 무슨 상관일까요."

생각 외로 담담하게 말하는 솔루드를 보면서 에오로는 작게 박수를 쳤다.

"헤헤, 꽤 대담한걸요. 하지만 알고 있죠, 아영이가 어디 사람인지?"

박수 소리도 멎고 에오로의 미소도 입가에서 사라졌다. 그와 동시에 솔루드 역시 미소를 지우면서 에오로를 마주 보았다. 잠시 후, 그는 조용히 고개를 숙이고는 등을 돌리며 걸어나갔다. 자신의 질문이 조금 심했나 생각하면서 멋쩍은 기분으로 머리를 긁적인 에오로의 귀에 낮은 음성이 들려왔다.

"…비록 그분께서 원래 사시는 곳으로 돌아가셔도 마음은 변하지 않을 겁니다. 저도… 그분도."

자기 자신뿐만이 아니라 아영의 마음까지 변하지 않을 것이라고 말한 후 조용히 사라지는 솔루드를 보며 에오로는 한 방 먹었다는 듯이 이마를 짚고 하하 웃었다.

"쿡, 대단한 자존심이네요. 뭐, 틀린 말은 아니겠지만……."

머리를 긁적인 에오로는 조용히 시선을 돌렸다. 진현도, 아영도… 우혁도, 현홍도… 언젠가는 모두 헤어질 사람들인데. 씁쓸한 마음에 에오로는 입맛을 다시면서 손에 든 육포를 입에 물고는 입술을 오물거렸다. 언젠가는 헤어져도 중요한 것은 지금이다, 그렇게 말한 사람이 생각이 났다.

　　"…그렇죠, 스승님?"

　중요한 것은 현재. 충실하게 살아가는 삶이 중요할 뿐이다.

꿈의 끝 2

이미 밤은 꽤 깊어져 있었다.

어둑해진 밤의 고요함 속에서 비는 주룩거리면서 내렸고, 그것은 밤의 을씨년스러움을 더해 주었다. 자정을 넘긴 늦은 밤임에도 불구하고 진현은 잠들지 않고 있었다. 니드가 억지로 현홍의 간호를 잠시 한다고 해서 그는 현재 자신의 방에 와 있는 중이었다. 비에 젖어버린 옷을 벗고 샤워도 깔끔하게 마친 진현은 탁자 위에 있는 와인 병을 기울였다.

투명한 유리잔에서 흘러 들어가는 붉은 물결을 내려다보면서 진현은 작게 한숨을 쉬었다. 셔츠의 단추를 뗀 후에 잔을 들어 올린 진현은 조용히 입 안으로 와인을 흘려 보냈다. 알싸함과 함께 밀려오는 알코올로 인해 조금은 기분이 나아진 것 같았다.

"후우······."

젖어 있는 머리카락을 쓸어 넘긴 진현은 조용히 탁자 옆에 있는 의자를 끌어다 앉았다. 낮에 칼 레드로 인해 화가 났을 때 어둠의 힘을 개방해 버려서 몸이 조금 피곤한 상태였다. 절대로 인간이라고 말한 주제에 다혈질인 것은 어쩔 수 없단 말인가. 그는 지끈거리는 이마를 손으로 짚으면서 고개를 저었다.

언제나… 언제나 생각하는 것이지만 자신 때문에 일이 틀어진다는 느낌이 드는 것은 어쩔 수 없나 보다. 진현은 조용히 고개를 숙였다. 그러나 그는 곧 다시 고개를 들어 올리면서 자리에서 일어났다. 그가 앉아 있던 탁자의 맞은편이 조용히 일렁거렸다. 진현의 미간이 살짝 좁아졌다. 정말이지 별별 것들이 다 귀찮게 군다고 생각하면서. 새하얀 빛이 커다란 구멍으로 변한 직후, 그 속에서 오랜만에 보는 인물이 모습을 드러냈다.

새하얀 빛의 가루들이 사방에 날려 방을 몇 배는 더 밝게 만들었다. 찬란하게 흩날리는 은발의 머리카락이 찰랑거렸고, 금색의 자수가 새겨진 흰색의 옷이 날개와 적절하게 어울렸다. 그러나 지금 진현의 심정으로는 그다지 환영하고프지 않았다. 골치가 아파와서 진현은 한쪽 머리를 엄지손가락으로 꾹꾹 누르면서 입을 열었다.

"오랜만에 보는군, 샤테이엘."

"오랜만에 뵙사옵니다. 그간 평안하셨는지요?"

"…몰라서 묻는 것은 아니겠지?"

싸늘하게 내뱉는 진현의 말에 샤테이엘은 조용히 고개를 조아렸다. 그동안 깜깜무소식이었던 주제에 이렇게 머리 어지러울 때 불쑥 튀어나오다니. 정말로 얄밉지 않은가. 의자에 거칠게 앉으면서 진현은 다시 와인 잔을 들어 올렸다. 흰색의 소매로 입가를 가리면서 샤테이엘의 가느다란 목소리가 다시 허공에 울려 퍼졌다.

"골치 아픈 문제가 많으신 모양입니다. 조금… 도움을 드리기 위하여 찾아뵈었사옵니다."

와인 한 잔을 금세 비운 진현이 미간을 살짝 찌푸리면서 되물었다.

"도움? 그동안에는 코빼기도 보이지 않았던 주제에 이제야 와서는 도움이라고? 웃기지도 않는군."

"…신의 명령이니 부디 거절하지 말아주십시오."

"그 딴 신 때문에 지금 현홍이가 어떤……!"

홧김에 자리에서 벌떡 일어서면서 외친 진현은 이를 갈며 샤테이엘을 노려보았다. 현홍이의 생각만 하면 피가 거꾸로 올라가는 기분과 함께 그 빌어먹을 신을 족치고 싶은 기분이 드는 그였다. 주먹을 움켜쥐고 다른 손으론 탁자를 짚으면서 고개를 숙였다. 축 늘어지는 진현의 검은 머리카락을 보면서 샤테이엘은 나긋하게 다시 말했다.

"당신의 분노가 어느 정도인지… 알고 있습니다. 하지만 진정하시고 제 말을 좀 들어봐 주십시오. 당신의 그 소중한 분께 관련된 일이니……."

"뭐?"

생각하지도 못한 말에 진현은 고개를 번쩍 치켜들어 샤테이엘을 바라보았다. 은빛 머리카락은 그가 움직일 때마다 아름다운 빛의 가루들이 휘날렸고, 그것은 날개가 퍼득거릴 때도 마찬가지였다. 하지만 허공에 날린 빛의 가루들은 조금의 시간이 지나면 곧 사그라졌다. 모닥불의 불티처럼. 샤테이엘은 아이스 블루의 눈동자로 가만히 진현을 응시하면서 남성인지 여성인지 알아들을 수 없는 그 미성의 목소리로 말했다.

"지금 현홍님의 상태는 건강상의 큰 문제는 없습니다. 봉인이 깨어지면서의 충격으로 잠이 드신 것뿐. 하지만… 하지만 그 저주의 용언을 받은 인간은 시전자의 명령을 듣게 됩니다."

"뭐라고?!"

"…마룡왕 칼 레드가 어떤 명령을 내렸는지는 모르지만, 하나의 프로젝트가 걸려 있다면 그것을 실행하기 전에는 원래대로 돌아오지 못한다는 것입니다. 하나의 명령을 수행하면… 다시 원래의 현홍님으로 돌아오시게 되지요."

뒤통수를 커다란 돌멩이로 후려친 것처럼 띵하니 아파왔다. 갑자기 나타나서는 한다는 말이 이런 말이니… 이제부터는 나타나도 쫓아내야겠다고 생각한 진현은 서둘러서 방의 문을 열어젖혔다. 현홍의 방에는 니드 혼자만이 있다. 혹시나… 정말로 혹시나이지만 걱정스러운 마음에 현홍의 방으로 향하는 진현의 발걸음은 더욱 빨라졌다. 샤테이엘은 멀어져 가는 진현의 발걸음 소리를 들으면서 희미한 미소를 지은 채로 고개를 저을 뿐이었다. 밤이었기 때문에 듬성듬성 켜진 등불 사이로 진현의 그림자가 길게 늘어졌다.

정말이지 칼 레드… 붙잡으면 죽을 때까지 두드려 패줄 것이라는 생각을 하면서 진현은 현홍의 방문을 노크도 없이 벌컥 열었다. 헉헉거리는 숨을 몰아쉬면서 진현은 방으로 들어섰다. 하지만 침대에 누워있어야 할 현홍이는 보이지 않았다. 다만 침대에 엎드려 있는 니드뿐. 마른침을 삼킨 진현은 천천히 니드에게로 다가갔다. 그리고 니드의 어깨를 붙들어 살며시 흔들면서 그의 이름을 불렀다.

"니드? 니드… 일어나십시오."

"으, 으음……"

다행히도 우려하던 일은 일어나지 않았기에 진현은 안도의 한숨을 짧게 내쉬었다. 작은 신음 소리를 흘리면서 이마를 짚고 천천히 몸을 일으킨 니드는 어지러운 듯 잠시 비틀거렸다. 그리고 자신의 옆에 서 있는 진현을 보더니 미간을 찌푸리면서 입을 열었다.

"아, 진현? 왜… 여기는?"

"후우, 현홍이 어디 갔습니까?"

"예?"

진현의 질문에 니드는 당혹스러운 표정이 되더니 침대 쪽으로 고개를 돌렸고, 그 빈 침대를 보더니 창백한 안색이 되고 말았다. 그는 도무지 이해가 되지 않는다는 듯이 이마를 짚으면서 중얼거리기 시작했다.

"아, 아니… 분명히 현홍이 깨기를 기다리면서 저는 책을 읽고 있었는데 갑자기 눈앞이 깜깜해지면서…… 그리고는 기억이 나질 않습니다. 혀, 현홍이는 대체?"

굳은 얼굴이 된 진현은 이를 악물었다. 역시 샤테이엘의 말이 맞기는 했던 것인지 현홍은 어디로 갔는지 사라져 버렸고, 니드는 아마도 그에게 공격을 당했던 것 같다. 칼 레드가 건 주문이 그 따위 효력까지 있을 줄이야. 주먹을 불끈 쥔 진현은 곧 니드의 어깨를 손으로 두드리면서 말했다.

"현홍은 지금 현홍이 아닙니다. 아시겠습니까? 칼 레드의 조종을 받고 있습니다. 저도 몰랐습니다만… 어쨌거나 현홍이를 찾아주십시오. 그러나 하인들을 쓰시면 안 됩니다. 혹시나 모르니까요."

"예? 그게 무슨 말씀이십니까?"

갑작스럽게 말하는 진현의 말에 니드는 이해가 가지 않는 듯이 눈을 동그랗게 떴다. 그러나 일일이 설명해 줄 시간 따위는 없었다. 무슨, 무슨 명령이었을까……. 얼굴을 손으로 덮으며 진현은 눈을 감았다. 칼 레드가 명령으로 내릴 만한 것이 이 저택 어디 있단 말인가. 차라리 면상 보면서 쥐어 패고 싸웠으면 속이 시원하겠다는 생각도 들었다. 니드는 그답지 않게 시간에 쫓기는 사람처럼 안절부절못하는 진형의 모습을 보면서 일이 조금 심각하다는 것을 깨달았다.

그리고 얼른 방을 뛰어나가면서 외쳤다.

"다른 사람들을 깨우겠습니다!"

현홍이 머무는 2층에 다른 이들 역시 다 방이 있었기에 다른 사람들 모두를 깨우는 데에는 별다른 시간은 걸리지 않을 것이다. 그러나 그 것을 기다리고 있을 시간도 없어서 진현은 우선 저택의 밖으로 나가보기로 했다. 그럴 일은 없어야겠지만, 칼 레드가 다시 현홍을 자신의 곁으로 부를 수도 있기 때문이었다. 1층으로 내려가는 계단을 날듯이 뛰어 내려간 진현은 주위를 둘러보았다. 사방은 쥐 죽은 듯이 고요했다. 침착해라, 김진현.

자신에게 주문을 걸듯이 세차게 뛰는 가슴을 진정시키면서 진현은 조용히 저택의 정원으로 나가는 커다란 문을 열었다. 그리고 곧 세차게 부는 비바람에 눈을 질끈 감았다. 셔츠가 펄럭이고 머리카락이 세차게 흩날렸다. 때늦은 태풍인지 종종 번쩍거리는 천둥과 번개도 쳤으며 눈은 타 들어가는 듯한 빛에 꽤 심한 타격을 입어야 했다. 고개를 휘휘 저은 진현은 머리를 한 손으로 잡으면서 천천히 밖으로 걸어나갔다.

운을 들고 나왔으면 좋았으련만……. 그는 무기조차 들고 나오지 않는 자신을 책망해야 했나. 사방에서 비와 바람, 그리고 풀잎들이 뒤섞여서 날아다녔다. 뺨을 때리는 빗물 때문에 아플 정도였다. 하지만 여기서 멈출 수는 없는 것이다.

"현홍아……."

바람과 빗물에 막혀서 목소리도 제대로 나오지 않았다. 마치 지금 당장이라도 홍수가 나버릴 것 같은 양의 비였다. A급 태풍은 몰아쳐야 볼 수 있을 법한 바람과 수량이어서 사람이 앞으로 걸어나가는 것도 힘들었다. 그래도 다행인 것은 정원에는 마법사들이 설치해 둔 영구화 광구가 설치되어 있다는 것이었다. 마법이 바람에 날아가는 것도 아니어서 길다란 막대기 위에 둥둥 떠 있는 광구 덕분에 시야는 확보할 수 있었다.

만약 사방마저 살필 수 없을 정도로 어둡다면… 큰일이었을 것이다. 비틀거리며 주위를 둘러본 진현은 천천히 앞으로 걸어갔다. 이 정도 비에 맞는다면 현홍의 체력도 견딜 수 없을 것이다. 지금은… 제정신이 아니니까 몸을 아끼지 않을 것이 분명했다. 그렇게 정원을 돌아다니면서 현홍을 찾는 진현의 눈에 한 나무 밑에서 가만히 서 있는 사람이 보였다.

이 야밤에… 이런 빗속에 서 있을 사람이 어디 있을까. 진현은 한숨을 내쉬면서 천천히 발걸음을 옮겼다. 나무에 등을 기대어선 채로 현홍은 멍한 얼굴이 되어 비와 바람을 맞고 있었다. 새파랗게 질려 버린 입술이 안쓰럽게 보였다. 잠옷은 비에 젖어 바람에 흉하게 펄럭거렸다. 진현이 자신에게로 가까이 다가오자 현홍이 조용히 고개를 돌렸다.

하지만 그 까만 눈동자의 초점은 맞지 않았고, 마치 백치처럼 멍한 표정이었다.

"현홍아……."

"……."

가만히 진현의 얼굴을 쳐다보던 현홍은 천천히 눈을 감으면서 스르륵 앞으로 쓰러졌다. 화급히 현홍의 몸을 잡아 든 진현은 안도의 한숨 반, 걱정 섞인 한숨 반을 내뱉으면서 고개를 저었다. 그래도 별일은 없어 보였다. 완전히 젖어버린 현홍의 몸을 부축하고 있자 저쪽에서 사람들의 목소리가 들렸다.

"어이! 괜찮아?!"

아영의 앙칼스러운 목소리를 들으면 진현은 대답할 기운도 없어서 그저 쓰게 웃음을 남길 뿐이었다. 완전히 축 처져 버린 현홍은 움직일 생각도 하지 않았다. 현홍은 사람들에 의해 자신의 방으로 옮겨졌다. 그리고 홀에서는 사람들이 모여 있었다. 초죽음이 된 진현은 의자에 앉아서 어깨에 걸쳐 둔 수건으로 얼굴을 닦았다. 한참 잘 자다가 아닌 밤중의 홍두깨라고, 잠에서 깬 다른 사람들은 모두 알 수 없다는 표정을 했다. 진현으로부터 설명을 듣기는 했어도 도무지 이해가 가지 않는지 잠옷을 입고 있는 아영이 두 손을 펼치면서 주위를 둘러보았다.

"대체 무슨 말인지 난 모르겠어. 그러니까 현홍이 현홍이 아니란 말야?"

조금 화가 났는지 그녀의 얼굴은 그리 밝지 못했다. 그런 그녀를 올려다본 진현은 수건으로 머리카락을 닦아내면서 고개를 끄덕였다.

"대충은 그래. 정확히 말하자면… 현재는 칼 레드의 조종을 받고 있다는 말이지. 뭔가 명령을 받아서 그것을 이행하기 전에는……."

"원래의 현홍으로 돌아오는 것이 불가능하다?"

"바로 그거야."

그의 담담한 말에 아영은 자신의 머리카락을 쥐어뜯으면서 외쳤다.

"칼 레드! 칼 레드! 이 빌어먹을! 너만은 도저히 용서 안 한다!"

잠에서 갑자기 깨서 기분이 나쁜지 아영의 앙탈은 평소보다 더 하이 소프라노로 진행되었다. 에오로는 시끄러운 듯 한쪽 귀를 손으로 막은 다음 하품을 길게 했다.

"그 명령이 뭘까요?"

그의 질문에 진현은 모르겠다는 듯 살짝 고개를 저었고, 그것으로 인해 홀에 모여 있는 사람들의 한숨이 깊어졌다. 하지만 잠이 덜 깬 상태에서 고민해 봤자 머리가 돌아갈 리도 없을 터. 그래서 셀로브는 손을 저으면서 사람들에게 말했다.

"됐어, 됐어. 우선은 현홍이 다시 정신을 잃었으니까 한숨 자고 일어나서 고민하자고. 우선 니드를 죽이지 않은 것으로 보아 그 명령에 '살해'라는 부분은 없는 듯해."

에이레이는 피곤한 얼굴이 되어서 고개를 끄덕였고, 다른 사람들 대부분이 동의했다. 하지만 현홍은 저대로 방에 혼자 둘 수는 없는 노릇이었다. 그래서 한 사람씩 번갈아가면서 감시를 하기로 했다. 우혁이 살짝 손을 들어 올리면서 무뚝뚝하게 입을 열었다.

"처음에는 내가 하지."

우혁 정도라면 믿을 만했기에 진현도 별다른 말 없이 고개를 끄덕였다. 그도 지금 체력이 한계에 다다라 있었기 때문에 조금이라도 쉬지 않으면 움직이기도 힘들었으니까. 천천히 수건을 머리에 얹은 채로 일어난 진현을 필두로 사람들은 다시 하품을 하면서 각자의 방으로 향했다. 우혁도 우선 자신의 방에 들러서 루가 잘 자는지 확인을 했고, 자신의 애도 '파사破邪'를 들고 현홍의 방으로 걸음을 옮겼다.

현홍은 자신의 침대에 누워 죽은 듯이 고요하게 눈을 감고 있었다. 그 모습을 보면서 우혁은 살며시 고개를 저었다. 요즘 들어 가장 많이 고생하는 것이 현홍이라는 생각이 들어서였다. 아스타로테에게 몸을 빼앗기고, 칼 레드에게도 이용을 당하는 것이 말이다. 침대에서 조금 떨어진 탁자 옆에 앉은 우혁은 자신의 검을 탁자 위에 올려놓으면서 조용히 눈을 감았다.

마치 경비를 서는 무사처럼 그렇게 앉아서는, 우혁은 별다른 미동도 하지 않았다. 그대로 동상이 된 것이 아닐까 생각이 들 정도였다. 그리고 조금의 시간이 지났을까, 우혁은 조용히 눈을 뜨고 침대에 누운 현홍을 멀리서나마 쳐다보았다. 밀랍으로 만들어진 인형처럼 현홍은 뒤척임 한 번 보내지 않았다. 자신의 검 파사를 두 팔에 안으면서 우혁은 조용히 입을 열었다.

"…일어나."

우혁의 담담한 목소리에 이어서 현홍의 몸에서는 검은 기운이 천천히 섞여져 나왔다. 아지랑이가 피어오르는 것처럼 희미한 기운과 함께 현홍의 몸이 조금씩 움직였다. 공포 영화에서 귀신에 들린 사람이 자신도 모르게 움직이는 것같이 그의 몸은 흐느적거리면서 자리에서 조용히 일어났다. 의자에서 일어나지도 않은 채 우혁은 조금 미간을 찌푸리면서 말했다.

"현홍이 형?"

그러나 그의 물음에 대답은 들려오지 않았다. 창백한 얼굴로 고개를 돌린 현홍은 붉은 입술을 호곡선으로 만들면서 조용히 침대에서 내려섰다. 하지만 그의 몸은 허공에 조금 떠 있는 상태였고, 생각 외로 사태가 어려워질 것을 예감한 우혁은 파사의 검집을 부여잡았다.

퍼억!

"…큭."

그러나 그가 미처 검을 뽑기도 전에 현홍이 뻗은 손가락에서는 길게 검은 기운이 칼날처럼 길어졌다. 그것은 우혁의 가슴을 그대로 통과하고 말았다. 자신이 방어도 채 하지 못하고 당했다는 데에 대해 우혁은 입술을 깨물면서 쓴 미소를 지을 수밖에 없었다. 겨우 몸을 비틀어 심장을 관통당하지는 않았지만 상처는 컸다. 검붉은 피가 그의 남색 셔츠를 물들여 갔고, 흰색의 테이블보 위에는 선홍색 핏자국들이 그로데스크하게 뿌려졌다.

파사의 손잡이를 잡고 바닥에 무릎을 꿇은 우혁은 천천히 거친 숨을 내쉬었고 다른 손으로는 테이블보를 잡았다. 그러나 테이블보는 힘없이 아래로 끌어당겨졌고 그와 함께 우혁의 몸도 바닥에 쓰러지고 말았다. 조용히 카펫 위로 번져 가는 피 웅덩이를 보면서 현홍은 아무런 행동도 취하지 않았다. 천천히 허공에 뜬 상태로 현홍은 방문을 열고 밖으로 나섰다. 복도에는 아무도 없었다. 마치 잠에서 덜 깬 사람처럼 멍한 표정의 현홍은 맨발인 상태에서 다시 걸음을 옮겼다.

우혁은 다행히도 일찍 발견되어 목숨은 구할 수가 있었다. 그가 부르지 않아서 현홍의 방에 와본 에오로가 아니었다면 그는 정말로 죽었을지도 모른다. 없어진 사람을 다시 찾은 지 얼마나 지났다고, 우혁을 이 모양으로 만들고 사라진단 말인가. 셀로브는 자신이 한 말을 철회할 수밖에 없었다, 현홍의 명령 중에서 '살해'는 없을 것 같다는 말을. 우혁의 침대맡에서 루는 눈물을 훌쩍였다. 진현은 묵묵한 눈으로 우혁을 내려다보았다. 조금 안색이 좋지 않기는 하지만 목숨은 건져서 다행이었다.

　사람들의 표정이 안 좋아졌고, 더불어 현홍을 어찌해야 할지 걱정하는 기색이 영역했다. 이대로 모두를 공격할 것인가? 그것도 아니면 다른 목적이 있는 것일까. 진현은 우혁의 방에 모인 사람들을 뒤로한 채 조용히 방을 나섰다. 검은색의 셔츠와 바지를 입고 그는 운을 허리춤에 차면서 조용한 목소리로 중얼거렸다.

　"…목적이 뭔지 모르겠어."

　『너 혼자 가려고? 위험할 텐데.』

　운의 걱정스러운 듯한 목소리가 들렸지만 진현은 피식 웃을 뿐 아무 말도 하지 않았다. 다른 사람은 할 수 없다. 자신이 나서야 할 뿐. 새벽이 되고 남청색의 푸른 하늘이 다시 펼쳐졌다. 간밤의 그 폭풍은 처음부터 없었던 것처럼 깨끗하게 펼쳐진 하늘에 뜬 별들이 진현의 눈길을 끌었다. 피식 웃으면서 저택의 문을 진현은 소리 소문 없이 빠져나왔다. 이상하게 한곳이 계속해서 마음에 끌렸다. 그곳에 있을 것 같은 느낌이랄까.

　쓴 미소를 지은 진현의 발걸음은 고요한 정적에 휩싸인 수도 스란비 케스트로 향했다. 몸의 체력은 거의 바닥, 만약에 현홍이 그 상태에서 어둠의 힘을 쓴다면… 분명 이길 수 없을 것이다. 그러니 자신이 가야 하는 것이다. 현홍을 이길 수 있는 사람은 안 된다. 그에게 상처를 입힐 수도 있으니까. 그러니까… 자신이 가야 하는 것이라며 진현은 속으로 중얼거렸다.

　그가 가고 있는 곳은 처음 일행들이 마룡왕 칼 레드와 조우한 디프본의 신전 지하의 던전이었다. 그냥 마음이 끌려서 가고 있을 뿐이다. 수많은 함정이 있었다고는 하지만 지금 그곳은 아영 일행이 아닌 현홍과 칼 레드가 그 안으로 들어가면서 몽땅 부숴놓았기 때문에 그럴 듯한 함정도 없다고 한다. 아니, 최하층의 그곳이 반붕괴된 이후로 결계 자체가 깨져 버려서 그저 지금은 폐허에 지나지 않았다. 물론 그곳에 들어가지 않은 다른 사람들은 그 던전이 그대로일 것이라고 생각하고 있지만.

빠른 걸음으로 도둑과 황금의 신인 디프 본의 신전으로 향한 진현은 조용한 야밤에도 자지 않고 돌아다니는 몇몇 사제들의 도움을 받아 지하의 던전 입구로 찾아 들어갔다. 그의 예상대로 처음 시작하는 입구부터 완전히 박살이 나 있었다.

"후우, 안으로 들어갈 수나 있을까."

혼잣말을 한 진현은 머리를 쓸어 넘기면서 폐허 속의 돌 더미를 조용히 밟고 안으로 들어섰다. 결계가 깨져서 이차원으로 가는 길은 없으니 쭉 계단을 따라서 내려가면 될 것이었다. 물론 계단도 곧 무너질 것처럼 흔들렸지만. 진현은 문득 자신의 눈에 띈 천 조각을 보았다. 휘어진 철근의 끝에 걸린 그것은 분명히 사람의 옷감 천이었다.

그리고 어디서 많이 본 색깔. 아이보리 색의 잠옷을 입은 현홍이 머리 속에 스쳐 지나가는 것을 느끼면서 진현은 자신의 생각이 제대로 짚었다는 것을 알고 실소를 내뱉었다.

대략 30분 정도 내려왔을까. 진현은 마치 대대적인 전투라도 일어난 곳처럼 박살 난 커다란 공터에 도착하게 되었다. 솔직히 말해서 공터는 아니었다. 화려해 보이는 유리창과 그 외의 커다란 기둥들이 부서지기 전의 아름다움을 간직하고 있는 듯했다.

『헤이헤이, 너랑 다니면서 이런 곳 많이 본다. 발록의 동굴도 그렇고…….』

나직하게 휘파람을 불면서 말하는 운의 손잡이를 살짝 쓰다듬어 준 진현은 천천히 앞으로 나아갔다. 어디서 빛이 들어오는 것인진 모르겠지만 안은 꽤 밝았다. 돔 형식의 천장에서 빛이 쏟아져 내리는 것을 보면서 진현은 고개를 갸웃거렸다. 어두운 곳에서 갑작스럽게 빛을 눈에 쬐어서일까, 진현은 미간을 찌푸리면서 눈을 감았다가 떴다. 사방은 고요했고 인기척은 느껴지지 않았다. 조용히 발을 내딛는 진현의 머리 위로 검은 그림자가 나타난 것은 한순간에 불과했다.

반사 신경을 이용해 운을 뽑아 든 진현은 검을 머리 위로 치켜 올려 자신을 향해 내려쳐지는 무언가를 막아냈다.

콰앙!

"큭!"

이게 정말로 칼을 내려치는 것이란 말인가? 돌덩어리가 자신을 강타한 느낌을 받아야 했다. 진현은 자신도 모르게 무릎이 휘청 꺾이는 것을 느꼈다. 재빨리 일격을 막아낸 진현은 뒤로 뛰었다. 그리고 자신을 공격한 사람을 보면서 쓴 미소와 함께 운을 거머쥔 손에 힘을 줄 수밖에 없었다. 새까맣게 변해 초점을 잃은 눈동자, 찰랑거리는 와인 빛의 머리카락. 두 손에 쥔 단검을 허공에 던졌다 받아 들면서 현홍은 다시 진현에게로 달려들었다.

원래 스피드 전의 공격이라면 진현에게도 뒤지지 않는 현홍이었는데 현재 제정신이 아닌 상태에서는 그 힘 역시 배가되었다. 몸의 상태든 뭐든 신경 쓰지 않고 무조건 눈앞에 있는 대상을 공격하고 있는 것이다. 이를 악물면서 수차례 자신을 향해 날아 들어오는 단검들의 검격들을 막아낸 진현은 몇 발자국 뒤로 물러나면서 외쳤다.

"현홍아, 정신 차려!"

그러나 그의 간절한 외침에도 불구하고 현홍의 공격은 그치지 않았다. 아무런 표정의 변화도 없이 현홍은 오로지 공격만을 했다. 엄청난 속도로 달려온 현홍은 자신의 앞에 있는 바위를 밟고 위로 도약했다. 그리고 두 개의 단검을 허공에서 빙글 돌린 후 그대로 진현을 내리찍었다. 진현은 간신히 두 개의 검은 막아냈지만 이어지는 현홍의 돌려차기는 막지 못했다.

퍼억!

"…크윽!"

현홍의 발에 갈비뼈 부분을 걷어차인 진현은 숨이 턱 막히는 것을 느꼈다. 부러지지 않은 것이 다행이리라. 도장에서 저 다리에 맞아 병원 간 사람도 한둘이 아니었으니까. 뼛골까지 욱씬거리는 것이 금이라도 가지 않았을까 생각이 되었다. 무식한 힘이 더 무식하게 변했다라고 속으로 중얼거리면서 진현은 운을 다시 두 손으로 거머쥐었다. 이를 악물면서 진현은 조용히 머리를 굴렸다. 이제는 어쩔 수 없다. 어떤 명령으로 프로젝트가 걸려 있는지는 몰라도 이렇게 싸우고 있을 수는 없지 않은가.

조금 다치더라도 우선은 기절을 시키고 다시 저택으로 돌아가는 것이 중요할 듯싶었다. 그렇다면 조금은 힘을 써야겠다고 생각하면서 진현은 운에게 자신의 마력을 흘려보냈다. 약하게 스파크가 튀면서 약한 전류가 운의 전신에 흘렀다. 전기 충격을 줄 때처럼 기절할 정도로만 약한 전류를 방출하고 있는 것이었다. 운의 조심스러운 목소리가 들렸다.

『조금 따끔하겠지만 저 상태로는 별수가 없지.』

그의 말에 진현은 동의하듯이 고개를 조금 끄덕였다. 그가 무슨 짓을 하든 간에 지금의 현홍으로서는 무조건 공격에 공격을 감행할 뿐이었다. 그가 달려오는 것을 보며 진현은 그에 맞춰서 뒤로 뛰었고 운의 검날을 현홍 쪽으로 휘저었다. 운의 투명한 검신에 맺혀 있던 전기들은 하나의 동그란 공처럼 뭉쳐서 세차게 현홍에게로 날아갔다. 맞는다면 크게 다치지는 않아도 쇼크 상태에 빠뜨릴 수는 있을 정도의 공격이었다.

그러나 현홍은 눈을 부릅뜨며 날아오는 공을 피하는 것이 아니라 자신이 들고 있던 단검을 이용해 하나하나 받아쳐 버렸다. 화들짝 놀란 진현이 손을 쓸 틈도 없이 전기로 이루어진 공격들을 모두 다 날려 버린 현홍은 어느새 진현의 코앞까지 다가와 있었다. 진현이 몸을 피할 겨를도 없이 현홍의 두 단검 중의 하나가 빠르게 진현의 심장을 향해 날아들었다.

진현은 이를 악물면서 급소라도 피하기 위해 몸을 돌렸고, 단검은 그의 심장이 아닌 팔에 박혔다가 뽑혔다. 붉은 핏방울이 현홍의 얼굴에 튀었고 그의 아이보리 색 옷자락도 선명하게 물들였다.

"제길……."

검에 꽂혔던 왼팔을 부여잡은 진현은 뒤로 몇 발자국 물러서야만 했다. 따뜻한 정도의 피였지만 지금 그에게는 매우 뜨겁게 느껴졌다. 그것들이 팔을 타고 아래로 흘러져 내렸다. 아마 꽤 깊이 박혔는지 왼팔을 후들후들 떨리면서 제대로 움직이지 않았다. 대인 전투 능력은 현홍이가 진현을 능가한다는 사실을 여실히 보여주는 장면이었다. 물론 진현이 제대로 힘을 쓴다면 얘기는 달라지겠지만.

"쿡쿡, 꼴이 좋군."

"……!"

진현은 흠칫 눈을 크게 뜨고 목소리가 들린 곳으로 고개를 돌렸다. 물론 두 번 다시 듣기 싫다고 생각했지만 어쩔 수 없이 들어야 하는 목소리라고 할까. 커다란 공터에 덩그러니 남겨진 커다란 대리석 돌덩이 위에 은회색 머리카락을 쓸어 넘기면서 미소를 띠고 있는 녀석이 있었다. 진현은 당장이라도 달려가서 칼 레드의 목을 베어내고 싶었지만 지금 자신의 상태는 섣부르게 움직일 수 있는 상태가 아니었다. 이를 빠득 간 진현은 멀리 떨어져서 강 건너 불 구경하는 포즈로 앉아 있는 칼 레드를 보면서 소리쳤다.

"빌어먹을 자식! 넌 반드시 내 손으로 죽일 테다!"

그의 목소리를 들으면서 칼 레드는 검은색 가죽 장갑을 낀 손을 들어 살짝 저으면서 미소를 머금었다.

"입이 거칠군. 뭐, 그것이 자네의 매력이겠지만. 어때? 소중한 사람과 목숨을 걸고 싸우는 재미가?"

"…미친놈. 그래, 넌 아영이와 목숨을 걸고 싸울 때 기분이 좋다냐?"

입가에 시니컬한 미소를 띠면서 반문한 진현을 보며 칼 레드는 표정을 굳히면서 입을 다물었다. 그리고 손가락으로 자신의 입술을 슥 매만지면서 나직하게 중얼거렸다.

"아직 입을 놀릴 힘은 있나 보군. 좋다, 더 이상 움직일 수 없도록 만들어주마."

그렇게 말하며 그가 가볍게 손가락을 튕기자 그동안 가만히 서서 칼 레드를 바라보던 현홍의 검은 눈이 점차 붉은색을 띠기 시작했다. 천천히 자신의 단검을 부여쥔 현홍은 진현 쪽으로 걸어갔고, 진현은 잇소리를 내면서 눈을 질끈 감았다. 이 상태에서는 봐주면서 싸운다는 것은 말도 되지 않는다. 그렇다고 빛의 수호를 받으면서 그 힘을 사용하게 된다면… 현홍이 크게 다칠 수도 있을 터. 이러지도 저러지도 못하는 진현에게 현홍의 빠른 단검 공격이 다시 이어졌다.

세차게 이어지는 검격 속에서 진현은 제대로 서 있지도 못한 상태였다. 현홍의 공격으로 왼팔을 상처 입었으니 검도 제대로 들기 힘들었고, 출혈은 꽤 심했다. 검이 뽑힐 때 뼈 긁는 소리가 들렸으니 뼈에도 문제가 갔을 것이다. 사방으로 날리는 핏방울들이 진현과 현홍의 하얀 얼굴에 튀겨졌다. 두 손으로조차 검을 잡을 수 없으니 현홍의 힘을 막아내는 것이 점점 힘겨워졌다. 진현은 공격을 할 수가 없었다. 아무리, 아무리 조종을 받는다지만… 어떻게 공격을 한단 말인가. 오른손으로 든 운으로 간신히 현홍의 빠른 공격을 막아내던 진현은 결국 현홍의 발길질에 아까 얻어맞았던 갈비뼈를 다시 차이고는 쭉 밀려 나가야 했다.

"…헉!"

아무래도 늑골이 나간 것인지 숨을 쉬기가 곤란할 정도였다. 뼈가 욱씬거리면서 숨이 턱까지 차 오르는 것이 더 이상 싸우는 것은 무리였다. 운을 땅에 꽂고 고개를 숙인 채 거친 숨을 몰아쉬는 진현을 보면서 현홍은 아무런 감흥이 일지 않는 얼굴이었다. 그리고 칼 레드는 그 모습을 보면서 키득거리며 웃었다.

"이런, 이런. 신 알기를 우습게 본다던 자네가 이 무슨 꼴인가? 그대로 가다가는 죽을 수도 있어. 그래도 좋은가?"

"제기랄……"

칼 레드는 조용히 다리를 꼬고 앉으면서 다시 입을 열었다.

"죽이고 싶겠지? 날 말이야. 한 가지 제안을 할까? 나랑 손을 잡는다면 그 인간에게 내린 명령도 철회시키고 저주도 풀어주지."

진현은 이를 악물면서 고개를 치켜 올려 칼 레드를 노려보았다. 그의 검은 눈동자가 살기에 넘쳐흐르는 것을 보면서 칼 레드는 짧게 혀를 찼다. 왼팔을 거의 손을 쓸 수 없을 정도였고, 부러진 것인지 금이 간 것인지 알 수는 없지만 완전히 나가 버린 늑골 때문에 숨도 제대로 쉬기 힘들었지만 진현은 당장이라도 달려들 것 같은 맹수처럼 사납게 외쳤다.

"웃기지 마라! 너와 함께 세계를 멸망시키기라도 하자는 말이냐?!"

"아니."

"뭐?"

미간을 살짝 찌푸린 진현이 놀란 눈으로 칼 레드를 보았고 칼 레드는 조용히 자리에서 일어서면서 진현과 현흥 쪽으로 다가왔다. 진현은 내심 놀랄 수밖에 없었다. 칼 레드의 목적은 아영, 아니… 자신이 사랑하던 연인 예레미야를 빼앗아간 세계와 그것을 방관한 모든 것들에게 복수하는 것이 아니었던가? 은회색의 머리카락이 바람에 살짝 휘날렸다. 시린 하늘처럼 맑은 아이스 블루의 눈동자에는 진지함만이 가득했다. 어느 정도의 거리까지 다가온 칼 레드는 천천히 입을 열었다.

"내 목적은 세계의 정화다."

"정화?"

"…그래, 이미 썩을 대로 썩어버린 세계의 정화. 잘못 지어 올려진 건물은 처음부터 다 부수고 새로 지어 올릴 수밖에 없지 않나? 그러니까 나는 세계를 정화시킬 것이다. 그래서, 그래서 새하얀 백지의 그 시절부터 새로이 시작하는 것이지. 어둠과 빛이 공존하고 누구도 핍박받지 않는 그런 세계!"

미쳐도 단단히 미쳤다. 진현은 속으로 그렇게 생각하면서 킥킥 웃고 있는 칼 레드를 올려다보았다. 출혈 때문에 체온이 떨어지고 몸도 제대로 가눌 수 없었지만 조용히 다리에 힘을 주며 일어선 진현이 단호하게 말했다.

"그런 세상은 있을 수 없어! 네가 생각하는 것은 망상에 지나지 않아! 모든 사람이 일률적이지 못하듯이 세계가 그렇듯이 돌아가는 것은 어쩔 수 없는 행로란 말이다. 그것을 부수고 새로 만든다고? 어차피 만들어봤자 얼마 지나지 않아 타락할 텐데?!"

거친 숨을 내쉬면서 외치는 진현을 보면서 칼 레드는 피식 웃었다.

"어차피 망가진 세상, 부순다고 뭐가 문제가 되지? 신 역시도 그렇지 않은가? 네가 살고 있는 『잃어버린 세계』……."

흠칫.

진현은 그 이름이 칼 레드의 입에서 나오자 조금 인상을 굳히면서 그를 보았고, 칼 레드는 그 반응이 마음에 드는지 입가의 미소를 조금 더 짙게 만들었다.

"네가 사는 그 세계도 조만간 멸망한다지? 그리고 그 다음이 바로 이 세계이고… 어차피 신도 자신의 마음에 안 들고 타락하면 홍수로 갈아엎는데 나라고 못할 것이 뭐가 있겠나? 안 그래? 하하하."

진현은 짜릿한 한기를 느끼면서 이를 악물었다. 농담이 아니다. 진정으로 세계를 파멸시키려는 것이다. 하지만 그것이 그리 쉬운 일이겠는가?

"…훗, 네가 무슨 힘이 있다고 세계를 멸망시킬 수 있다는 거지?"

그의 물음에 칼 레드는 천천히 웃음을 그치면서 피곤한 사람처럼 어깨를 주물렀다. 그는 뭔가 알 수 없는 기괴한 미소를 입가에 떠올리면서 살며시 고개를 들어 올렸다.

"미안하지만 내게도 히든 카드 정도는 있다. 신족도… 마족도… 드래곤 족도, 아무도 모를 그런 비밀 병기가 말야. 후훗, 이 세계 최후의 날이 된다면 알게 되겠지. 그리고 이 세계가 멸망하게 된다면 네가 살던 그 『잃어버린 세계』도 끝나는 것이다. 미래가 없는 오늘은 없으니까 말야. 후후후… 하하하!"

이마를 짚고 광소를 터뜨리는 칼 레드를 진현은 멍한 얼굴로 바라보아야 했다. 미쳤다… 칼 레드는 현재 제정신이 아니야. 이마에 흐르는 식은땀이 고운 그의 얼굴 선을 따라 흘러내렸다. 팔과 늑골의 고통도 이미 잊은 지 오래였다. 물론 숨 쉬기가 어려워서 점점 진현의 호흡은 거칠어지고 있었다. 이대로 가다가는 얼마 버티지 못할 것 같았다. 시야가 흐릿해져 옴은 출혈이 심해서일 터, 숨을 몰아쉰 진현은 오른손에 쥔 운의 손잡이를 힘있게 쥐었다.

그것은 평상시의 반에도 못 미치는 힘이었지만 지금 그에게는 그것도 몸에 무리였다. 식은땀을 흘리면서도 다시 싸우려고 하는 진현을 보자 칼 레드는 작게 혀를 찼다.

"쯧쯧, 너는 어리석지 않을 줄 알았는데 말야. 세계를 정화한 후에는 모든 것이 공평하다. 신의 세계도 소거하고… 마족들의 지옥도 소거한 후에 모든 생물들이 평등한 삶을 살아갈 수 있도록 도와주려는 거다. 한 번 정도 죽는 것은 문제가 아냐."

"미친… 미안하지만 그렇더라도 난 죽고 싶은 생각이 없는걸."

"그래? 그럼 어쩔 수 없군."

그의 손가락이 튕겨지자 멍하니 서 있던 현홍의 눈이 다시금 살기로 번뜩였다. 사면초가의 상황에서 진현은 선택해야만 했다. 단 한 가지 결과를…… 그런데 왜 이렇게 낮에 보았던 주월의 슬픈 얼굴이 눈앞에 아른거리는 것일까. 마치 죽어가는 사람을 보는 듯한 시선으로 자신을 보던……. 그것까지 생각을 마친 진현은 피식 웃고 말았다. 주월은… 생명을 창조하는 연금술사. 모든 이들의 처음과 끝을 주시할 수 있는 주시자이기도 한 그가 모르는 일이라는 것이 있을까?

쿡쿡 낮게 웃으면서 진현은 고개를 숙였다. 칼 레드가 천천히 원래 앉아 있던 자리로 걸어가다가 진현의 웃음소리를 들었는지 고개를 갸웃거리면서 돌아보았다. 멍청하게도… 그토록 오랜 시간을 알고 지낸 친구의 마음도 순간적으로 알지 못하다니, 이렇게 바보 같을 수가 있을까. 진현은 조용히 웃음소리를 죽였지만 입가의 미소는 지우지 않았다. 허무하다고 할까…… 해둔 것은 아무것도 없는데.

그의 등 뒤에서는 현홍이 단검을 두 손에 쥔 채 검은 살기를 퍼뜨리며 다가오고 있었다. 시간은 별로 남아 있지 않다. 지금 할 수 있는 일을 하자. 마지막으로 그렇게 생각한 진현은 입가에 조소를 띠고 허공으로 고개를 들어 올렸다.

"…약속했는데 지키지 못하게 되었어."

칼 레드의 미간이 조금씩 좁혀졌고 진현은 오른손에 든 운을 살짝 비껴들었다. 천장에서 내려오는 빛들 속에서 진현의 모습은 눈물이 날 정도로 아름답게 비쳤다. 검은 셔츠 곳곳에 묻은 핏자국과 계속해서 땅으로 흘러내리는 핏줄기조차 그를 아름답게 만드는 배경에 지나지 않을 정도였다. 턱을 따라 흘러내리는 땀방울을 손등으로 훔치면서 진현은 칼 레드를 보면서 빙긋 웃었다. 순간 칼 레드는 황급하게 뒤로 물러났고 그 틈을 진현은 놓치지 않았다.

…상관없어, 이제. 움직이지 않는 왼팔을 억지로 들어 올려서 두 손으로 운을 거머쥐고 진현은 자신의 등 뒤로 달려오는 현홍은 내버려

둔 채 칼 레드에게로 뛰었다. 아마도 그 평생 가장 빠른 속도였을 테지만… 그의 평생 가장 긴 시간처럼 느껴지는 순간이었다. 당황한 칼 레드가 몸을 피하기도 전에 진현이 길게 내뻗은 운의 투명한 칼날은 정확하게 칼 레드의 복부를 꿰뚫었다.

"컥!"

입가에서 피를 토하면서 붉은 피가 줄줄 스며 나오는 복부를 칼 레드는 손으로 짚으며 휘청거렸다.

"멍, 멍청한… 같이 죽자는 거냐?"

이렇게 진현이 행동할 줄은 몰랐는지 칼 레드의 얼굴은 당황함과 함께 고통에 일그러졌다. 그러나 이 정도로 칼 레드가 죽지 않는다는 사실을 진현은 잘 알고 있었다. 마룡족은 전 종족 중에서 가장 신체 재생 능력이 뛰어난 종족이다. 목을 날리거나 재로 만들지 않는 한 육체가 파괴되어 죽는 일은 거의 없는 그런 종족. 그러나… 이 정도면 충분히 본체에도 타격이 가리라. 진현은 희미한 미소를 지으면서 한쪽 무릎을 꿇고 바닥에 주저앉았다. 서늘한 한기가 그의 등을 엄습했다. 그러나 진현은 현재 미동을 할 힘도 남아 있지 않았다.

콰각!

살이 뚫리는 괴상한 소리와 함께 등 쪽에서 말로 못할 고통이 몸 전체로 퍼져 나갔다. 현홍이 쥐고 있던 단검은 정확히 그의 등에 박혀 있었고, 그 충격으로 등에서 뿜어져 나온 피는 현홍의 아이보리 색 셔츠를 흠뻑 적셔놓았다. 이상하게도 진현의 등에 검을 박아놓음과 동시에 현홍은 조용히 눈을 감고 바닥에 쓰러지고 말았다. 부들거리는 손으로 바닥을 짚으면서 진현은 조용히 고개를 돌려 현홍의 얼굴을 내려다보았다.

창백하던 안색도 다시 원래대로 돌아왔고, 현홍의 얼굴은 막 잠이 든 편안함 그 자체였다. 그것을 보면서 진현은 안도의 미소를 지었다. 움직이지 않는 왼손을 대신해 오른손을 뻗어 현홍의 하얀 뺨에 묻은 핏자국들을 손가락으로 닦아준 진현은 길게 숨을 몰아쉬면서 입을 열었다.

"약… 속… 못 지켜서… 미안해."

의식이 흐려지고 시야도 점점 보이지 않게 되었다. 체온은 급속도로 떨어져 절로 몸이 떨릴 정도로 한기를 느껴야 했다. 그러나 진현은 그런 것이 찾아온다는 사실이 더 우스웠다. 피식 웃으며 그는 현홍의 뺨을 매만지면서 조용히 눈을 감았다.

"나한테도… 이런 편안한 죽음이 올 수 있는 것, 우습지? 그토록… 그토록 널 괴롭혔는데. 해준 것도… 없는… 데…….."

멀찍이 떨어진 칼 레드는 자신의 회색 빛 코트에 번지는 핏자국들을 내려다보다가 표정없는 얼굴로 천천히 발걸음을 돌렸다. 그가 어둠 속으로 사라짐과 동시에 빛이 내려오는 이곳에는 진현과 현홍만이 남아 있게 되었다. 진현은 더 이상 앉아 있을 힘도 없어 바로 옆에 있는 바위에 등을 기대었다. 조용히 눈앞이 보이지 않게 되었다. 그리고 알 수 없는 편안함과 함께 깊고 깊은 잠으로 초대하는 손길이 보였다.

고개를 내려 바닥에 엎드려서 잠이 들어 있는 현홍을 보며 진현은 마지막으로 입가에 미소를 떠올리면서 나직하게 말했다. 그러나 그의 목소리는 이제 누구도 들을 수 없을 만큼 작아져 가고 있었다.

"…잘 있어, 현홍아. 부디… 부디 행복하기를… 날 잊고 부디… 행복해야 해…….."

진현의 고개가 조용히 처져 갔다. 그리고 항상 미소를 짓던 입가의 움직임도 찾아볼 수 없게 되었다. 그가 마지막으로 중얼거린 것은 어디까지나 마음속으로 한 말이었기에 허공에 울려 퍼지지 않았다.

널 두고 가는 날, 용서해 줘…….

현홍을 향해 뻗었던 손은 힘없이 떨어졌다. 뜨겁게 뛰던 심장은 멈추었고, 한기 어린 숨은 더 이상 뿜어져 나오지 않았다. 오로지 빛만이 그의 모습을 비출 뿐이었다. 차가워진 그의 몸은 두 번 다시 움직이지 못하는 줄이 끊긴 꼭두각시와 같아 보였다. 그러나 그의 얼굴만은 평화롭고도… 만족해하는 얼굴이었다.

의자에 앉아서 엄청난 두께의 책을 넘겨보던 카리안의 손이 멈춰졌다. 온통 새하얀 모습의 그는 미간을 조금 찌푸리면서 보고 있던 책을 덮으면서 자리에서 일어났다. 그의 시선은 창가에 기대어서서 먼 하늘만을 바라보는 주월의 뒷모습이었다. 바람에 의해 사방으로 흩날리는 검은 머리카락들을 보면서 카리안이 입을 열었다.

"주월……."

"…알고 있다."

카리안이 말을 마치기도 전에 주월의 목소리가 들렸다. 창틀을 붙잡고 있는 주월의 손에 점점 힘이 들어가는 것을 카리안은 곁눈질로 볼 수 있었다. 새하얀 벨벳 장갑을 벗어서 자신의 정장 위 주머니 속에 넣은 카리안은 조용히 눈을 감으면서 탁자에 걸터앉았다. 이곳은 차원과 차원의 틈새에 지어진 주월의 성이었다. 그래서 하늘은 푸른색이 아닌 주황빛의… 마치 노을색처럼 붉은 감이 도는 하늘이었다. 오색의 구름들이 바람에 이리저리 흘러 다녔다.

등을 돌리고 아까부터 계속하여 하늘만 쳐다보는 주월의 표정을 카리안은 보지 않아도 알 수 있었다. 그는 조용히 자신의 백색 머리카락을 쓸어 넘기면서 중얼거렸다.

"…그 스스로가 선택한 일이야."

무엇을 말하는지 주월은 알아들었고 약간 고개를 끄덕였다. 그러나 등을 돌리고 카리안의 얼굴을 쳐다보거나 하지는 않았다. 그럴 수가 없었다. 자신의 표정을 보면 무슨 소리를 할까 걱정돼서가 아니라… 저도 모르게 눈가를 타고 흐르는 눈물이 보이기 싫어서였다. 손으로 얼굴을 덮으며 고개를 숙인 주월의 어깨가 조금 떨리는 것을 보면서 카리안은 말없이 고개를 저었다.

어쨌거나 그는 돌아올 수 없으니까… 아니, 정확히 말하자면 '김진현'이라는 인물은 이제 이 세상에 없으니까. 주월은 그 사실을 알면서도 아무런 행동도 하지 못하는 자신을 저주했다. 처음 진현을 만났을 때부터 지금까지 단 한 번도 어떻게 할 수 없었다. 주시자라는 것은… 어디까지나 지켜보는 것만이 가능할 뿐이란 말인가.

그는 자조하듯이 자신에게 되물으면서 희미한 눈물을 흘려야 했다. 그의 모습을 카리안은 조용히 바라볼 뿐 위로의 말은 건네지 않았다. 하루만… 하루만 슬퍼하게 놔두자고 생각하면서. 분명 오늘 하루가 지나면 주월은 원래대로 돌아오기에.

주월의 성은 자신의 주인이 슬퍼하는 마음을 아는지 조용히 굉음을 울리면서 그의 슬픔을 위로했다.

그들의 만남

진현은 조용히 눈을 감고 정좌한 채로 앉아 있었다. 평상시에 입는 정장이 아닌 검은색의 검도복을 입고 차분하게 숨을 골랐다. 명상이라도 하는 것처럼 가만히 무릎을 꿇고 있는 그의 곁으로 한 사내가 다가왔다. 검은색의 정장에 안경이 멋지게 어울리는 20대 중반의 사내는 자신이 들고 있던 서류 뭉치를 조용히 진현의 앞에 내려놓으면서 그의 앞에 무릎을 꿇고 앉았다. 다다미가 깔린 전통 일본식의 호텔이었다. 사실 이곳은 일본이 아니지만 진현의 고향인 일본의 집을 그대로 본떠서 만들어놓은 회사 안의 공간이었다. 진현은 종종 이곳에 와서 명상을 하면서 마음을 가라앉히곤 했다.

앞에 놓인 빈 찻잔을 공손하게 두 손으로 치워 들면서 사내가 입을 열었다.

"오늘 처리하셔야 할 서류입니다만… 괜찮으십니까, 회장님?"

나직하게 들려오는 그의 목소리에 진현은 천천히 눈을 떴다. 새까만 칠흑색 머리카락을 곱게 길러 단정하게 내려오는 앞 머리카락을 가늘고 긴 손가락으로 쓸어 넘기면서 진현은 조용히 입술을 달싹였다.

"주치의는 뭐라고 하던가?"

진현의 나이 기껏해야 열일곱이었다. 그러나 그의 얼굴에 깃든 진지함과 근엄함은 도저히 그 나이 또래의 소년이라고 생각할 수 없을 정도였다. 극히 차갑고 무뚝뚝한 얼굴, 진현의 얼굴을 힐끔 쳐다본 후에 검은 정장의 사내는 살며시 주먹으로 바닥을 짚으며 가볍게 허리를 숙였다.

"심장에는 그리 큰 문제가 없다고 하셨습니다. 하지만 몸의 피로도가 극히 쌓여서……."

"넘어가도록 하지, 그 문제는."

사내는 딱딱하게 말하는 진현의 목소리에 입을 다물었다. 아직 회장의 자리에 앉은 지 일 년도 채 되지 않았건만 이 나이 어린 회장은 선대 회장의 자질을 월등히 능가하며 회사와 그의 가문을 일반 사람들은 모르는 음지의 그곳에서 최고로 만들어놓았다. 비록 그의 회사와 가문이 빛이 비추는 곳에서는 별달리 이름이 없는 평범한 회사에 불과하지만 실상 속내는 그렇지 않은 것이었다. 음지에서 무한한 세력을 발휘하는 가문과 재력.

진현은 천천히 자리에서 일어서면서 눈을 내리깔고 사내는 내려다보았다.

"서류는 내 책상 위에 놓아두도록. 오후 중에 처리하겠다."

차가움이 물씬 배어 나오는 말을 끝으로 진현은 조용히 방의 문을 나섰다.

남겨진 사내⋯ 진현의 두 비서 중 한 명인 유민우라는 이름을 가진 그는 천천히 눈을 감으면서 한숨을 내쉬었다. 재능은 아버지를 능가하지만 그와 비례하여 아버지보다 더 차가움을 가지고 나이에 걸맞지 않는 냉철함을 가진 진현은 항상 회사의 일을 먼저 생각했다. 자신의 몸은 돌보지 않았고 늘 일과 서류, 책을 보면서 하루를 보내는 것이었다. 그 때문에 몸의 한계에 부딪쳐 몇 번이고 병원 신세를 지기도 했다.

아이답지 않지만⋯ 어떻게 보면 아이처럼 보이는 나이 어린 회장을 돌보는 민우의 마음은 씁쓸하기 그지없었다.

"이번 수출 건은 어쩌시겠습니까, 회장님?"
결제를 받기 위하여 진현의 커다란 책상 앞에 정자세로 서 있는 남자는 두 명의 비서들 중 하나인 준혁이었다. 민우보다 고지식하고 딱딱하게 보였지만 일 처리에 대해서라면 회사 내에서도 톱을 달리는 사내였기에 일반 사원이었던 그의 능력을 진현이 눈여겨보고 비서로 채용하게 된 것이었다.

그는 천천히 서류를 넘겨보고 있는 진현을 멀리서나마 지켜보았다. 커다란 가죽 의자에 앉아서 서류를 넘기는 진현의 모습은 영락없이 전 회장인 그의 아버지와 닮아 있었다.

그러나 아버지와 닮았다는 말을 욕보다 더 싫어하는 진현에게 그런 말을 하는 사람은 아무도 없었다. 책상 가득 빌딩처럼 쌓아 올려진 서류 더미들이 오늘 진현이 처리해야 할 분량이었다. 그러나 진현에게 있어서 이 정도의 서류를 결제하는 것은 식은 죽 먹기보다 쉬웠다. 자신의 펜을 손가락에 끼운 채로 빙빙 돌리며 서류를 보던 진현은 조용히 서류 밑의 사인란에 사인을 했고, 차트를 덮으며 준혁에게 넘겨주었다.

"이대로 추진해 줘. 바이어와의 면담은 잘되고 있는가?"

"독일 바이어와의 면담은 성공적으로 끝났습니다. 저희 회사의 물품을 독일 내 회사 중 유일하게 취급하는 회사가 자사가 되길 바라고 있는 눈치입니다. 조금 더 가격을 올려도 상관없을 것으로 보입니다."

"독일인들을 까다로우니 조심하도록. 적당히 챙겨주는 것을 잊으면 안 돼."

고개를 숙이면서 알았다는 듯 인사를 마친 준혁은 서류를 들고 회장실을 빠져나갔다.

진현이 앉아 있는 책상의 뒤로는 한 면 전체가 유리로 되어져 있었다. 초고층의 빌딩의 꼭대기에 위치한 회장실에서 진현은 천천히 서류들을 하나씩 꺼내어 읽었고 몇 초 지나지 않아 사인을 하면서 옆으로 넘겼다. 항상 일과는 반복적이었다. 취미 생활을 하는 단 몇 시간을 제외하고는 그의 머리 속은 온통 회사와 서류의 일로 가득 차 있었다.

하지만 그 역시도 인간은 인간이었고 무엇보다 지금 그의 나이는 열일곱밖에 되지 않았다. 보통의 청소년들이라면 학교에서 한창 공부를 해야 할 나이에 그는 회사에서 서류와 싸움을 했다. 그래도 그는 자신이 특별하다고 생각하지 않았다. 인간은 인간마다 해야 할 일이 있다는 생각했기에. 30분 정도 서류에서 눈을 떼지 않고 사인을 마치자 결제해야 할 서류의 분량은 반 정도로 줄어들어 있었다.

어깨가 결려와 조금 고개를 젖히면서 주먹으로 목과 어깨를 두드린 진현은 하늘이 꽤 많이 흐려져 있다는 것을 알았다. 곧 비라도 쏟아질 것 같은 날씨였기에 진현은 의자를 빙글 돌려 창밖을 주시했다. 회색의 먹구름… 진현은 저것을 지극히도 싫어했다. 안 좋은 날의 기억이 떠오르기 때문이다. 진현은 조용히 다리를 꼬고 앉아 의자에 등을 편히 기대면서 한숨을 쉬었다.

"…비가 오네."

툭. 툭.

작은 물방울들이 유리를 때렸고, 곧 이어 억수 같은 비가 회색의 도시로 쏟아져 내렸다. 방음 유리라서 비가 내리는 소리는 들리지 않았기에 펜을 사각거리는 소리도 없는 방은 굉장히 고요했다. 멍청한 표정으로—그답지 않게 혼자 있을 때만 종종 짓는 멍한 표정—창밖을 쳐다보던 진현은 문득 무언가 생각난 사람처럼 벌떡 자리에서 일어나 옷걸이에 걸려진 자신의 정장 상의를 들고 방을 나섰다. 회장실 바로 앞에 위치해 있는 커다란 책상에서 사무를 보던 여비서가 화들짝 놀라 진현을 바라보았다.

"회, 회장님? 어디를 가십니까?"

"잠시 나갔다 오겠어."

"예? 차, 차를 대기시켜 놓겠습니다."

당황하여 진현을 따라오면서 말하는 20대 중반가량의 여비서에게 진현은 담담한 얼굴로 말했다.

"잠시 혼자서 나갔다가 오겠어. 따라오지도 말고 기다리지도 말라고 전해."

서늘한 얼굴로 그렇게 한마디 내뱉으니 여성 비서는 움찔하며 발걸음을 멈추었고, 진현은 다시 걸어서 회장실 전용의 엘리베이터에 몸을 실었다. 사실 무슨 일이 있어서 나가는 것은 아니었다. 그저 비를 보면서… 비를 맞고 싶은 기분이 물씬 들어서 견딜 수 없어서랄까.

진현은 바지 주머니를 뒤적거려 담배 케이스와 함께 주문 제작한 고급 지포 라이터를 꺼내 들었다. 회사 내에서는 금연이었지만 그것은 회장인 진현에게는 통하지 않는 규칙이었다.

사원들에게 모범이 되려면 윗사람부터 잘해야 한다는 말이 있지만 진현은 다른 사람들 앞에서는 담배를 물고 있을 뿐 피우지 않았기에 문제시되는 일은 없었다. 물론 그가 미성년자라는 것은 그의 분위기와 외모만을 본 사람들은 알지 못했기 때문에 이것 역시 별문제가 없었다.

회색 빛 연기가 넓은 엘리베이터 안을 가득 메웠다. 한참을 내려간 엘리베이터가 1층을 표시했고, 진현은 피다 만 담배를 휴대용 재떨이에 구겨 넣었다. 회장 전용의 엘리베이터의 문이 열리는 것을 본 것인지 1층 로비에 있는 경비원들이 후닥닥 달려나왔다.

"회장님, 어디 가는 길이십니까? 차를 곧 부르겠습니다."

아까 한 말 또 하기 귀찮다는 얼굴이 된 진현은 자신의 검은 머리카락을 쓸어 넘기면서 한숨을 내쉬었다.

"필요없습니다. 잠시 산책을 위해서 나가는 겁니다."

자신의 직속 비서들에게는 반말을 썼지만 그래도 경비원처럼 나이 지긋한 이들에게는 높임말을 써주었다. 로비에 모인 일반 평사원들이 진현을 보고 웅성거리다가 자신들의 사무실로 사라져 갔다. 혹시나 잘못 걸려서 찍히기라도 하면 사표 내는 것은 시간문제였다. 진현은 자신이 회사를 맡은 이후로 대대적인 물갈이를 시도했고, 회사의 원로라고 할 수 있는 주주와 이사들도 잘려져 나갔다. 그의 말에 토를 다는 이들 역시 마찬가지였다.

독재라고 할 수도 있지만 그렇게 된 이후로 망한 것도 아니고 회사가 더욱 번창했으니 사람들의 입소문은 쏙 들어가고 말았다. 진현을 보면서 싸가지를 밥 말아 먹은 놈이라고 하는 사람도 많았다. 그래도 어쩌겠는가, 자신보다 높고 유능한 것을.

진현은 자신을 붙잡아 말리려는 경비원들을 뿌리치고 비가 쏟아지는 건물의 밖으로 뛰쳐나왔다. 갑작스럽게 내린 비였기에 거리에는 비를 피하려고 달리는 이들이 많았다. 진현은 서둘러서 얼마 정도 뛰어 자신의 회사 건물에서 멀어졌다. 뿌옇게 변한 도시는 굉장히 이질적으로 변했다.

산성비라 맞으면 안 된다고 어쩌고저쩌고 하는 이들에게 당당히 항변이라도 하듯 진현은 눈을 감은 채로 여유롭게 비를 맞으면서 걸어갔다. 그의 외모나 옷차림, 분위기 자체가 독특했기 때문에 그런 인물이 비를 맞고 걸어가는 것은 꽤 눈요기가 되었다. 우산을 들고 가는 여성들이 노골적으로 우산 씌워 드릴까요 하는 말도 던졌지만 진현은 대꾸없이 계속 걸어갔다.

입가에서 이상하게 미소가 머물렀고 기분은 극도로 좋았다. 비가 오는 날은 싫다. 하지만 비를 맞음으로써 기분이 좋아지는 것이었다. 그 때문에 감기에 걸리기도 여러 번이었지만.

진현은 잠시 주위를 두리번거렸다. 그때마다 머리카락에서 빗물이 하염없이 떨어졌지만 그는 개의치 않고 손으로 머리카락을 쓸어 넘긴 후에 길게 숨을 쉬었다. 하얀 입김이 공기에 퍼졌다. 겨울이 다가오는 비다. 그렇기에 충분히 차가웠지만 그것으로 인해 머리는 더없이 시원해지는 느낌이었다.

어디를 갈까? 이대로 비를 맞고 돌아다니기에는 스스로가 생각해도 조금 청승맞아 보일 것 같아서 카페 같은 곳에 들어가 시간을 보내기로 결심한 진현은 주위를 살폈다. 하지만 그럴듯해 보이는 외양의 카페들뿐. 인스턴트 커피나 성의없이 차를 만드는 곳을 저주하는 진현이었기에 신중을 기했다.

어디까지 걸어왔는지 모르겠다. 회사와는 이미 충분히 떨어져 있었고, 무엇보다 모르는 건물들이 속속 눈에 띄었다.

"하아⋯⋯."

얼굴로 흘러내리는 빗물을 닦아낸 진현은 문득 조금 산비탈처럼 올라가야 하는 곳에 위치한 작은 간판을 보게 되었다. 깔끔한 이탤릭체로 새겨진 글자가 눈을 끌었다. 〈차 한잔의 행복〉이라는 조금은 유치하고 흔한 문구에 진현은 피식 실소를 내뱉었다. 그러나 근처에는 패스트푸드 점이나 호프집밖에 없었기에 진현은 속는 셈 치고 그곳으로 들어가려 했다. 코팅이 된 유리벽 안쪽으로 희미하게 테이블들과 카운터 내지는 바처럼 만들어진 것이 보였다.

진현은 조용히 문을 밀었다. 딸랑거리는 풍경 소리가 귀를 울렸다. 가게 안에 손님은 없었다. 아니, 한 쌍의 노부부가 바로 된 곳에 앉아서 도란도란 얘기를 나누는 중이었다.

다방인가? 진현은 조금 황당함을 느끼면서 빗물에 젖은 정장 상의를 벗었다. 자신들끼리 얘기를 나누던 부부는 비에 홀딱 젖어서 들어온 진현을 보고는 조용한 목소리로 말했다.

"비를 피해 들어왔나 보구먼. 이리 와 앉게나."

친근하게 말을 건네는 중년의 노신사를 보면서 진현은 약간 멋쩍음을 느꼈다. 보통 요즘 사람들은 처음 보는 사람들에게 말을 건네지 않는 것으로 아는데. 특이한 노인이라고 생각하면서 진현은 주위를 둘러보았다. 하지만 주인으로 보이는 사람은 없었다. 어딜 간 것인가? 그가 그런 생각을 할 때 곱게 늙은 티가 나는 노부인이 가게 한편 선반 위에 있는 수건을 꺼내 들고 와 진현에게 건네주었다.

"자, 이걸로 닦아요. 주인은 잠시 나갔지만 조금 있으면 돌아올 거예요."

주인 없는 가게의 물품을 함부로 남에게 줘도 되는 건가? 진현은 당황했지만 조심스럽게 수건을 받아 들었고 고개를 살짝 숙이며 인사했다.

"감사합니다."

"이 가게에는 처음 오시는 손님인 것 같구먼. 하하, 이제 단골이 될 준비를 하는 게 좋을 거요."

부드럽게 웃으면서 말하는 노인을 보며 진현은 고개를 갸웃거렸다.

"왜 그렇지요?"

"여기 주인 되는 청년이 굉장히 홍차를 잘 끓이거든요. 호홋, 한번 맛을 본 사람은 두 번 오게 되고 그 다음에도 계속 오게 되지요. 전 주인도 솜씨가 좋았지만 가게를 이어받은 아들인 지금 주인도 홍차를 좋아하면서 끓이는 티가 나지요."

알겠다는 듯이 고개를 끄덕인 진현은 조용히 발걸음을 옮겨 바 쪽으로 걸어가려 했다. 하지만 그러기도 전에 자신의 바로 뒤에 있던 가게의 문이 벌컥 열렸고, 진현은 짧은 신음 소리를 흘리며 재빨리 넘어지지 않기 위해 균형을 잡아야 했다.

"와악!"

여자의 목소리인지 남자 목소리인지 못 알아들을 미성이 진현의 귀에 들렸다. 그리고 문을 무식하게 박차고 들어와서는 바닥에 주저앉아 바닥에 부딪친 자신의 무릎을 만지작거리는 사람을 내려다보았다. 진한 갈색의 머리카락은 물방울이 촉촉이 묻어났고 고개를 숙이고 있었으나 뽀얀 피부의 얼굴이 보였다. 그는 고개를 번쩍 치켜들면서 소리쳤다.

"대체 누가 문 바로 앞에 서 있는 거예요?!"

"……."

진현은 아무 말 없이 그 자리에서 굳은 채 서 있을 수밖에 없었다. 하얗고 투명한 듯한 피부에 동그랗고 까만 눈동자, 전체적으로 남자인지 여자인지 모를 정도로 선이 가늘었고 아름다운 외모였다. 손을 들어 입을 가리면서 진현은 한 발자국 뒤로 물러났다. 말도 안 된다고 속으로 중얼거리면서. 그의 마음을 아는지 모르는지 바닥에 주저앉아 있던 성별 모호한 사람은 천천히 자리에서 일어났다. 팔에는 이제 몇 주 되지 않을 것처럼 보이는 작은 고양이가 안겨 있었다.

노부인이 작게 탄성을 내지르면서 그의 곁으로 다가갔다.

"어머, 새끼 고양이네? 어디서 났어요?"

"저기 앞에 박스에 버려져 있었어요. 비가 오는데 다 맞고서 말이죠. 그래서 데리고 왔지요."

"지금도 고양이 세 마리인가 키운다고 들었는데?"

"히잉, 포화 상태지만 어쩔 수 없잖아요."

냥냥거리는 까만색의 새끼 고양이를 노부인에게 안겨주면서 그는 조용히 자신을 바라보고 서 있는 진현 쪽으로 고개를 돌렸다.

나이를 가늠할 수가 없었다. 어떻게 보면 조금 있어 보이고 평균적으로 보면 고등학생 정도로 보이는 외모……. 가만히 서 있는 진현의 곁으로 다가온 그가 손을 휘저으면서 말했다.

"괜찮아요? 다친 것은 아니죠?"

"아, 아닙니다."

"다행이네. 손님이신가 보죠? 주문이 뭔가요?"

어리둥절한 표정이 된 진현은 그제야 그 남자가 까만색의 앞치마를 착용하고 있는 것을 보았다. 그것도 이 가게의 이름이 새겨진 것을 말이다. 노부인은 진현의 멍한 표정을 보더니 호호 하고 웃었다.

"이분이 이 가게의 주인이에요. 어때요, 젊죠?"

젊은 정도가 아니라 아주 어려 보이는데? 진현은 그런 질문을 속으로 삼키면서 다시 그 사람을 바라보았다. 해맑게 웃는 모습이 눈을 떠나지 않았다. 그것은 어찌 보면 당연하리라… 그였으니까. 그토록 기다려 마지않았던, 그토록 소중해 마지않았던 바로 그 사람……. 주먹을 굳게 쥔 진현은 조용히 눈을 감았다. 옛 기억이 떠올라 그를 괴롭혔다. 진현은 입술을 깨물면서 쓴 미소를 지었다.

"진현아?"

화들짝.

진현은 턱을 괴고 바에 앉아 있다가 자신을 부르는 현홍의 목소리에 번득 정신을 차렸다. 이마를 짚고 미간을 찌푸리는 진현을 보면서 현홍이 입술을 동그랗게 모았다. 옛 기억이… 그래, 옛 기억이 생각났었다. 처음 현홍이를 만났을 때의 그 우연 같은 필연이. 자신의 이마에 맺힌 식은땀을 자신의 손수건으로 톡톡 닦아주는 현홍의 손을 살며시 붙잡은 진현은 잠시 동안 말없이 그를 바라보았다.

그 까만 눈동자를 동그랗게 뜨며 현홍은 왜 그래라고 묻는 듯한 얼굴이 되었지만 진현은 차마 입이 떨어지지 않았다. 그때의 기억이… 왜 갑자기 떠올랐을까? 벌써, 벌써 5년이나 지난 이야기인 것을. 분명 처음 만남은 잊혀지지 않겠지만 기억하면 조금은… 조금은 안 좋은 기억까지 같이 떠올랐기 때문에 그리 좋은 경험을 아니었다. 그저 현홍과 만났다는 것은 좋지만 그 뒤에 얽혀진 것은 기억하기 싫은 사실이었으니까.

조금 머리가 아파와서 엄지손가락으로 눈가를 꾹꾹 누르는 진현을 보면서 현홍이 들고 있던 냄비를 레인지 위에 놓으면서 물었다.

"머리 아파?"

5년 전이나 지금이나 변한 것 없이 천진하고 순수해 보이기만 하는 현홍을 보며 진현은 조심스럽게 고개를 저었다. 하지만 현홍은 여전히 미심쩍은 얼굴로 진현을 내려다보았다. 조용히 의자에서 일어난 진현은 옆 의자에 걸려진 자신의 정장 상의를 팔에 걸치면서 말했다.

"이만 가볼게."

냄비 속의 무언가를 주걱으로 저으면서 현홍이 살며시 고개를 틀어 올렸다.

"오늘도 밤샘이야?"

밤샘 좀 하지 말란 말야, 몸 버리잖아라고 덧붙이는 현홍의 머리카락을 부드럽게 쓰다듬어 주면서 진현이 고개를 저었다.

"오늘은 집에 들어갈게. 하지만 늦으면 기다리지 마."

"흥, 맨날 그런 말 하고 안 들어온 게 하루 이틀이냐. 우씨… 아, 그리고 주월이 온댔어."

쾅!

열리려고 하던 문이 다시 세차게 닫혀 버렸다.

현홍은 자신이 말을 했지만 스스로를 때려주고 싶었다. 진현이 주월이라면 치를 떠는 것을 모르는 것도 아닌데, 괜히 말했다 싶었기 때문이다. 그의 예상대로 문을 열고 가게를 나서려던 진현의 발걸음이 마치 태엽이 끊긴 인형처럼 뚝 멈추었던 것이다. 속으로 덜덜 떨면서 주먹을 들고 있던 현홍의 귀로 차가운 진현의 목소리가 들렸다.

"누가… 온다고?"

평소의 목소리보다 한 옥타브 내려간 저음의 목소리. 분명히 화가
났다는 증거인 것이다. 폭발하기 직전의 활화산을 눈앞에 둔 사람처럼
현홍은 에에엥 하고 우는소리를 내면서 변명을 늘어놓기 시작했다.

"저, 저기… 한국에 볼일이 있다고 그랬는데… 그래도 와서 우리 집
에는 들려야 하지 않을까? 친구잖아, 친구."

"그 딴 놈과 무슨 친구야!"

콰앙—!

주먹을 불끈 쥔 채 벽을 내려치는 진현의 모습은 정말로 무서웠다.
현홍은 눈가에 눈물이 그렁그렁해져서는 훌쩍거렸고 그 모습을 보면서
숨을 몰아쉰 진현은 이마를 손으로 짚었다. 그렇지 않아도 예전 기억
들이 새록새록 떠올라서 기분이 안 좋아졌는데 꼴 보기 싫은 녀석까지
온다니. 고개를 세차게 저으면서 진현은 현홍을 보면서 나직하게 말했
다.

"놀든지 말든지 상관은 없지만, 내가 오기 전에는 쫓아내."

위로라도 해줄 줄 알았는데 단호하게 말하고 나가 버리는 진현의 모
습에 현홍은 이제는 자신의 눈물도 통하지 않는다는 데에 대해 좌절해
야만 했다. 예전 같았으면 재깍재깍 미안하다고 했을 텐데… 조금 더
수련을 해야겠다고 생각하면서 현홍은 오늘 저녁 식사는 무엇을 할까
고민했다.

세상에서 제일 싫은 놈 랭킹 0순위에 링크되어 있는 인간의 이름을
들었더니 심히 기분이 나쁜 진현은 그의 트레이드마크라고 할 수 있는
검은 정장을 입고 거리를 걸었다.

키도 훤칠하게 크고 스타일도 좋고, 무엇보다 아름답다고 할 수 있는 외모를 가지고 있으니 주위에서 시선이 쏟아지는 것은 당연한 것이었다. 진현은 입에 담배를 물면서 머리카락을 쓸어 내렸다.

터벅거리면서 거리를 걸어가는 진현의 눈에 커다란 빌딩 숲 사이로 날아오르는 정체 모를 새가 띄었다. 아직까지 저런 종류의 산새가 있었던가? 조금은 신기한 듯 미소를 띠면서 그 모습을 바라본 진현은 다시 고개를 내리면서 한숨을 내쉬었다.

옛 기억이 떠오르면… 안 좋은 일이 일어난다. 하지만 그것은 그 자신의 징크스 비슷한 것이었고 이 빌어먹을 뇌는 한번 기억한 것은 절대로 잊어먹지 않으니 잊어버릴 수도 없었다. 누가 그랬던가, 망각은 인간에게 준 선물이라고. 하지만 그것을 받지 못한 인간은 과연 인간일까, 그렇지 않을까. 머리가 아파왔다.

하지만 비가 오던 그때… 현홍의 가게로 들어가지 않았더라면 어떻게 되었을까? 차라리 안 좋은 과거의… 보통의 사람들은 기억하지 못할 생의 이전의 기억을 가지는 것이 더 좋을 것 같았다. 만나지 못하는 것보다 차라리 그 편이 낫다. 진현의 입에 물린 담배에서 희뿌연 회색 연기가 흐느적거리면서 허공에 번져 갔고 곧 사라졌다.

어차피 기억이라는 것은 이런 것, 처음에는 강하게 떠오르지만 시간이 가면 갈수록 희미해져 가는 그런 것.

사랑이란?

"사랑이라는 것은 말이지! 무조건 다 받아주는 거야!"

주먹을 굳게 쥐고 허공으로 뻗으면서 의자에 다리를 올리고 외치는 에오로에게 아영은 콧방귀를 뀌면서 웃었다.

"말도 안 돼! 사랑하는 사람이 죄가 있으면 그것도 받아주란 말이야? 난 싫다, 야."

"…야, 원래 사랑에 빠지면 여자인 네가 더 로맨틱한 생각을 해야 하는 것 아니냐?"

에오로는 황당하다는 표정으로 소파에 엎드려서 잡지의 책장을 넘기는 아영을 바라보았다. 두 다리를 허공에서 까닥거리며 손가락으로 과자도 집어 먹고 여유를 피우고 있던 아영은 조용히 자리에서 일어나면서 길게 기지개를 켰다.

"흥, 돈이 없으면 사랑도 없는 거야. 사랑 하나 믿고 돈 없는 놈이랑 결혼해서 평생 동안 땅 치면서 후회하는 여자들 많이 봤거든. 난 그렇게 되기 싫어."

"솔루드는 돈 많냐?"

"어머, 내가 돈이 많으니까 상관없어. 내가 먹여 살리면 되지. 오호호홋!"

"……."

할 말을 잃었다는 표정이 된 에오로는 조용히 자신의 얼굴을 손으로 덮었다. 도대체가 아영만 보고 있으면 온 세상 여자들에 대한 환상이 남아나지를 않는다니까. 그렇게 속으로 중얼거린 에오로가 조용히 테이블에 걸터앉으면서 옆에 놓인 포도 한 송이를 집어 들었다. 하나씩 따 먹으면서 그는 살며시 입을 열었다.

"흠, 난 돈이랑 사랑은 별 관련 없다고 보는데? 우리 아버지가 가난한 경비대원인데 도시 최고의 미인이라고 알려진 우리 어머니와 결혼한 것을 보면 말야."

"아버지가 미남이시니?"

"아니, 난 잘 모르겠는데 나랑 닮았대."

"음, 대충 예상이 간다."

그게 무슨 의미야 하고 노려보면서 잡아먹을 듯한 표정을 짓던 에오로는 상대해 봤자 자신만 피곤하다는 것을 깨닫고 고개를 저었다. 마치 뭔가를 상상하듯이 고개를 들어 올려 허공을 바라보는 에오로가 나직하게 말했다.

"나도 그런 사랑을 하고 싶어."

그런 데는 관심없는 줄 알았는데? 아영은 에오로의 말에 잠깐 놀라는 표정을 지으면서 머리를 긁적였다. 아무래도 에오로가 쓸쓸하기는 한가 보다. 하긴, 항상 둘둘씩 짝 지어서 돌아다니는 사람들을 보고 무슨 생각을 하겠는가? 현홍이 돌아온 이후부터는 항상 진현과 붙어 있고—심지어 같이 자고—에이레이는 키엘을 옆에 끼고 셀로브와 함께 지내고… 니드는 요즘 들어 부쩍 혼자 지내는 시간이 많으니 거의 '따' 수준인 에오로가 낄 곳은 없는 것 같았다.

조금 찔리기는 했는지 아영이 잡지를 덮어서 한 쪽에 밀어둔 채 어색한 미소를 흘렸다.

"음, 여기는 수도잖아? 예쁜 언니들도 많으니까 한 번쯤은 마음에 드는 사람을 만났을 텐데?"

살짝 고개를 저은 에오로가 먹던 포도를 접시에 도로 내려놓으면서 투덜거렸다.

"없어. 내 눈이 그렇게 높은 것도 아닌데 왜 안 보일까?"

"이상형이 어떤데?"

아영이 흥미롭다는 시선으로 되묻자 에오로는 자신의 턱을 괴고 눈을 감은 채 마치 나라의 국정을 걱정하는 충신처럼 진지한 어조로 말했다.

"절대로 예쁘거나 그런 사람을 찾는 것은 아냐. 그러니까… 우선 성격은 착해야 하고, 쓰리 사이즈는 36—23—36 정도면 괜찮고, 키는 165㎝ 이상은 되어야 해. 나보다 나이 많은 사람도 상관없고, 조금은 청순하면서도 성격은 밝았으면 좋겠어. 후훗, 이 정도면 낮은 것 아니겠어?"

아영은 보고 있던 잡지를 에오로에게 집어 던졌고 정통으로 얻어맞은 에오로는 아프다고 외마디 비명을 질렀다. 그러나 더 이상 말 섞을 가치를 못 느낀 아영은 총총히 홀을 벗어났다. 등 뒤에서 '왜 그러냐는 거야?! 난 진심이야!' 등등 외치는 에오로의 목소리를 싸그리 무시하면서. 저렇게 딱딱 기준에 맞춰서 얘기하는 남자들은 질색이었다. 그리고 솔직히 이상형이라는 것이 무슨 상관일까?

그 기준에 맞춰보자면 솔루드 역시 자신의 이상형이 아닌데 말이다. 이상형이라는 것은 그저, 그런 사람을 보면 좋다는 것뿐 사랑에 빠지지 않는 경우도 많다. 느낌이 좋은 사람… 처음 보았을 때에 꼭 사랑에 빠지지 않더라도 가면 갈수록 정이 드는 사람도 사랑이라는 것을 아영은 요 근래에서야 깨달을 수 있게 되었다. 물론 그것은 솔루드 덕분이었다.

어째 스스로 생각하면서도 낯간지러운 일이지만 그래도 사실인 것을. 그런데 오늘도 심심한 하루인데 뭘 하고 놀지? 아직 아침이니까 현홍이는 누워 잘 테고, 이 시간의 진현은 취미 생활인 독서 중이니까 방해했다가는 엄청 욕 들어먹을 것이다. 솔루드는 오늘 시청에 일을 보러 갔다. 이런이런, 정말로 놀아줄 사람이 없는 거야? 있는 것이라고는 한가해 빠진 자신과 바보 같은 이상형이나 가진 그 인간뿐?

머리카락을 쥐어뜯으면서 속으로 절규한 아영이었지만 어차피 선택은 한 가지였다. 그녀는 죽는 것보다 심심한 것을 더 싫어했으니까. 터덜거리면서 발걸음을 돌린 아영의 어깨는 축 처져 있었다.

뭐, 그래도 나름대로 에오로와 놀다 보면 재미있는 일도 많이 일어났기 때문에 아영은 자신의 선택을 후회하지는 않았다.

복도를 나란히 걷던 두 사람은 책을 보관하는 서재에서 나오는 진현을 볼 수 있었다. 흰 셔츠의 검은 바지. 완벽하게 평범한 옷차림이었지만 그가 입으니 그것조차도 최고급 옷보다 나아 보였다. 무테의 안경을 끼고 조용히 책 몇 권을 가지고 나오던 진현은 자신에게로 두 명의 악당(?)들이 다가오는 것을 보면서 미간을 찌푸렸다.

척 보기에도 기분 나빠 보이는 얼굴이었기 때문에 아영은 허리에 양손을 얹으면서 턱을 치켜 올렸다.

"표정이 왜 그런 거야?!"

"…알면서 묻지 마라."

책을 옆구리에 끼고 안경의 위치를 중지로 바로잡으며 진현은 한숨을 내쉬었다. 이 저택에서 가장 많은 말썽을 피우는 존재들이자 시끄러운 존재들인 두 사람이 달가울 리가 없다. 무엇보다 진현에게 있어서 책을 읽는 시간은 하루의 일과 중에서 가장 중요한 시간이었으니까 말이다. 밥은 안 먹어도—어차피 하루에 한두 끼가 최대이지만—보고 싶은 책은 꼭 읽는 사람이었다. 귀찮은 듯한 표정이 역력한 그를 보면서 가만히 있던 에오로가 입을 열었다.

"궁금한 게 있는데요, 진현."

진현은 눈을 몇 번 깜빡이더니 조용하게 되물었다.

"예, 에오로 군. 제가 설명해 드릴 수 있는 것이라면 설명해 드리겠습니다."

무슨 질문을 할 것인지 궁금한 눈으로 아영이 에오로의 옆구리를 찔렀고 에오로는 나름대로 진지하게 진현에게 물었다.

"진현은 사랑이란 뭐라고 생각하세요?"

"예?"

"풋!"

아영이 입을 가리면서 웃음소리를 터뜨렸지만 에오로는 짐짓 진지하게 물었기 때문에 진현은 당황스런 질문임에도 불구하고 대답을 해쥐야 한다는 강박관념에 시달렸다. 잠시 곰곰하게 생각을 정리한 진현은 피식 웃으면서 나직하게 말했다.

"사랑은… 사랑이겠지요."

"예? 그게 무슨……."

"백 명의 사람이 있으면 백 가지 사랑 법이 있는 법입니다. 어느 하나를 사랑이라는 이름으로 전제할 수 없는 이유는… 사랑하는 사람의 입장이 모두 다르기 때문이겠지요. 슬픈 사랑을 하는 사람에게 사랑이 뭐냐고 묻는다면 가슴 아픈 것이라고 대답할 수도 있고, 행복한 사랑을 하는 사람에게 묻는다면 세상의 그 어느 것보다 즐겁고 행복한 것이라고 대답하겠지요."

무슨 말인지 이해를 못했는지 아영이 고개를 갸웃거렸다. 진현은 다시 한 번 입가에 미소를 떠올리면서 조용히 발걸음을 돌렸다. 그리고 자신이 생각하는 사랑에 대해 말해 주었다.

"제가 생각하는 사랑은… 항상 그 사람의 곁에 있어주는 겁니다. 무슨 일이 있어도… 반드시 돌아갈 곳은 사랑하는 사람의 곁이지요. 말 그대로 죽어가면서도 만나고 싶은 사람이 있다면 자신은 그 사람을 사랑하고 있었던 겁니다. 비록 그때가 되어서 깨닫는다면 늦어버린 것이겠지만."

이렇게 말을 남긴 진현은 미소를 짓고 고개를 살짝 까닥인 후에 자신의 방으로 향했다.

멍청히 진현의 등을 바라보던 아영과 에오로는 동시에 머리를 긁적이면서 헛기침을 내뱉었다. 생각했던 것보다 진지한 대답을 들어서일까? 에오로는 미소를 씨익 지으면서 주먹을 들어 올렸다.

"이거 꽤 재미있는데? 진현은 저렇게 생각하고 있었구나. 다른 사람들 생각도 궁금하다, 응?"

"엑, 난 별로다. 가치관은 사람마다 다른데 스토커처럼 왜 알아보고 다니냐? 에이, 나는 가서 낮잠이나 잘란다."

흥 하고 고개를 돌리고 총총히 걸어가는 아영을 에오로가 가만 놔둘 리 만무한 일. 그는 폴짝 뛰어서 아영의 팔을 붙잡고는 무작정 사람들을 찾아서 걸어가기 시작했다.

귀찮단 말이야—! 아영이 속으로 그렇게 절규를 해도 이미 불이 붙은 에오로를 막을 사람은 아무도 없었다. 두 사람은 우선적으로 정원에서 검술 연습을 하고 있는 우혁과 루에게 찾아갔다.

루는 우혁에게 아침마다 검술을 몇 시간씩 배웠다. 유능한 교관 역할을 하면서 우혁이 잘 가르쳤기에 루의 실력은 나날이 향상되어 가고 있는 중이었다. 나무를 깎아서 만든 목검으로 한창 무더운 여름 태양 빛에서 대련을 하던 우혁과 루는 멀리서 에오로가 아영을 질질 끌면서 자신들에게 다가오는 모습을 보게 되었다.

연습을 할 때마다 늘 준비해 놓는 음료를 들이키면서 우혁은 수건으로 땀을 닦아냈다.

"사랑이 뭐냐고?"

감흥이 일어나지 않는 표정으로 우혁은 흐음, 하고 고개를 틀어 올리면서 땀에 젖은 머리카락을 쓸어 넘겼다. 음료수를 꿀깍꿀깍 마시던 루도 궁금하다는 눈으로 우혁을 올려다보았다. 사실 여성과의 사랑에 대해서 우혁이 알까 하는 궁금증도 섞여 있었다. 여성혐오증 환자가 생각하는 사랑이란 뭘까?

아영과 에오로가 눈을 초롱초롱 빛내면서 자신을 바라보자 그 시선이 부담스러웠는지 우혁은 시선을 돌리면서 작은 목소리로 대답했다.

"…그 사람의 모든 것이 소중해 보이는 게 아닐까? 화를 내는 모습도, 웃는 모습도, 울고 있는 모습까지도… 그것 하나하나가 다 사랑스러운 것. 그것이 사랑이라고 생각하는데?"

"간단하네. 가장 표준이야."

아영의 말에 우혁은 어깨를 으쓱거리면서 다시 말했다.

"그렇지만 가장 힘들기도 한 것이지. 어떤 사람을 일생 동안 그렇게 사랑한다는 것… 생각보다 쉬운 문제가 아닐걸?"

그것도 그렇지. 머리를 긁적이는 아영을 보면서 루가 환하게 웃으면서 말했다.

"그럼 아영이 누나가 생각하는 사랑은 뭔데요?"

뜻밖에 카운터를 맞게 된 아영은 잠시 머뭇거리고 말았다. 곰곰이 생각하는 듯 턱을 만지작거리면서 아영은 조금 얼굴을 붉게 만들었다.

"음, 음… 나도 우혁이 오빠랑 비슷해. 그냥 다 사랑스럽다는 거지 뭐."

"호오, 솔루드의 모든 것이 다 사랑스럽다는 거지?"

"죽는다, 에오로!"

주먹을 굳게 쥐면서 때릴 기색을 하자 에오로는 손을 내저으면서 어색하게 웃었다. 우혁에게 저런 모범적인 대답이 나올 것이라고는 예상하지 못했던 아영과 에오로는 곰곰이 생각을 하면서 다시 저택으로 들어갔다. 사랑이란 것은 정말로 뭘까? 마치 철학을 연구하는 학자처럼 사랑이라는 단어를 두고 생각을 하는 두 사람은 질문을 받은 이들도 실소를 내뱉게 만들었다.

니드의 방으로 간 두 명은 꽤 많이 건강해졌지만 그래도 빠진 살이 덜 붙어서 말라 보이는 니드에게 물었다. 사랑이 뭐냐고……. 침대에 앉아서 책을 보던 니드는 조금 당황한 미소를 흘렸지만 곧 머리를 긁적이면서 어색한 듯이 말했다.

"글쎄, 사랑이라는 것을 정의하기는 힘들다고 생각하지만… 제가 생각하는 사랑은 어머니가 자식에게 베푸는 사랑이 아닐까 생각합니다."

"어머니가 자식에게 베푸는 사랑? 모정?"

니드의 침대 근처에 의자 두 개를 끌어다 앉은 다음 마치 말 잘 듣는 학생처럼 물어보고 대답을 듣고, 다시 질문을 하는 두 사람을 보면서 니드는 속으로 웃었다. 아영이 한 손을 번쩍 들면서 물었고 니드는 조금 고개를 저으면서 다시 말했다.

"모정이라기보다는 그 어머니의 사랑처럼 한없이 베푸는 사랑이 진정한 사랑 같은데요. 바라는 것 없이 그저 자신이 할 수 있는 모든 것을 해주면서 베푸는 것 말입니다. 하하, 저도 잘 모르겠군요. 너무 철학적인가요?"

니드의 말도 충분히 일리가 있다고 생각한 아영과 에오로는 니드에게 작별 인사를 한 후에 그의 방을 나섰다. 정말로 한 사람도 같은 대답을 하지 않는 것을 신기해하면서 두 사람은 마지막 파트의 사람들에게 가기로 했다. 하나라도 같은 대답이 나온다면 그것이 다수결의 원칙(?)에 의해서 그래도 정답에 가까운 것이 아닐까… 하는 유아 수준의 생각을 하며.

아침에 수도의 공원으로 산책을 다녀온 단란한 가족을 연상케 하는 세 명은 한 방에 모여 앉아 도란도란 얘기를 나누고 있었다. 물론 그것은 두 명의 침입자가 들어오기 전까지의 얘기였지만.

요란스럽게 문을 열고 들어오는 두 명을 보면서 키엘과 에이레이, 그리고 셀로브의 표정이 동시에 비슷하게 바뀌었다. 하지만 둔치인 에오로와 아영이 그것을 알 리가 만무했기에 그런 표정을 지어봐야 아무 짝에 쓸모가 없다는 것을 안 세 사람은 한숨만 내쉴 따름이었다.

거기다가 다짜고짜 들어와서 한다는 말이 '사랑이 뭐라고 생각해?' 라니. 알아듣지만 말은 못하는 키엘은 옆으로 젖혀두고 아영이 에이레이를 가리키면서 짓궂은 얼굴로 물었다.

"에이레이는 사랑이 뭐라고 생각해?"

"그, 글쎄……."

사랑하는 사람을 옆에 두고 그런 질문을 하다니! 에이레이는 속으로 솔루드가 왔을 때 똑같은 질문을 던져 주리라 마음먹으면서 속으로 주먹을 부르르 떨었다. 침대에 걸터앉아서 와인을 마시면서 책을 보고 있던 셀로브의 손도 멈춰져 가만히 에이레이를 주시했다. 어떤 대답이 나올지 궁금하다는 얼굴이었다. 점점 얼굴이 붉어져 감을 느끼면서 에이레이는 헛기침을 내뱉었다.

"사랑은 자신의 생각대로 하는 것!"

"엥?"

고개를 푹 숙인 채 나직하게 소리치는 에이레이를 보면서 아영은 눈을 동그랗게 떴다. 팔짱을 끼고 에이레이를 보면서 대답을 기다린 셀로브도 제대로 알아듣지 못했는지 살짝 고개를 갸웃거렸다. 아영이 에이레이의 어깨를 토닥이면서 다시 물었다.

"그게 뭔데?"

"…그러니까! 타인의 생각도 중요해. 하지만 자신의 마음 가는 대로 행동하는 것도 중요하다는 거야."

"음, 솔직하게 고백하는 것처럼?"

"…그래."

고개를 들어 올릴 줄 모르고 뭐라고 중얼거리는 에이레이는 보면서 에오로와 아영은 소리없이 웃었다. 손으로 입을 가리면서 키득거리던 아영이 시선을 돌려 셀로브를 보았고, 흠칫 어깨를 떤 셀로브는 조용히 '난 바쁜 일이 있어서…' 라는 말도 안 되는 소리를 하면서 밖으로 나가려고 했다. 그러나 그의 움직임보다 아영과 에오로의 손동작이 더 빨랐다. 두 사람은 나란히 셀로브의 셔츠 자락을 부여잡은 채로 순진무구하게 웃으면서 물었다.

마족이 생각하는 사랑은 뭘까?

셀로브는 할 수 없이 귀찮다는 듯 잇소리를 내면서 대답해 주었다.

"쳇, 이것 좀 놔. 사랑이 별거있어? 가지고 싶은 것을 가지는 거지."

"……."

에이레이가 중얼거리던 목소리가 멈추었고 아영과 에오로는 얼른 잡고 있던 셀로브의 옷자락을 놓아주었다. 마족의 사랑은 저런 건가? 가지고 싶은 것은 가지는 거라… 아영은 속으로 조금 야한 생각을 한 자신을 콩콩 쥐어박은 다음에 발갛게 변한 얼굴을 손바닥으로 토닥거렸다.

그런데 그녀와 비슷한 생각을 한 것인지 에오로 역시 발갛게 된 얼굴로 고개를 푹 숙이고 있는 것이다. 더 이상 할 말이 없었기에 '뭐, 이상한 거 있냐?' 라는 시선으로 자신들을 보는 셀로브의 시선을 조용히 무시하면서 두 사람은 방을 나서야 했다.

아영은 거의 얼어 있는 에이레이의 어깨를 두드린 다음 그녀의 귀에 자그맣게 소곤거렸다.

"피임은 잘해야 뒤탈이 없다더라."

"윤아영!"

정말로 죽일 생각인지 자신의 대거를 부여잡으면서 외치는 에이레이를 피해 아영은 길게 웃음소리를 흘리면서 뛰쳐나왔다. 하지만 정말로 진지하게 생각해 봐야 하는 문제다. 사랑하면 육체 관계는 괜찮다는 주의를 가진 아영에게는 말이다. 순수한 사랑은 좋고 섹스는 싫다는 것은 위선적이지 않은가? 남자나 여자나 사랑하면 육체 관계 정도는 이해해야 하지 않을까? 물론 하고 나면 여자는 표가 나고 남자는 표가 나지 않는다는 것이 너무 불공평하지만.

이런저런 생각을 하면서 아영과 에오로는 처음의 출발 지점인 손님 접대 홀로 돌아왔다. 결론? 물론 나지 않았다. 아무리 의견을 조합해도 단 한 가지도 중복되는 것도 없었고 각자의 말이 다 일리가 있었으니까. 에오로는 탁자에 걸터앉으면서 다리를 흔들었다.

"결론이 뭘까?"

"글쎄……."

끄으응 하고 작은 신음을 흘리는 두 사람이 있는 그곳으로 이제야 잠에서 깼는지 눈가를 비비면서 현홍이 들어왔다. 잠옷을 입은 그대로 그는 졸린 얼굴로 아영과 에오로를 보면서 물었다.

"진현이 어디 갔는지 봤어?"

천상 애기처럼 보이는 그의 모습에 에오로는 피식 웃고 말았고 아영은 고개를 갸웃거리면서 말했다.

"방에 없어?"

"없어."

"음, 아까 책 들고 서재에서 나오는 것 봤는데… 또 거기 있겠지."

그녀의 말을 들은 현홍은 알았다는 듯이 고개를 끄덕이면서 조용히 복도로 걸어나갔다. 그때 에오로가 현홍에게도 질문을 해봐야겠다고 생각하면서 그를 불러 세웠다.

"아, 현홍아!"

"응?"

어리버리한 얼굴로 고개만 돌리는 현홍에게 에오로가 웃으면서 조용히 질문을 던졌다.

"현홍이 너는 사랑이 뭐라고 생각해?"

현홍은 강아지처럼 까맣고 투명한 눈을 몇 번 깜박였다. 한참 동안 대답없이 서 있는 현홍을 보면서 질문한 에오로가 긴장을 하면서 마른침을 삼켰다. 자신의 잡지책을 무릎 위에 올리고 살며시 펴 든 아영 역시 순진하기 그지없는 현홍의 대답이 기대가 되었다.

잠옷 사이로 나온 가느다란 손가락으로 머리카락을 헤집으면서 현홍이 방긋 웃었다.

"사랑? 그건 마음이야."

자세한 대답을 기다리는 듯이 두 눈만 말똥말똥 뜨고 있는 두 사람에게 현홍은 부드럽게 웃으면서 두 손을 모아서 나직하게 말했다.

"진심을 다하는 마음… 항상 그 사람의 곁에서 상대방의 모든 것을 사랑하고 이해해 주면서 할 수 있는 한 모든 것을 베풀어주기도 하지. 그리고 때로는 솔직하게 그 사람을 소유하고 싶다고 말하는 것… 모든 것이 마음에 의해서 결정되니까. 사랑은 마음이야."

"……."

손을 흔들면서 총총히 사라져 가는 현홍의 등을 에오로와 아영은 한참 동안 바라볼 수밖에 없었다. 그러니까 지금까지 들었던 모든 것들은… 사람의 '마음' 하나로 설명이 되는 거였잖아. 허무한 듯이 이마

를 짚고 웃는 에오로를 보면서 아영도 그만 피식 웃고 말았다. 너무나
도 간단한 말을 찾으려고 돌아다닌 자신들이 바보 같았기 때문이다.
하지만 역시 사랑은 알다가도 모르는 것.

〈제6권 끝〉

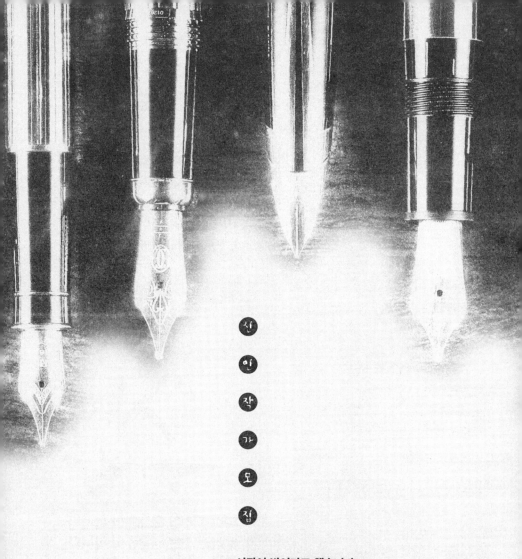

신

인

작

가

모

집

시작이 반이라고 했습니다.
작가의 길에 대한 보이지 않는 벽을 과감히 깨뜨리십시오!
청어람은 작가 지망생 여러분들의
멋진 방향타가 되어드리겠습니다.

저희 도서출판 청어람에서는
소설 신인 작가분들을 모집합니다.
판타지와 무협을 사랑하시는 분들의 많은 참여를 바랍니다.
소정의 원고(A4용지 150매)를 메일이나 우편으로 보내주시면
검토 후 출판 여부를 알려드리겠습니다.

주소:경기도 부천시 원미구 심곡1동 350-1 남성B/D 3F 우편번호420-011
TEL:032-656-4452 · **FAX**:032-656-4453
http://**www.chungeoram.com**
e-mail:chungeoram@chungeoram.com